정만진

소설 《한인 애국단》

국토

소설《한인 애국단》을 펴내며

1905년 11월 18일 결사대 '자강회'가 조직되었다. 기산도·이상철·박종섭·박경하·안한주·이종대·손성원·박용현·김필현·이태화·한성모·구완희·이세진 등으로 결성된 자강회는 창립 두 달 뒤인 1906년 2월 16일 을사오적 이근택李根澤(군부대신)을 급습, 칼로 여러 차례 찔렀다. 하지만 이근택은 죽지 않았고, 기산도 등은 일제에 체포되어 모진 고문과 악형을 당했다. 기산도는 출옥 후에도 임시정부에 독립운동 자금을 보내려고 노력하다가 다시 피체되어 5년 옥고를 치렀다. 고문으로 한쪽 다리를 잃은 그는 출옥 후 전라도 일대를 유랑하다가 끝내 장흥에서 사망했다.

1906년 2~3월, 매국노들을 모두 제거해야 나라를 살릴 수 있다고 생각한 나철·서창보·오기호·이기·홍필주·최인식·강상원 등 '감사의용단'이 을사오적 주살을 시도하다가 실패했다. 나철 등 주도자들은 동지들이 당할 악랄한 고문을 덜어 주기 위해 스스로 자수, 10년 유배형을 받았다. 그 후 귀양살이에서 해제된 나철은 민족종교를 통해 구국의 길을 모색했고, 이윽고 1909년 1월 15일 단군을 숭앙하는 대종교大倧敎(본래 이름은 단군교)를 크게 일으켰다. 민중의 뜨거운 지지를 얻은 대종교는 교세가 폭발하면서 독립운동 세력의 기반이 되었다. 일제는 1915년 종교 통제안宗敎統制案을 공포, 대종교를 불법화했다. 대종교는 존폐 위기에 몰렸고, 분을 참지 못한 나철은 1916년 8월 15일 자결하였다.

  1908년 3월 23일 전명운·장인환 두 지사가 통감부 외교 고문 스티븐스Stevens를 저격하여 죽였다. 스티븐스는 샌프란시스코까지 와서 '일본의 한국 지배는 한국에 유익하다'는 성명서를 발표하는 등 지독한 친일파였다. 그날 아침 전명운과 장인환은 각각 오클랜드 선창에서 스티븐스를 기다렸다. 전명운이 먼저 스티븐스를 권총으로 쏘았지만 사살되지 않아 격투가 벌어졌다. 뒤이어 장인환이 총격을 가해 스티븐스를 처단했다. 장인환은 "스티븐스 같은 자를 죽이지 않으면 우리나라의 운명은 영영 사라지고 말 것이다. 스티븐스를 죽이고 나도 죽는다면 조국 대한의 영광이 될 것이다!"라고 선언했다.

  1909년 10월 26일 안중근 의사가 이토 히로부미伊藤博文를 사살했다.

  안중근 의사의 이토 사살 성공에 고무된 이재명·김정익·이동수·조창호·김정익·김태선·김병록·김용문·박태은·김이걸·이응삼·김태현·김동현·이연수 등은 이제 친일 매국노 이완용李完用과 이용구李容九를 없애는 것이 국권수호의 첩경이라고 판단했다. 이들은 야학당에 모여 오랜 논의 끝에 이완용부터 죽이기로 했다. 1909년 12월 22일 명동성당에서 이재명은 인력거를 타고 지나가려는 이완용에게 칼을 휘둘러 허리와 어깨 등을 찔렀다. 하지만 이완용은 절명하지 않았고, 이재명은 일본경찰의 창검에 왼쪽 넓적다리가 찔리는 중상을 입은 채 체포되었다. 지사는 1910년 9월 30일 순국했다.

마침내 나라는 1910년 들어 5,000년 유구한 역사 초유의 국치國恥 사태를 맞았다. 세계 제국 원의 침탈에도 유례없이 독립국 지위를 유지했던 나라인데, 최초로 망국의 비극과 직면하고 말았다. 국망의 충격, 좌절감, 일제의 잔혹한 무단통치 앞에서 우리나라 사람들은 감히 독립운동을 펼칠 엄두조차 내지 못하였다. 이때 1915년 8월 25일 대구 달성토성에서 결성된 대한광복회가 전국 조직을 갖추고 일제에 강력히 대항하여 무장 투쟁을 펼쳤다. 1918년까지 맹렬히 전개된 박상진·우재룡·채기중·김한종·김경태·임세규·강병수·장두환·이병호·권영만·이복우·한훈·권상석·김진만·김진우·손량윤·손일민·주진수·이홍주·양재훈·최병규·김선호·김동호·이해량·최봉주·박제선·조용필·정운기·유창순·유장렬·정운일·서상준·이석재·김낙문·조현균·김재열·이시영·홍주일·변상태·이정희·권영목·이관구·최준 등 대한광복회의 활약은 실의에 빠져있던 사람들에게 용기를 주었고, 그 용기는 3·1운동과 의열단 창단의 노둣돌이 되었다. 또 그들이 지향한 혁명 이념 공화주의는 이후

3·1운동과 상하이에서 수립된 대한민국임시정부의 정체로 정착되었다(역사문제연구소, 《미래를 여는 한국의 역사 5》, 웅진지식하우스). 그래서 제6차 교육과정 국정 고등학교 《국사 교과서》는 '1910년대에 가장 활발한 활동을 펼친 독립운동단체는 대한광복회大韓光復會'라고 기술했다. 한국학중앙연구원의 《한국민족문화대백과》도 '(대한)광복회는 1910년대 독립전쟁을 실현하기 위해 국내에서 조직된 단체로, 1910년대 국내 독립운동의 공백을 메우고 민족 역량이 3·1운동으로 계승될 수 있는 기반을 제공했다.'면서 '광복회가 전개한 의협 투쟁은 1920년대 의열 투쟁의 선구적 역할을 담당하기도 했다.'라고 평가했다. 하지만 이 사실을 아는 국민은 별로 없다.

그에 견주면, 1920년대에 가장 활발하게 활동한 독립운동단체 의열단義烈團은 좀 더 알려져 있다. 2019년이 3·1운동과 대한민국임시정부 수립 100주년이기도 했지만 의열단 창립 100주년이기도 했기 때문이다. 의열단을 기리는 행사들도 많았고, 영화도 만들어졌다. 김원봉·이종암·윤세주·황상규·김대지·강세우·고인덕·곽재기·김병환·김상옥·김시현·김익상·김종철·김지섭·나석주·마자알·박재혁·배중세·서상락·신채호·신철휴·손일민·류석현·윤자영·윤치형·이경희·이낙준·이성우·이수택·이육사·이태준·장건상·장진홍·최수봉·한봉근·한봉인·현계옥 등 의열단원들의 이름은 우리 역사가 영원히 기억해야 할 것이다.

1930년대를 대표하는 독립운동단체는 한인애국단韓人愛國團이다. 한인애국단이라는 단체명이 낯선 이도 "이봉창·윤봉길" 하면 바로 고개를 끄덕인다. 한인애국단은 대한광복회와 의열단의 맥을 잇는 담대한 투쟁을 보여주었다. 대한광복회, 의열단, 한인애국단은 우리나라 독립운동사에서 의열 항쟁의 상징 단체들인 것이다. 그런 까닭에, 독립운동 시대의 의열 항쟁사 전반을 현창하기 위해 집필된 소설 《한인 애국단》은 자연스레 전반부에 안중근을 비롯한 1900년대 의열 투쟁 및 대한광복회의 활동을 다루고, 후반부에 의열단과 김구·이봉창·윤봉길·김홍일 등 한인애국단 지사들의 거사를 중심으로 담게 되었다.

　소설의 제목을 《한인 애국단》으로 정한 까닭을 독자들에게 소개해야겠다. 김구·이봉창·윤봉길·이화림·이덕주·유진만·최흥식·유상근 등의 지사들이 활동한 한인애국단은 대한민국임시정부 산하 의열 단체의 이름이다. 다만 그 사실을 알지 못하는 경우, 한인애국단은 우리나라 사람들로 조직된 독립운동단체 정도의 의미로 읽힌다. 즉 한인애국단은 1905년 자강회부터 1945년 대한애국청년당에 이르기까지 의열 투쟁을 실천한 모든 분들의 활동이 연상되는 이름이다. 그런 뜻에서, 독립운동 시대의 의열 항쟁사 전반을 담고 있는 이 소설의 제목을 《한인 애국단》으로 정했다. 개인적으로는 《소설 대한광복회》와 《소설 의열단》을 펴낸 바 있다는 점도 감안했다. 1910년대와 1920년대 무장 항일 의열 독립운동을 각각 대표하는 대한광복회와 의열단을 다룬 장편을 발표했으므로, 그 이전인 1900년대와 그 이후인 1930년대 의열 투쟁까지 모두 담은 제 3편에 한인애국단의 이름을 새겨두고 싶은 마음이 작용했던 것이다. 아무쪼록, 의열 애국 선열들의 구국 정신을 후대인들이 계승하는 데에 이 소설 《한인애국단》이 조금이나마 도움이 되기를 소망하면서, 삼가 책을 세상에 내놓는다.

2020년 4월 11일
대한민국임시정부 수립 101주년을 기리며
정 만 진

암살당한 김구 선생 묘소 동쪽에 이봉창, 윤봉길, 백정기 '3의사'께서 나란히 누워 계신다. 두 참배자 앞은 안중근 의사의 헛무덤이다. 국립묘지도 아닌 효창공원에 오면 친일 청산을 못한 역사의 아픔이 너무나 적나라하게 드러나 보여, 참 슬프고 답답하다.

차례

대한애국청년당, 백정기 · 10

1900년대 · 17
자강회, 기산도 등 · 17
감사의용단, 나철 등 · 23
전명운, 장인환 · 28
안중근, 우덕순 등 · 30
이재명 등 · 40

1910년대, 대한광복회 박상진, 우재룡, 채기중 등 · 43
강우규 등 · 82
대한민국임시정부, 안경신 등 · 95

1920년대, 의열단 김원봉, 이종암, 황상규, 윤세주 등 · 106
양근환 · 132

1930년대, 한인애국단 김구, 김홍일, 이화림 등 · 185
나석주, 김창숙, 류자명 · 185
송학선, 이수흥, 류택수 · 190
장진홍 · 196
조명하 · 200
병인의용대, 나창헌 등 · 206
이봉창 · 209
이덕주, 유진만, 최흥식, 유상근 등 · 238
윤봉길 · 243

해방 이후, 춘래불사춘 · 267

1945년 5월 5일 토요일, 서울 관수동 130번지 유만수柳萬秀의 집, 20세 안팎의 청년 셋이 마루에 앉아 있다. 그중에서는 유만수가 가장 나이가 많아 스물둘, 강윤국姜潤國이 스물, 조문기趙文紀가 열아홉이다.
　　"왜들 이리 늦어?"
　　유만수가 그렇게 운을 떼자 조문기가 뒷말을 단다.
　　"형! 아직 모이기로 약속한 시간 안 됐어."
　　조문기가 유만수를 형이라고 부르는 것은 단지 나이가 세 살 아래이기 때문만은 아니다. 이들 세 사람은 재작년 이즈음만 해도 일본 가나가와神奈川현의 일본강관주식회사日本鋼管株式會社에서 한국인 노무자들을 규합하여 민족차별 반대 시위를 벌였던 동지들이다. 시위는 결국 가와사키시川岐市 경찰의 무력 진압으로 무산되었고, 세 사람은 요코하마橫濱 헌병대에 체포되었다가 풀려난 뒤에도 회사 안에 갇혀 지냈다. 그렇게 감금 생활을 할 때 세 사람은 '우리나라로 돌아가서 독립운동에 투신하자.'라고 결의했고, 그 후 기회를 틈타 탈출하는 데 성공, 일본으로 강제 징용되어 온 동포들을 구출하는 활동을 하다가 귀국했다.
　　"벌써 2년이 지났어. 귀국해서 독립운동을 하자고 우리가 맹세를 했던 것이……."
　　강윤국이 중얼거리자 조문기가 또 뒷말을 단다.
　　"어허, 성질들은 급해가지고! 일제는 아직 안 망했고,

우리는 지금 젊으니 독립운동 할 기회는 많네요. 자꾸 초조하게 생각하지들 마쇼."

그러는 중에 우동학禹東學, 권준權俊, 조동필趙東泌, 유태현柳台鉉 등도 당도했다.

"왜 이리 늦나? 집에 무슨 일들 있어?"

유만수가 늦게 온 동지들을 향해 불퉁스럽게 말을 쏟는다. 그러자 조동필이 '내일이 어린이날이라 조카녀석 선물 사준다고 조금 늦었네.'라며 대답을 시작한다.

"우리가 오늘 토론을 시작하면 내일 아침까지 끝나지 않을 게 자명하지 않나? 그런즉 좀 봐주시라. 자네들은 조카가 없어서 내 사정을 짐작하기 어려울 게야. 허허허."

본래 방정환 등이 어린이날을 처음 만든 1923년에는 5월 1일 노동절에 함께 행사를 펼쳤다. 그러다가 1927년부터 5월 첫째 일요일을 어린이날로 삼았다. 노동절에는 아무래도 다른 일이 많아서 어린이들을 살뜰하게 보살펴주기 어려웠기 때문이다.1)

"나, 참! 조카 있다고 자랑인가? 장가가서 아들딸이 있으면 어쩔 뻔했누? 안 그래, 여러분들! 하하하."

그제야 유만수가 농조로 말을 부드럽게 푼다. 듣고 있던 유태현이 끼어든다.

---

1) 어린이날이 5월 5일로 지정된 것은 1961년이다.

(사진) 유만수 지사(이하, 존칭 생략)

"맞아. 이미 가정을 이루어 한 여인의 남편이 되고 어린 자식의 아버지가 되었으면서도 의열 투쟁에 목숨을 던진 지사들이 많아. 그런 분들을 보면 정말 존경심이 느껴져. 이종암, 나석주, 김지섭, 윤봉길, 백정기, 윤세주, 이육사 같은 분들 말이야."

이들은 오늘 비밀결사 대한애국청년당大韓愛國靑年黨을 결성하기 위해 모였다. 일제 고위간부와 친일파들을 처단하고 민족정기를 드높이는 등 독립을 쟁취할 수 있는 길을 모색해 온 지난 2년 동안의 노력이 드디어 결실을 맺으려 하고 있는 것이다.

"백정기 지사는 참 안타까워. 윤봉길 지사가 상해 흥구공원에서 왜놈들을 대거 처단한 바로 그날, 행사장 정문 앞에서 폭탄을 품은 채 출입증이 당도하기만 기다리고 있었는데, 미처 출입증이 오기 전에 윤 지사의 거사가 성공하는 폭발음 소리를 들었다는 것 아닌가. 1930년 상해에서 정화암, 백정기, 류자명, 안공근, 유기석, 장도선, 정해리 등 무정부주의자들이 조직한 남화연맹은, 김구 측과 달리, 외국 사절들도 일본인들과 같은 부류로 보고 모두 처단할 생각이었다는군. 그래서 11시에서 12시 사이로 예상되는 윤 지사의 거사 시각보다 앞서는 10시경에 투탄하기로 했다던데……."

"백 지사에게 출입증이 잘만 전달되었더라면 흉악한 자

들을 더 많이 처단할 수 있었을 거야. 허나 그것은 역사의 가정이고, 윤 지사의 크나큰 성공 덕분에 우리 민족의 독립 의지는 세계만방에 드높게 휘날렸지! 중국은 그때부터 우리의 독립운동을 크게 지원하기 시작했고, 임시정부의 위상도 현격하게 높아졌어!"2)

"윤봉길과 백정기 두 분 지사는 우리가 본받아야 할 전범일세. 백 지사는 (1932년) 일본 육군과 군수물자를 싣고 천진天津에 입항한 (1만1천톤 급) 일청선日淸船에 폭탄을 던져 선체 일부를 파괴했고, 그 이듬해(1933년)에는 주중 일본공사 아리요시有吉明가 중국 정부 내 친일 고관들을 매수하기 위해 요정 육삼정六三亭에서 만찬을 연다는 사실을 탐지하고 정화암, 이강훈, 원심창 지사들과 함께 놈들을 일망타진하려다가 일제 경찰의 습격을 받아 결국 옥사하셨어. 아무튼 우리 대한애국청년당은 일제 고관과 친일파들이 모이는 장소와 일시에 대한 정보를 정확하게 수집하

---

2) 네이버캐스트 〈윤봉길〉은 '윤봉길 의사의 이 쾌거는 곧 전 세계의 이목을 집중시켰다. 특히 중국의 장개석 총통은 "중국의 백만 대군도 못한 일을 일개 조선 청년이 해냈다"고 감격해 하며, 종래 무관심하던 대한민국임시정부에 대한 전폭적인 지원을 약속하였다. 그리하여 중국육군중앙군관학교에 한인 특별반을 설치하는 등 한국의 독립운동을 적극적으로 성원하였다. 또한 한동안 침체일로에 빠져 있던 임시정부가 다시 독립운동의 구심체 역할을 할 수 있는 계기를 마련한 것도 이 의거에 힘입은 바가 컸다.'라고 기술하고 있다.

(사진) 강윤국, 백정기

여 그것을 바탕으로 악당들을 한꺼번에 대량 처단하는 전술전략을 구사하세."

그렇게 결의를 다지고 기회를 엿보고 있는 중에, 악명높은 친일파 박춘금朴春琴이 7월 24일 부민관에서 '아세아 민족 분격 대회亞細亞民族憤激大會'를 개최한다는 소식이 접수되었다. 아세아 민족 분격 대회는 일제에 다시 한번 충성을 맹세하고, 아시아 민족이 태평양전쟁에서 크게 일본을 도와야 한다는 것을 강조하기 위해 박춘금이 의욕적으로 기획한 행사였다.

"좋아! 일제 고위 간부들과 친일 모리배들이 대거 참석할 게야. 놈들을 한꺼번에 폭사시키자."

"그래야지. 이거 원, 박춘금이한테 인사를 해야겠군. 흉악 도당들을 한자리에 모아줘서 고맙다고 말이지."

"하하하!"

거사 준비는 유만수가 인부를 가장하여 서울 수색 변전소 작업장에 침투, 다이너마이트를 입수함으로써 거의 완료되었다. 다이너마이트는 금세 폭탄 2개로 바뀌었다. 사제 폭탄 두 개를 고이 품은 단원들은 대회 전날 자정 부민관 뒷담을 월장했다. 그들은 무대 뒤에서 화장실로 통하는 통로에 폭탄을 장치했다.

드디어 24일 저녁, 일본 내각총리로 있다가 1944년 7월 21일 제9대 조선총독으로 부임한 아베 노부유키阿部信

行를 비롯한 총독부 고관들, 괴뢰중국 대표 정위안간丁元幹, 만주국 대표 탕춘톈康春田, 일본측 대표 다카야마 도라오高山虎雄, 그 외 국내 친일파 다수가 참석한 가운데 대회가 시작되었다. 대한애국청년당원들은 주최자 박춘금이 환영사를 마친 뒤 고관들을 단상에 올려 참석자들에게 소개하는 순간에 맞추어 폭탄을 터뜨릴 예정이었다.

그런데 아직 박춘금이 연설을 하고 있는 중에 폭탄이 "콰콰쾅!" 하고 요란한 굉음을 내며 터져버렸다. 박춘금의 수하 하나가 화장실로 가다가 폭탄 선을 잘못 건드리는 바람에 예정보다 일찍 폭발해버린 것이었다. 장내는 수라장이 되고, 대회는 그것으로 무산되었다.

연기가 자욱한 속에서 당원들은 태극기를 펴든 채,
"조선독립 만세!"
"일본은 망한다! 젊은이들이여, 징병을 거부하자!"
"조선독립 만세!"
"일본은 망한다! 젊은이들이여, 징병을 거부하자!"
"조선독립 만세!"
"일본은 망한다! 젊은이들이여, 징병을 거부하자!"
하고 거듭 외쳤다. 그리고는 잽싸게 현장을 벗어났다. 일제 경찰이 극장 문을 닫았으나 이미 늦었다. 일제는 강윤국을 주모자로 보고 현상금 5만 원을 내걸었지만 끝내 체포하지 못했다.

(사진) 조문기

"총독 이하 여러 놈들을 한숨에 처단할 기회였는데……."

부민관을 벗어나 부랴부랴 경기도 화성군 매송면으로 도피하는 와중에도 강윤국은 내내 아쉬움을 토로했다. 그러는 강윤국을 지켜보면서 유만수가 말을 이었다.

"빨리 왜놈들을 몰아내어야 할 텐데……. 부민관 거사가 우리나라 독립운동 시대의 마지막 의열 투쟁이 되었으면 좋겠어."

그의 말처럼, 부민관 의거는 우리나라 독립운동 시대의 최후 의열 투쟁으로 역사에 남았다. 그로부터 22일 뒤 우리나라는 독립을 되찾았다.

1900년대

기산도奇山度는 16세인 1893년에 부인을 맞이했다. 그의 장인은 일본군과 싸우다가 구례 연곡사에서 순국한 고광순高光洵 의병장이었다. 기산도는 구한말 호남 창의 총수 기우만奇宇萬과 장성 의병장 기삼연奇參衍을 배출한 가문 출신답게 장가를 들었던 셈이다. 그 본인 또한 창의하여 일본군과 싸운 의병이었으니 그럴 만도 한 혼사였다.

1906년 2월 16일 초저녁, 을사오적 중 하나인 군부대신 이근택李根澤의 집을 급습하기 위해 기산도와 그의 동지들이 모였다. 긴장한 숨소리가 실내 가득 떠돌고 있었다. 기산도가 분위기를 진작하려는 의도에서 일부러 목소리를 높였다.

"내가 비록 고향에서 진위대鎭衛隊에 근무한 적은 없으나, 의병으로서 직접 총을 쏘고 칼을 휘둘러본 경험이 있으니 여러분들은 너무 걱정하지 마시오."

기산도가 말하는 의병 전투는 두 해 전인 1904년의 일

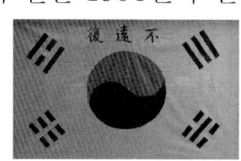

(사진) 기산도의 장인 고광순 의병장이 사용한 태극기

이다. 당시 기산도는 기기, 박관호 등과 함께 장성과 광주 사이 고개에서 일본군과 싸웠다. 이 전투에서 기산도 의병군은 일병을 여럿 죽이는 전과를 올렸지만 아군도 3명이 전사했다. 일본군이 물러간 뒤 기산도가 박관호를 돌아보며 넋두리처럼 말했다.

"동학 때 3~40만 명이 학살을 당했소.3) 오늘도 뼈저리게 느끼는 바이지만 과연 우리는 무기나 전술 등에서 왜적의 맞상대라 할 만한 수준이 못 되오. 군대로 감당이 안 될 경우에는 단기필마의 개인전을 펼치는 것이 옳소. 고구려 동천왕이 위나라 군대에 거의 사로잡히게 되었을 때 유유가 거짓항복으로 관구검의 부장 왕기를 죽여 전세를 역전시킨 역사는 유명한 일화 아니오? 내가 서울로 가서 우두머리 흉적들을 은밀히 처단할 테니 두고 보시오."

1905년 기산도는 상경했다. 그는 이상철·박종섭·박경하·이범석·서상규·안한주·이종대·손성원·박용현·김필현·

---

3) 오지영, 《동학사》(대광문화사, 1984), 262~263쪽 : 갑오(1894년) 12월부터 조선 남방은 관병과 일병의 천지가 되고 말았다. 동리동리에 살기가 충천하고 유혈이 가득하였다. (중략) 동학군으로서 관병, 일병, 수성군, 민포군에게 당한 참살 광경을 이루 말할 수 없었다. (중략) 피해자를 계산하면 무릇 30~40만의 다수에 달하였고, 동학군의 재산이라고는 모두 관리의 것이 되었고, 가옥 등 물건은 죄다 불 속에 들어갔으며, 기타 부녀자 강탈, 능욕 등은 차마 다 말할 수 없는 것이었다.

이태화·한성모·구완희·이세진 등과 더불어 자강회를 결성했다. 한성모의 집에 본부를 차린 자강회는 매국 원흉 암살을 목적으로 하는 결사 단체였다.

"이근택의 저택 인근에서 경계를 서고 있는 동지들의 전갈이 왔소. 그 자가 오후 7시경 퇴궐해서 방금 집으로 들어갔다고 하오."

기산도가 그렇게 말하자 이범석이 뒤를 잇는다.

"우리도 그 근처에서 대기하고 있어야 하지 않겠소?"

이근철도 같은 의견을 개진한다.

"그렇습니다. 상황이 시시각각으로 변할 수 있으니 대처를 잘 하려면 이동 시간을 최대한 줄여 놓는 게 마땅하지요. 이근택의 저택 담장에 바짝 붙어 있다가 때를 틈타 월장을 하십시다."

기산도, 이범석, 이근철은 자강회 회원 중에서도 오늘 직접 이근택의 집 안으로 침투할 행동대원들이다. 세 사람이 이근택의 집 가까이로 옮겨가자 낮부터 정찰을 해온 손성원·박용현·김필현·이태화 등이 반색을 하며 맞이한다.

"여덟 시경에 손님 여섯 명이 이근택의 집에 들어갔다가 이제 막 나왔소. 전갈을 보내려던 참이었소."

기산도가 동지들을 둘러보며 말한다.

"지금이 열한 시요. 더 이상 방문자는 없을 듯싶소."

(사진) 기산도의 서울 현충원 묘비

말소리 없이 모두들 고개를 끄덕인다. 이내 세 사람은 등을 숙여주는 다른 동지들의 어깨를 밟고 올라 담을 뛰어넘었다. 세 사람은 탈출 때를 대비해 담 안쪽에 밧줄을 매달아 놓았다.

예상대로 이근택은 방금 침실로 들어가 잠옷 차림으로 누워 있고, 첩은 흡사 자장가라도 불러주는 양 이근택의 옆에서 국문잡기國文雜記를 읽고 있었다. 세 명의 지사들이 불쑥 방 안으로 들어서자 이근택과 첩은 놀란 나머지 처음에는 비명소리도 내지 못했다. 이범석과 이근철이 잽싸게 달려들어 이근택의 두 팔을 목 뒤로 젖혔다. 이근택의 몸이 앞으로 푹 숙여졌다. 그 틈을 타 기산도가 달려들면서 이근택의 목 쪽을 겨냥해 칼을 내질렀다.

이때 이근택이 방 안을 비추고 있던 촛불을 껐다. 첩의 눈짓에 호응한 동작이었다. 파랗게 질린 낯빛으로 오들오들 떨고 있어 그냥 내버려둔 게 화근이었다. 갑자기 캄캄해지자 아무 것도 보이지 않았다. 기산도는 무턱대고 칼을 휘저었다. 이근택은 열세 곳에 칼날이 닿아 피투성이가 되었지만 숨이 끊어질 만큼 치명상을 입지는 않았다. 그러는 동안 이근택과 첩의 자지러지는 고함이 계속 터졌다.

맨 먼저 하인 한 명이 달려왔다. 기산도의 칼이 하인의 배, 얼굴, 다리 등을 네 번 찌르는 사이 집을 지키는 경비병 여섯과 순검 넷이 달려왔다. 경비병들은 이근택의 집에 설치되어 있던 비상 경종을 울렸다. 경종 소리에 일본 헌병과 순사들까지 달려왔다. 그래도 기산도 일행은 남쪽 담에 설치해 놓은 밧줄을 타고 무사히 탈출했다.

사람들은 거사 이틀 뒤인 1906년 2월 18일자 〈대한매일신보〉를 통해 '이씨 봉자李氏逢刺(이씨, 자객을 만나다)' 사건을 알게 되었다.

군부대신 이근택李根澤 씨가 재작일再昨日(어제의 전날) 하오 12시경 그의 별실別室(첩)과 함께 막 옷을 벗고 취침하려 할 무렵에, 갑자기 양복을 입은 누구인지 모르는 3명이 칼을 들고 돌입突入하여, 가슴과 등 여러 곳을 난자亂刺하여 중상을 입고 땅에 혼절昏絶한 바, 그의 집 청지기(경비원) 김가金哥가 내실에 시끄러운 소리를 듣고 괴이히 여겨 탐문하고자 하니, 갑자기 양복 입은 3명이 안에서 급히 나와 놀라 누구냐 하고 물은 즉, 이들이 역시 칼로 김가를 타격하여 귀와 어깨에 부상을 입히고, 곧바로 도망갔다. 이군대李軍大(이 군부대신)은 한성병원에서 치료 중이나 부상이 극중極重(매우 심)하여, 위험이 팔구분八九分(80~90%)이라더라.

변장용으로 달았던 인조수염을 이근택의 집에 떨어뜨린 것이 단서가 되었다. 일제 경찰 마루야마丸山重俊의 부하들

(사진) 을사오적 중 하나 이근택

이 한성모의 집을 습격했다. 결국 기산도, 김석항, 김일제, 박종섭, 박경하, 이범석 등 12명이 체포되었다. 기산도는 자신을 직접 신문한 이근택에게 호통을 쳤다.

"너희 오적을 죽이고자 하는 지사들이 어찌 한두 사람이겠느냐! 2천 만 모두가 너희들을 처단하러 올 것이다. 네 놈들은 결코 천명을 살지 못할 테니 하늘에 지은 죄값을 하리라. 다만 내가 서툴러서 너를 죽이지 못하고 이렇게 탄로가 난 것이 한스러울 뿐이다."

재판장 이윤용은 기산도에게 2년 6개월의 징역을 선고했다. 이윤용은 이완용의 이복형이었다. 기산도는 법정에 붙잡혀 있을 당시에는 그 사실을 미처 알지 못했다. 감옥살이를 마치고 나온 기산도는,

"나를 이완용의 형이 심판했다니……! 내가 감방 안에서 그 사실을 알고 얼마나 기가 막혔던가! 동학 2대 교주 해월 최시형에게 사형을 선고한 판사가 고부 군수였던 조병갑이었는데, 내가 또 그 꼴을 당하였어……! 세상이 어찌 이토록 엉망일 수 있단 말인가!"

하며 눈물을 쏟았다.

하지만 기산도는 이내 새로운 울음을 터뜨려야 했다. 그가 옥중에 있을 때는 어느 누구도 차마 말해줄 수 없었던 비보였다. 재종조부 기삼연 의병장의 순국 소식이었다. 줄곧 일제와 맞서 싸우던 기삼연 의병장은 1908년 1월 2일

광주 서천교 백사장에서 총살당했다. 한참 통곡을 하던 기산도가 이윽고 주위 사람들을 둘러보며 다짐했다.

"내가 어찌 원수를 갚지 않고 이 싸움을 그만두겠는가!"

그렇지만 기산도는 상해 임시정부에 참여하려던 계획을 이루지 못했다. 그는 제자 박길용과 기동환을 데리고 진남포로 가던 중 일제의 감시에 가로막혔고, 이내 일경에 체포되어 광주 형무소에 갇혔다. 기산도는 일제 형사가 혹독한 고문을 가하자 '내가 어찌 너희 같은 개들과 말을 주고받겠느냐?'면서 스스로 혀를 끊었다.

다시 5년여 동안 갇혔던 기산도는 반신불수가 되었다. 고문으로 왼쪽 다리를 잃은 그는 그 후 3년 간 떠돌이 생활을 이어가지만 끝내 버티지 못하고 세상을 떠났다.

그의 유언은 아주 소박했다. 그는 자신의 무덤 앞에 작은 나무 비 하나를 세워달라고 했다.

〈流離焉乞之士 奇山度之墓〉

'유리언걸지사 기산도지묘', 즉, 떠돌이 거지 선비 기산도의 묘라는 뜻이었다.

나철羅喆은 기산도의 고향 장성과 인접한 보성에서 태어났다. 나철은 기산도보다 6년 먼저 출생해(1863년) 10년쯤 앞서 사망했다(1916년). 보성 벌교의 지주 집안 둘째 아들 나철은 과거에 장원급제하는 등 부모와 가문의 큰 기대를

(사진) 감사의용단을 이끈 대종교 창시자 나철

모았다. 그러나 나철은 벼슬살이나 하고 있다가는 나라를 구할 수 없다는 생각에 젖어들었다. 그는 강진 출신의 오혁, 부안 출신의 이기 등과 의기투합했다.

"일본과 한국 두 민족이 서로 주권을 존중하면서 공존해야 나란히 번영할 수 있습니다. 그 사실을 모두가 인식하도록 만드는 것이 중요합니다. 일본인들의 마음과 생각을 바꾸어야 동양 평화가 가능하다는 말이지요."

"옳습니다. 그렇게 하려면 우리가 일본으로 가서 저들의 핵심 지도층을 설득하는 수밖에 달리 방도가 없습니다."

하지만 그것은 순진한 생각에 지나지 않았다. 이토 히로부미 등이 나철 일행을 만나줄 리 없었다. 그제야 나철 등은 독립을 지키기 위해서는 무력을 갖추어야 한다는 사실을, 뒤늦게 깨달았다. 자주국가 유지에 방해가 되는 인물이나 세력은 제거하는 수밖에 없다는 생각도 단단히 가지게 되었다.

"맨 먼저 처단해야 할 자들이 바로 을사오적이오. 이완용, 박제순, 권중현 등부터 죽입시다."

"권총을 구입하여 총을 쏘는 훈련을 합시다."

나철, 오혁, 김인식, 강상원 등 20여 명은 감사의용단敢死義勇團을 조직했다. 과감히 목숨을 던질 의롭고 용기있는 지사들의 단체라는 뜻이었다. 단원들은 '2천만 민족의 노예의 굴레를 벗기기 위해 함께 목숨을 바치자'는 동맹서에

서명했고, '나라를 팔아먹은 오적을 민족의 이름으로 응징한다'는 참간장斬奸狀에 동의했다.

"오적을 처단할 계획을 세밀하게 수립해야 합니다."

"그렇습니다. 기산도 선생 중심의 자강회가 이근택 처단에 실패한 교훈을 되새겨 볼 일입니다. 자강회가 대의는 좋았으나 치밀하지는 못했습니다."

논의 끝에, 권총을 갖춘 행동부대를 오적의 집 앞마다 배치했다. 아침에 오적들이 대문을 열 때 일제히 총격을 가해 처단하려는 작전이었다. 거사일은 (1906년) 2월 13일로 잡았다. 그러나 예상과 달리 오적의 입궐 시간이 모두 달라 그 계획은 실행에 옮겨지지 못했다.

"선물을 보냅시다."

새로운 계책으로, 오적에게 선물을 보냈다. 폭탄을 넣은 상자가 선물로 위장되어 박제순 등 오적에게 배달되었다. 그런데 박제순이,

"선물이 왔다고? 요즘 세상에 생면부지한 자가 한번 만나자는 청도 없이 그냥 선물을 보내? 상자 안에 수상하거나 위험한 물건이 들었을 게 틀림없다."

하고 경계심을 드러내고는,

"이 상자가 나한테만 배달되었을 리가 없지!"

라면서, 이완용 등에게 선물상자를 열지 말라고 두루 연락했다. 그 바람에 만사가 일그러지고 말았다.

(사진) 을사오적 중 이완용과 박제순

감사의용단은 을사오적을 나누어서 각각 저격하기로 방침을 바꿨다. 단원들은 2월 27일, 3월 2일, 3월 6일 세 차례에 걸쳐 을사오적 처단을 시도했다. 그러나 계획대로 성사시키지 못하던 차에 단원 한 사람이 붙잡히는 사태가 발생했다.

그는 권중현 처단 임무를 맡았었다. 그 단원은 권중현을 향해 발사했지만 부상만 입히는 데 그쳤다. 그는 혹독한 고문을 이겨내지 못한 채 이 사건 관련 인물 중 자신이 아는 열여덟 명의 이름을 실토했다.

"이러다간 동지들이 모두 죽을 것이오."

결국 나철은 자신이 주동자라며 자수했다. 동지들의 희생을 줄이려는 고육책이었다. 나철에게는 지도智島 10년 유배형이 떨어졌다. 그때가 1907년 7월 3일이었다. 그나마 4개월 뒤 고종의 특사로 귀양살이에서 풀려난 것이 불행 중 다행이었다.

나철은 새로운 투쟁을 모색했다. 민족종교를 우뚝 세워 독립운동의 새로운 전환을 도모하리라, 다짐했다. 더욱 체계화한 단군교를 통해 나라 잃은 실의에서 헤어나지 못하고 있는 겨레를 하나로 묶고, 나아가 일으켜 세우겠노라는 담대한 계획이었다.

나철은 1909년 1월 15일 단군교를 일으키는 첫 발걸음을 내디뎠다. 첫 모임은 서울 재동 취운정에서 열렸다. 이

날은 모두 낯익은 얼굴들이 모였다. 나인영(대종교 창시 이전까지의 나철의 이름), 오혁, 이기, 강상원, 김윤식, 유근, 김인식, 오기호, 강우, 정훈모, 김춘식 등이었다. 그냥 지나치다 '저게 뭔가?' 싶은 호기심에 참가한 사람은 아무도 없었다. 올 사람만 초대했다. 모두 왔다 싶을 때 나인영이 자리에서 일어섰다. 그는 '국조國祖를 받들어 민족정기를 세우고 민족독립을 지키기 위한 나라의 정신으로 삼자!'라고 역설했다.

나철은 한얼교 또는 천신교라 불리던 단군교를 1910년 8월 대종교人倧敎로 개명했다. 나라가 일본의 침략 세력에 짓밟힌 이후, 국조를 받들어 민족자존을 지켜야 할 필요성을 절감한 지사들이 많았다. 민족종교를 민족의식 고취의 방편으로 삼자는 뜻이었다. 대종교의 교세가 폭발적으로 늘어난 데에는 그런 시대적 추세도 한몫을 했다.

대종교 교인의 헤아릴 수 없는 증가는 독립운동 세력의 놀라운 확대로 이어졌다. 일제가 그런 대종교를 그냥 내버려둘 리 없었다. 일제는 1915년 종교 통제안宗敎統制案을 공포, 대종교를 불법화했다. 대종교는 존폐 위기에 몰렸고, 분을 참지 못한 나철은 1916년 8월 15일 자결하였다.

나철의 유해는 자신의 유언에 따라 단군이 활동한 무대이자 고구려 땅이었던 북간도에 묻혔다. 백두산으로 가는 길목이었다. 대종교 본부도 서울에서 북간도로 옮겨졌다.

(사진) 을사오적 중 하나 권중현

자연스레 나철은 독립운동의 밑거름이 되었다. 1919년 2월 1일 대종교 지도자 서일, 여준 등이 중심이 되어 3·1운동보다 빠른 '무오 독립선언'을 발표했다. 또 김좌진 등 대종교 회원을 중심으로 조직된 북로군정서4)는 청산리 대첩의 핵심이 되었다. 2,500명의 독립군은 1920년 10월 2 1일부터 26일까지 청산리에서 일본군 5만여 명을 상대로 싸워 3,000여 명을 전사시켰다.

1908년 3월 23일 전명운田明雲·장인환張仁煥 두 지사가 통감부 외교 고문 스티븐스Stevens를 저격했다. 스티븐스는 샌프란시스코까지 와서 '일본의 한국 지배는 한국에 유익하다'는 성명서를 발표하는 등 지독한 친일파였다.
당일 아침 전명운과 장인환은 각각 오클랜드 선창에서

---

4) 신흥무관학교 교장을 지낸 여준이 주석, 김좌진이 군무부장, 손일민 등이 중앙위원을 맡은 의군부는 3·1운동 직전인 1919년 2월 24일 박찬익, 조소앙, 김좌진, 손일민, 황상규 등 망명객 13명이 향후 독립운동 추진 방법을 논의한 끝에 2월 27일 결성했다.
의군부는 창립 후 대종교 계열의 대한독립군정회大韓獨立軍政會와 연계 활동을 펼치기로 합의, 실행 기관으로 대한군정부大韓軍政府를 설립했다. 그 후 대한군정부는 그 이름에 '정부'가 들어있는 것은 적절하지 않다는 임시정부의 권고에 따라 대한군정서大韓軍政署로 개명했다. 서간도 일대의 독립군 부대를 서로군정서西路軍政署라 부르는 데에 대칭하여 흔히 북로군정서北路軍政署라는 별칭으로 불린 대한군정서는 1920년 10월 21일~26일의 청산리 대첩을 이루어내는 주력 군대가 되었다.

스티븐스를 기다렸다. 장인환에 앞서 전명운은 품속에서 사진 한 장을 꺼내어 시아에 들어온 서양인과 맞추어 보고 있었다. 틀림없는 스티븐스였다.

"저 놈이 분명해!"

하지만 누구에게 확인을 요청해볼 도리도 없는 일이었다. 그저 혼자 판단하고, 혼자서 결행해야 하는 거사였다. 그때까지만 해도 전명운은 장인환이 누구인지 전혀 알지 못했다.

전명운은 권총을 꺼내어 침착하게 스티븐스를 저격했다. 그러나 마음뿐 실제로는 흥분이 앞섰다. 총알은 스티븐스를 명중하지 못했다. 다급해진 전명운은 뛰쳐나가 권총자루로 스티븐스의 얼굴을 후려쳤다.

"이놈, 죽어라! 네 놈은 우리의 국적國賊이다!"

스티븐스가 저항하면서 격투가 벌어졌다. 또 다른 지사 장인환이 뒤에서 그 광경을 주시하고 있었다. 그는 처음 보는 조선 청년이 자신에 앞서 스티븐스를 저격하는 것을 보고 당황했지만, 일단은 그저 지켜보는 수뿐이었다. 그런데 그의 총격에 스티븐스가 쓰러지지 않았고, 두 사람 사이에 격투가 벌어졌다.

두고만 볼 일이 아니었다. 장인환은 스티븐스를 겨냥하여 총을 발사했다. 마침내 스티븐스가 쓰러졌다. 그 과정에서 전명운도 유탄을 맞아 바닥으로 넘어졌다. 장인환이

(사진) 장인환과 전명운

외쳤다.

"스티븐스 같은 자를 죽이지 않으면 우리나라의 운명은 영영 사라지고 만다. 스티븐스를 죽이고 나도 죽는다면 조국 대한의 영광이 될 것이다!"

6월 27일 석방된 전명운은 변호사 등의 권고에 따라 그 해 12월 시베리아 해삼위海蔘威(블라디보스토크)로 피신했다. 그런데 해삼위에는 안중근安重根이 먼저 망명 와 있었다. 두 사람은 서로 통성명을 하고 인사를 나누었다. 전명운이 세 살 위였다.

안중근이 이토 히로부미伊藤博文를 사살한 날은 1909년 10월 26일이었다. 전명운은 안중근이 이토를 사살하는 광경을 직접 보거나, 그 소식을 가까이서 신속히 듣지는 못했다. 전명운은 그해 7월 미국으로 돌아갔기 때문이다.

안중근을 처음 만났을 때, 전명운에게 가장 강렬한 인상을 준 것은 그의 잘린 손가락이었다.

"아니, 손은 어쩌다가……?"

첫 대면 때, 전명운은 안중근의 손가락에 주목했다. 안중근이 조금 쑥스러운 표정을 지었다.

"이게 그러니까……."

전명운이 안중근의 잘린 손가락을 보며 찬탄을 금하지 못하던 그 때는 1909년 4월이었다.

그보다 한 달 전인 3월 5일, 두만강 국경 연추烟秋(크리스키노)에서 단지동맹斷指同盟이 결성되었다. 단지동맹은 조국 독립과 동양 평화 유지를 활동 목표로 내건 결사체였다. 조직원으로는 안중근·김기룡·강순기·정원주·박봉석·유치홍·김백춘·백규삼·황영길·조응순·김천화·강창두 등 30대 초반 12명이 가입했다. 이날 12명은 당장 의병을 크게 일으키기는 어려운 만큼 장기적 계획을 추진하여 일제와 일전을 벌이자고 결의하면서 서로를 격려했다.5)

그로부터 불과 일곱 달 뒤 안중근은 이토를 사살했다. 장기적 계획으로 군사적 힘을 기르자고 맹세했던 단지동맹 동지들과 약속은 결과적으로 허언이 되고 말았다. 사실 안중근은 블라디보스토크에서 더 이상 대규모 의병을 모집하고, 또 항일전을 벌이는 일은 거의 불가능하다는 판단에서 의열 투쟁으로 전환하는 것이 옳지 않을까, 내심 생각 중이었다. 특히 이토가 만주를 방문한다는 소식이 들려온 이래로 더욱 그랬다.

'이토 히로부미! 의병들이 첫 번째 암살 대상으로 꼽는 원흉이다!6) 그 자가 만주에 온다! 어찌 장기 계획에 연연할 것인가? 그 어떤 일도 그 자를 처단하는 거사에 견주면 급한 것도 중요한 것도 있을 수 없어!'

---

5) 김삼웅, 《안중근 평전》(시대의 창, 2009), 189~193쪽.
6) 김삼웅, 위의 책, 208쪽.

(사진) 안중근

안중근은 마음속으로 이토의 죄악을 열거해 보았다.

하나, 한국의 민 황후를 시해한 죄
둘, 한국 황제를 폐위시킨 죄
셋, 5조약[7]과 7조약[8]을 강제로 체결한 죄
넷, 무고한 한국인들을 학살한 죄
다섯, 정권을 강제로 빼앗은 죄
여섯, 철도, 광산, 산림, 천택을 강제로 빼앗은 죄
일곱, 제일은행권 지폐를 강제로 사용한 죄
여덟, 군대를 해산시킨 죄
아홉, 교육을 방해한 죄
열, 한국인의 해외 유학을 금지시킨 죄
열하나, 교과서를 압수하여 불태운 죄
열둘, 한국인이 일본의 보호를 자청한다고 세계를 속인 죄
열셋, 한국과 일본 사이에 싸움이 그치지 않아 살육이 끊이지 않는데도 한국이 태평무사한 것처럼 천황을 속인 죄
열넷, 동양 평화를 파괴한 죄[9]

---

[7] 을사늑약으로, 1905년 이토 히로부미와 을사오적만 참석한 회의에서 체결되었다. 무력에 의해 불법적으로 체결된 을사늑약을 통해 일제는 한국정부의 외교권을 박탈하고, 통감부를 설치했다.
[8] 1907년의 정미7조약으로, 일제에 군대해산권을 주었고, 각 부처에 일본인 차관을 둠으로써 내정이 철저하게 간섭되었다.
[9] 안중근의 자서전 《안응칠 역사》에 이토의 열다섯 가지 죄상

'그런 이토가 러시아 재무장관 블라디미르 코콥초프와 회담하기 위해 하얼빈에 온다고?'

안중근은 '대단히 좋은 소식을 듣고 심중 기뻐 견딜 수 없었으나 타인에게 선수를 빼앗길까 우려하여 누구에게도 입 밖에 내지 않고 곧'10) 이토 처단 준비에 들어갔다.

무엇보다도 먼저 거사를 함께 실행할 동지부터 규합했다. 안중근은 블라디보스토크의 교민들 중에서 자신과 가장 친한 최재형, 유진률, 이강, 우덕순을 만났다. 그들은 모두 블라디보스토크 교민 신문인 대동공보사와 관련되는 인물들이었는데, 안중근도 한때 그곳에서 기자로 일한 적이 있었다.

"우리나라 침략의 원흉이자 동양 평화의 파괴자인 이토가 마침내 만주 침략의 본심을 드러내고 있습니다. 결코 묵과할 수 없는 일이지요. 국권회복을 위해서도 그렇고, 동양평화를 위해서도 그렇습니다. 내가 이 자를 반드시 처단하고 말 작정이오."

안중근은 본래 명사수로 이름이 높았다. 그런즉 이토를 사살할 자신감이 넘친 것도 당연했다.

이 실려 있다. 그런데 '열다섯, 일본 천황 폐하의 아버지인 태황제를 시해한 죄'는 사실이 아니기도 하므로 여기서는 생략했다.
10) 〈경경시의 신문에 대한 안응칠(안중근)의 공술(제 7회)〉(1909.12.4.), 국사편찬위원회, 428~429쪽. 김삼웅, 앞의 책, 207쪽에서 재인용.

(사진) 우덕순

"모든 독립지사들이 처단 대상 1호로 지목하고 있는 자가 바로 이토요! 게다가 지금은, 다들 아시는 바와 같이, 일본의 압력을 두려워하는 러시아가 우리의 독립운동을 탐탁하지 않게 여기고 탄압하고 있습니다. 이토만 처단하면 우리의 독립 열망이 얼마나 강력한지 세계만방은 물론 러시아 당국과 러시아 사람들에게 분명하게 보여줄 수 있어요. 결코 놓칠 수 없는 기회가 왔다, 그 말입니다!"

안중근이 결의를 보이자 최재형 등이 한결같이 두 주먹을 불끈 쥐면서 호응했다.

"옳은 말씀이오! 원흉 이토를 처단할 수 있다면 우리 민족의 앞날에는 서광이 비칠 게요! 우리가 힘을 보태리다!"

그뿐이 아니었다. 대동공보사의 집금 회계원 우덕순禹德淳은 자리에서 벌떡 일어나 큰소리로 외쳤다.

"내가 이토를 저격하겠소. 하얼빈 역에서 기필코 이토의 숨을 끊어버리겠소!"

그렇게 의기는 높았지만, 총을 구입할 자금은커녕 하얼빈으로 이동할 여비조차 없었다. 모두의 얼굴에 짙게 그림자가 드리워졌다. 안중근이 쾌활한 음성으로 장담했다.

"자금은 내가 마련할 테니 염려들 않으셔도 됩니다."

안중근은 황해도 출신 의병장 이진룡을 만났다. 그 무렵 이진룡은 블라디보스토크에 머무르고 있었다. 그가 블라디보스토크에 체류 중인 것은 무기 구입 때문이었다. 즉 이진룡은 현재 현금을 보유하고 있었다.

"내가 이토를 처단하려 하오. 그 일로 기천근千(이진룡)에게 특별히 부탁할 것이 있어서 찾아왔소."

이진룡이 반색을 하면서 되물었다.

"이토를 죽인다? 그렇게만 된다면 '동북아 정세의 지각변동을 일으키는 큰 사건'11)이 일어나는 것이지요. 좋은 계획이오. 그래, 내가 무엇을 도와주면 되겠소?"

"하얼빈에서 이토를 처단하려면 무기를 갖춰야 하고, 실행을 맡을 동지들의 여비와 숙식 경비가 필요하오."

안중근은 류인석을 연해주 의병대장으로 모시고 참모중장으로서 의병 활동을 했는데,12) 이진룡 또한 본래가 류인석의 문인이었다. 뿐만 아니라 안중근과 이진룡은 1879년생으로 동갑이었다. 이진룡은 1915년 12월 대한광복회 만주 지부, 즉 길림 광복회가 창립될 때 초대 지부장을 맡게 되는 인물로, 본디 성격이 호방하고 활기찼다.

"허허, 내가 무기를 구입하기 위해 현금을 가지고 있다는 사실을 이미 알고 찾아 왔으니, 어찌 내놓지 않고 베기겠소."

"허허허."

---

11) 김삼웅, 앞의 책, 356쪽.
12) 정우택, 〈류인석의 연해주 의병 활동과 안중근〉(2017.10.18.), 세명대학교 인문도시산업단 누리집.

(사진) 전북 김제의 하얼빈역 모형

"비록 내 수중에 돈이 없다한들 이토를 죽이는 데 쓰일 군자금이라면 남의 것을 빼앗아서라도 장만해 드릴 터인즉, 흔쾌히 지원을 해 드리겠소. 다만 이 돈이 나 개인의 재산이 아니라 황해도 의병들이 무기를 사오라고 모아준 군비軍費라는 사실을 잊어서는 안 되오. 반드시 이토를 처단해야 한다, 그 말이오!"

"물론이지요. 내 기필코 이토를 처단할 것이니 기쁜 소식을 기다리시오."13)

그렇게 하여 드디어 10월 21일, 안중근과 우덕순은 하얼빈으로 출발했다. 두 사람은 10월 22일 밤 9시경 하얼빈에 도착했다. 혹 수상하게 보여 일이 틀려질까 봐 두 사람은 기차 안에서도 다른 좌석에 따로 떨어져 앉아 서로 모르는 사이인 양 행세했다.

하얼빈에서는 대동공보사 하얼빈 지국의 소개로 거사 동지가 한 명 늘어났다. 안중근, 우덕순, 조도선曹道先 세 사람은 열차가 정차하는 채가구역과 하얼빈역에서 거사를

---

13) 안중근의 자서전 《안응칠 역사》 82쪽에는 '100원만 꾸어 달라고 사정을 했으나 그(이진룡)는 끝내 거절하였다. 나는 하는 수 없이 그에게 위협을 가하여 강제로 100원을 빼앗았다. 자금이 생기니 일이 반은 이루어진 것 같았다.'라고 기술되어 있다. 이에 대해 김삼웅은 《안중근 평전》 203쪽에 '일제의 신문을 받을 때 의병장 이석산(이진룡)을 보호하기 위하여 빼앗은 것으로 진술(기술)한 것은 아니었을까?'라고 추정하고 있다. 이 소설에서는, 이진룡의 정체성으로 보아 충분히 타당성이 있는 김삼웅의 추정을 따른다.

감행하기로 하였다. 채가구역은 우덕순과 조도선이, 하얼빈역은 안중근이 맡았다. 하지만 우덕순과 조도선은 아무것도 할 수가 없었다. 두 사람이 투숙한 채가구역 여인숙 주변을 러시아 경비병들이 철통같이 에워싸 버렸다.

이제 안중근밖에 없었다. 안중근이 하얼빈역에서 먼저 이토를 저격하고, 만약 실패하면 우덕순이 채가구역에서 2차 저격을 감행하기로 했었는데, 그런 기대는 버려야 했다. 그래도 하늘이 도왔는지, 안중근은 하얼빈역의 이토 환영식장 안으로 아무런 제재 없이 들어갈 수 있었다. 애당초 러시아는 동양인들에 대해 검문을 실시할 방침이었다. 그런데 일본이 '일본인의 출입 자유를 제한해서는 안 된다'며 거절했다. 덕분에 안중근까지 자유롭게 식장 안으로 접근하게 되었다. 일본의 방침이 이토의 목숨을 끊는 데 크게 기여한 셈이었다.

9시 15분, 시간이 되자 기차에서 내린 이토가 군악대의 음악 속으로 걸어 들어왔다. 환영 인파의 만세에 짓눌려 다른 소리들은 모두 묻혀 버렸다. 이윽고 일본 측 거물들이 앞으로 다가왔을 때, 안중근은 권총을 꺼내 맨 앞에 선 자의 가슴을 향해 통렬하게 세 발 쏘았다. 바로 이토였다. 안중근은 '혹 이 자가 이토가 아닐 수도 있겠다' 싶은 걱정에 그 옆의 인물들에게도 총격을 가했다. 하얼빈 총영사 가와카미 도시히코川上俊彦, 궁내대신 비서관 모리 타이지

(사진) 안중근이 사용한 M1900권총의 모형

로모리森泰二郎, 만철 이사 다나카 세이타로田中淸太郎가 바로 그들이었다. 이토뿐만이 아니라 그들 셋도 모두 그 자리에서 쓰러졌다.

안중근은 적들이 쓰러지는 것을 보고 바로 '코레아 우라!'를 우렁차게 세 번 연호했다. 사방 천지가 온통 러시아 군인들로 가득 차 있었으므로 그들이 알아들을 수 있도록 '대한 만세!'를 러시아말로 외친 것이었다.

"코레아 우라!"

"코레아 우라!"

"코레아 우라!"

환영식장은 아수라장이 되었지만 이토는 그것조차 알지 못했다. 이토는 피격 30분 만인 10시경에 숨졌다.

중국인들은 '안중근의 의거로부터 중국과 조선 인민의 항일 투쟁이 시작됐다.'14)면서 안 의사의 거사 성공에 찬

---

14) 중국 주은래 총리는 1963년 발표한 담화문에서 '안중근의 의거로부터 중국과 조선 인민의 항일 투쟁이 시작됐다.'라고 찬탄했다. 인용 본문은 노컷뉴스 2018년 8월 16일 〈뤼순 아파트 어딘가에 안중근 의사가 있다〉라는 CBS 라디오 인터뷰의 손수호 변호사의 발언에서 따왔다. "당시 일본은 제국주의 침략 의도를 어느 정도 잘 감추고 있었어요. 그래서 대부분의 국가에서는 그저 일본의 유력 정치인이 저격당했구나. 이렇게 인지했죠. 하지만 중국에서는 달랐습니다. 수많은 신문 기사가 쏟아졌고, 안중근 의사의 의거를 널리 알렸습니다. 이런 적극적인 보도 때문에 중국과 일본 사이에 외교 마찰이 생겼고요. 심지어 폐간당한 신문까지 있었을 정도였습니

사를 보냈고, 또 스스로 격앙되었다.

1910년 2월 14일 일제 관동도독부 형사법정은 안중근에게 사형을 선고했다. 안중근의 두 동생은 진남포에 계시는 어머니에게 달려와 '앞으로 어떻게 하면 좋겠느냐'고 말씀을 드렸다. 어머니 조마리아는 두 아들에게 '여순으로 가서 형에게 전하라'면서 이렇게 말했다.

"중근은 큰일을 했다. 만인을 죽인 원수를 갚고 의를 세웠으니 무슨 잘못을 저질렀단 말인가. 큰일을 하였으니 목숨을 아끼지 말라. 일본 사람들이 너를 살려줄 까닭이 없으니 비겁하게 항소 같은 것은 하지 말라. 깨끗이 죽음을 택하는 것이 어미의 희망이다. 살려달라고 구걸하면 양반집 체면을 떨어뜨리는 것이다. 이제는 평화스러운 천당에서 만나자."

3월 26일, 안중근은 여순 감옥 묘지에 묻혔다. 그 이후 안중근의 묘는 자리가 멸실되어 다시는 찾을 수 없게 되고 말았다. 그는 나라가 회복이 되면 자신을 고국땅으로 가져가 반장返葬(타지에서 죽은 사람의 시체를 고향으로 가져가 장례를 치름)해달고 유언했지만, 독립된 지 75년이 지난 지

다. 당시 중국 민중들은 애국심과 동양 평화에 대한 공헌을 높이 평가하면서 안중근 의사에게 열광하기도 했습니다. 그 후 중국의 영원한 2인자로 불렸던 저우은라이, 주은래 총리가 1963년에 담화를 발표하는데요. '안중근의 의거로부터 중국과 조선 인민의 항일 투쟁이 시작됐다.'면서 높은 평가를 내리기도 했습니다."

(사진) 효창공원의 안중근 가묘. 지사는 아직도 귀국하지 못했다.

금도 그 일은 이루어지지 않고 있다. 아마도 그가 두 동생에게 남긴 유언은 오늘도 여순 감옥 위 허공을 떠돌고 있을 것이다.

내가 죽은 뒤에 나의 뼈를 하얼빈 공원 곁에 묻어두었다가
우리 국권이 회복되거든 고국으로 반장해 다오.
나는 천국에 가서도 또한
마땅히 우리나라의 회복을 위해 힘쓸 것이다.
너희들은 돌아가서 동포들에게
각각 모두 나라의 책임을 지고 국민 된 의무를 다하여
마음을 같이하고 힘을 합하여 공로를 세우고
업을 이루도록 일러다오.
대한독립의 소리가 천국에 들려오면
나는 마땅히 춤추며 만세를 부를 것이다.

"안중근 의사가 이토를 사살했어!"
"그래! 이제는 친일 매국노 이완용李完用과 이용구李容九를 없애는 것이 국권수호의 첩경이야!"
안중근 의사의 이토 사살 성공은 나라 안은 물론 동아시아를 뒤흔들었다. 안중근 의사의 이토 처단에 크게 고무된 이재명·김정익·이동수·조창호·김정익·김태선·김병록·김용문·박태은·김이걸·이응삼·김병현·김동현·이연수 등은 야

학당에 모여 논의 끝에 이완용을 죽이기로 했다.

1909년 12월 22일 명동성당에서 이재명은 인력거를 타고 지나가려는 이완용에게 칼을 휘둘렀다. 이재명은 이완용의 허리와 어깨 등을 찔렀다. 하지만 이완용은 절명하지 않았고, 이재명은 일본경찰의 창검에 왼쪽 넓적다리가 찔리는 중상을 입은 채 체포되었다.

이재명은 이완용의 집으로 끌려갔다. 마침 이완용의 집에는 농부대신 조중응이 있었다. 조중응은 이완용과 함께 을사조약 체결에 앞장선 매국노였다. 조중응이 이재명을 바라보며 호통쳤다.

"네가 흉악한 폭도로구나!"

이재명이 두 눈을 부릅뜨고 조중응을 꾸짖었다.

"너 따위 매국노 놈이 감히 나에게 너라고 하느냐?"

이재명은 재판정에서도 이완용의 죄목을 8개조로 나누어 분명하게 질타했다. 재판장이,

"이완용에게 무슨 잘못이 있어 그를 해하려 하였느냐?"

라고 묻자, 이재명은 목소리를 높여 그를 질타했다.

"첫째, 을사조약이 체결되도록 하여 외교권을 일본에 넘긴 일과 조선통감부가 우리나라에 설치되도록 한 죄를 저질렀다.

둘째, 헤이그 특사를 빌미로 황제 앞에서 3차에 걸쳐 협박하여 양위하게 한 죄를 저질렀다.

이재명(왼쪽부터)과 그의 동지 김이걸 김병현

셋째, 정미칠조약을 강제로 체결한 일과 또한 군대를 강제로 해산케 한 잘못을 저질렀다.

넷째, 어린 황태자를 일본에 인질로 보내고, 또 일본여자와 정책적인 결혼을 시켰다.

다섯째, 고종을 일본에 건너가게 하려고 획책했다.

여섯째, 황제를 강제로 서북 지방을 순행케 했다.

일곱째, 사법권을 일제에 넘겨 애국지사를 처벌케 한 잘못을 저질렀다.

여덟째, 일진회로 하여금 100만인 서명운동을 전개시켜 표면적으로 한일 합병의 근거가 되게 하는 잘못을 저질렀다. 그런데도 재판장은 이완용의 이러한 과오를 진정 알지 못한단 말인가?"

재판장이 이재명에게 물었다.

"피고의 일에 찬성할 사람이 몇이나 되겠는가?"

이재명이 대답했다.

"2천 만 대한민국 모두다!"

이재명은 1910년 9월 30일 순국했다.

1910년대, 대한광복회

1915년 12월 초 어느 날.

광복회 총사령 박상진, 지휘장 우재룡과 권영만, 경상도 지부장 채기중, 재무부장 최준, 사무총괄 이복우 등이 둘러앉아 회의를 하고 있다. 경주 녹동 469번지 박상진의 집이다.

"우리 광복회가 지난 8월 25일 대구 달성토성에서 역사적 창단을 한 이래 어느덧 100일가량 지났습니다. 그 동안 각 도마다 지부를 설치했으니 드디어 본격적인 사업을 펼쳐야겠습니다. 이제 무슨 일을 어떻게 할 것인지 진중하게 논의를 해보십시다."

박상진의 개회 선언이 끝나기 무섭게 우재룡이 말을 잇는다.

"우리가 특별히 완수해야 할 가장 중요한 과업은 만주에서 활동하고 있는 독립운동 단체에 군자금을 보내는 일입니다. 그 일부터 집중을 하는 것이 좋을 듯하오."

기다렸다는 듯이 최준이 말한다.
"그렇잖아도 좋은 정보가 입수되었소."
모두들 최준을 쳐다본다.
"영일, 영덕, 경주 일대에서 거둔 세금을 양력 12월 24일에 우편마차로 대구까지 이송한다는 소식입니다."
권영만이 바로 찬동을 한다.
"세금을 뺏자는 말씀이군요. 우리 광복회의 첫째 행동강령이 부호들의 의연을 받되, 일본인이 불법 징수한 세금을 압수하여 무장한다는 것이니 아주 할 만한 사업이오."
박상진이 묻는다.
"누가 이 일을 맡으시겠소?"
권영만이 대답한다.
"내가 우 동지와 더불어 반드시 일을 성사시키리다."
박상진이 권총 두 자루를 탁자 위에 올려놓는다.
"두 분 모두 의병 출신이라 특별히 믿음이 갑니다."
권영만은 고향인 청송에서 의병 활동을 했다. 우재룡은 산남의진 선봉장이었다. 이복우가 부연 설명을 한다.
"우편마차는 읍내에서 출발해서 갯보산과 장산 사이의 숯티고개를 넘은 다음 효현다리를 건너 아화로 갑니다."
박상진은 20여 년 전인 1887년에 울산 송정을 떠나 경주로 이사를 왔지만 청송으로 가서 허위에게 배우랴, 서울 양정의숙에 유학하여 신학문을 연마하랴, 떠나 있은 시간

이 많은 탓에 갯보산, 장산, 솟티고개 등의 지명이 금시초
문이다. 권영만과 채기중은 외지인이라 더욱 그랬다. 우재
룡은 비록 주소지는 경주 녹동이지만 이사를 온 지 며칠
되지 않은 탓에 권영만·채기중과 별반 다를 바 없었다.

"우편마차가 솟티고개를 넘는다? 고개라면 습격을 하기
에 아주 좋은 장소인데……."

권영만이 혼잣말로 중얼거리자 이복우가 거든다.

"무열왕릉에서 읍내 반대쪽으로 넘어가는 고개입니다.
고개를 넘으면 금세 나무다리가 나오는데 그 다리 이름이
효현교지요."

이윽고 우재룡과 권영만이 솟티고개와 효현교 일대를
답사한다. 두 사람은 교각 아래를 거사 장소로 결정한다.
다리 아래로는 형산강으로 흘러들어가는 고현천이 흐르고
있다. 하의를 무릎까지만 걷어 올리면 건널 수 있을 만큼
얕은 물길이다. 여기저기 돌이 솟아 있어서 마차가 내려온
다면 아주 천천히, 극도로 조심해서 운행해야 할 듯하다.
두 사람은 다리 아래에서 머리를 맞댄 채 습격 계획을 논
의했다.

다음날 아침, 마부는 휘파람을 불며 우편마차를 몰아 가
볍게 솟티고개를 넘은 다음 곧장 효현교에 닿았다. 그런데
이게 웬일인가? 다리 상판에 구멍이 숭숭 뚫려 있다. 도무
지 마차가 통과할 형편이 아니다. 다리 아래 고현천의 살

1910년대 최고의 무장 항일 결사 대한광복회 (사진) 지휘장 우재룡

얼음길을 잠시 응시하던 마부는 그리로 마차를 몰고 들어간다. 저절로 마차는 속도를 잃었고, 돌에 걸려 가끔 멈추기도 했다. 그래도 마부는 조심조심 마차를 움직였다.

사실 다리 상판은 어젯밤에 지금 꼴로 부서졌다. 낮에는 행인들이 있어 어쩌지 못하고 밤이 이슥해진 후에 파괴 작업을 했다. 물에 반쯤 잠겨 있는 큰 돌덩이를 가져와 수십 차례 내리치니 마침내 다리 상판이 푹 찌그러졌다. 사람이 걸어서 지나가기에는 조심에 조심을 거듭하면 아주 불가능할 것도 없었지만, 마차가 통과하다가는 반드시 바퀴나 말발굽이 빠질 지경이었다.

이윽고 교각 아래에 숨어 있던 우재룡이 속도를 잃고 어슬렁거리는 마차의 짐칸에 펄쩍 뛰어오른다. 그가 칼로 바깥 행랑을 찢자 우편물들이 쏟아지면서 이내 세금이 든 큰 행랑이 나타난다. 우재룡이 그것을 둘러맨 채 권영만에게 낮게 속삭인다.

"형님! 가십시다!"

두 사람이 녹동에 닿아 행랑에서 8,700원(현 시세 대략 4억 원)을 내놓자 기다리고 있던 박상진 등이 활짝 함박웃음을 터뜨렸다.

광복회 본부 간부들은 12월 26일에도 〈매일신보〉를 펼쳐놓고 환호작약하며 웃었다. 기사의 제목은 '경주 아화간에서 관금 봉적, 팔천칠백 원 분실, 범인은 조선 사람'이었다. 본문까지 요약하면, 12월 24일 경주에서 아화로 가던 우편마차가 길에서 정부 공금 팔천칠백 원을 조선인 도적에게 빼앗겼다는 내용이다.

"우리가 도적들이구만! 핫핫핫!"

우재룡이 크게 웃음을 터뜨리자, 다시 한번 녹동 469번지에는 박장대소가 봄꽃처럼 만개했다.

다음 날, 녹동에서는 오늘도 회의가 열리고 있다.

"우편마차 탈취 사업은 아주 성공적이었소. 정보가 정확했고, 신속 담대하게 실천에 옮길 인재가 있었기에 가능한 성과였습니다. 두 분 지휘장께 다시 한번 감사 말씀을 드립니다."

박상진이 총사령으로서 개회 인사를 한다. 권영만과 우재룡이 동시에 웃음을 머금으면서 '별말씀을!' 하고 손사래를 친다. 박상진이 말을 잇는다.

"오늘은 우리 7대 강령 중 두 번째, 세 번째 강령과 관련되는 일에 대해서 거론하겠습니다. 우리는 만주에 사관학교를 설립하고 군사를 양성해야 합니다. 그렇게 해서 무력을 길러야 궁극적으로 왜놈들을 섬멸하고 광복이라는 최후의 목적을 달성할 수 있습니다."

우재룡이 주먹으로 손바닥을 치면서 화답한다.

"맞소. 지금도 우리는 각 도의 지부 조직을 충실하게 꾸

(사진) 우재룡과 권영만이 우편 세금마차를 탈취한 경주 효현교

리느라 여념이 없지만, 그 어느 곳보다도 길림 사령부를 세우는 일이 급선무라 할 것이오. 그래야 군자금을 전달하는 보람을 맛볼 수가 있소. 이번처럼 관금을 탈취하거나, 부호들로부터 의연금을 거두거나, 친일파들에게서 빼앗거나 하여 군자금을 조성한들 군대도 없는 국내에 쌓아두기만 한다면 무슨 보람이 있겠소."

이어서 박상진이,

"옳은 말이오. 길림 사령부를 우뚝 세우는 일에 매진 해야겠소. 우 지휘장께서 당분간 단둥에 머물면서 완수를 해 주었으면 하오."

라고 부탁을 하고, 우재룡이 단번에 수락한다.

"올해 내로 길림 사령부를 출범시키리다."

우재룡은 박상진과 처음 만나 함께 독립운동에 매진하기로 결의한 이후 벌써 일곱 차례나 만주에 다녀왔다. 녹동으로 이사와 살기 시작한 것은 1년 남짓밖에 안 되지만 그 사이에 다섯 번이나 다녀왔고, 경주로 오기 이전에도 두 번에 걸쳐 그 먼 거리를 왕복했다.

우재룡이 아무 연고도 없는 만주를 그렇게 많이 방문한 것은 박상진의 그곳에 대한 특별한 관심과 자신에 대한 신임 때문이었다. 1910년 망국 이후 박상진은 만주·연해주·상해 등지를 여행했는데, 해마다 1~2만 명의 우리 겨레가 이주해 가는 서간도에 큰 관심을 가지게 되었다.

'사람이 많으니 저절로 독립운동을 펼칠 수 있는 기본 조건이 갖춰지는 곳 아닌가!'

그 무렵 박상진은 경학사에 들러 이상룡, 김동삼 등 독립운동 지사들을 만나기도 했었다. 그런데 지금은 경학사가 와해되고 없는 실정이다. 경학사는 1910년 말부터 1911년 초에 걸쳐 이석영·이회영·이시영 6형제와 이상룡, 김창환, 이동녕, 여준, 이탁 등 각 도의 대표적 인사 100여 명이 가족과 함께 삼원보로 이주한 뒤 그 일대의 토지를 구입해서 건설한 독립운동 기지였다. 경학사는 농사를 지으면서 군대를 양성하는 병농일치의 원칙에 따라 농업 개발과 군사교육을 병행했다. 부설기관으로 신흥강습소를 두었는데, 신흥강습소는 뒷날 신흥무관학교로 발전하게 되지만 경학사 자체는 문을 닫고 말았다.

경학사는 이회영 일가의 힘으로 처음 1년 동안 운영되었다. 하지만 1912년과 1913년에 걸친 흉작으로 곧 운영난에 부딪혔다. 설상가상으로 중국 정부는 한국인의 토지 취득을 금지했고, 한국인의 왕래마저 차단했다. 결국 이동녕·이시영 등은 독립운동의 새로운 길을 찾아 삼원보를 떠날 수밖에 없었다.

경학사는 비록 3년 정도밖에 유지되지 못했지만, 만주 지역 독립운동의 효시로서 그 이후 중국 동북 지역을 주무대로 활동한 민족주의자들에게 소중한 경험을 남겨주었

(사진) 이회영

다. 박상진은 그 경학사를 계승하는 것이 만주에서 실천할 수 있는 가장 바람직한 독립운동 방략이라고 판단했다. 그래서 항일 투쟁에 생사를 같이하기로 우재룡과 의기투합이 되자 즉시 만주 조직 결성에 착수했고, 우재룡이 그 책임을 맡았다.

약 2년여 동안 석 달에 한 번꼴로 만주를 드나든 우재룡은 길림, 단동 등지에서 이진룡, 김좌진, 주진수, 손일민 등 독립지사들을 만났다. 사람을 만날 때면 우재룡은,

"본인은 산남의진에서 정환직·정용기 부자 의병대장을 모시고 일본놈들과 싸웠던 우재룡이라 하오. 갑인년(1914년)부터 왕산 선생의 고제인 박상진 의사와 더불어 나라 안팎을 아우르는 새로운 비밀결사를 조직하기 위해 뛰고 있소. 새로운 단체는 국내에서 독립운동 자금을 모아 국외 무장투쟁 지사들을 지원하는 일을 그 첫째로 할 것이외다. 그 일을 위해 길림에 새 단체의 만주 지부를 설치하려 하오. 국내에는 전국의 각 도마다 지부를 설치할 것이며, 친일 매국노들을 처단할 계획이오. 아무쪼록 마음과 힘을 모아주기를 간곡히 호소하는 바이오."

하고 힘차게 열변을 토했다.

지금 우재룡은 그 동안 애쓴 보람을 만주 지부 창립이라는 열매로 거두기 위해 떠나려 하고 있다. 우재룡은 출발 전에 미리 서한을 써서 압록강 건너 단동의 안동여관

으로 부쳤다. 단둥에서 만주와 국내 독립지사 사이의 연락 업무를 담당하고 있던 손일민은 우재룡의 편지가 당도한 즉시 '오는 25일 길림의 모 중국인 여관에서 회동하자.'는 연통을 지사들에게 넣었다. 손일민이 조치를 취하는 동안, 우재룡은 대구 상덕태상회 등지에서 권영목을 만났다. 그가 약전골목 서북쪽 끝 지점의 상덕태상회에 들른 것은 만주로 가져갈 군자금을 수합하기 위해서였다.

권영목은 영주 대동상점에서 준비한 7만 원(현 시세 33억 9천 만 원)15)을 우재룡에게 내놓았다. 대동상점은 박제선·권영목 등이 처음 설립하고, 그 이후 이교덕·정응봉·유명수·김노경·조재하 등이 중심되어 조직해 낸 경상도 지부의 핵심 거점이었다.

우재룡과 권영목이 길림에 당도하니, 신민회의 강원도 책임자였던 주진수, 우재룡과 같은 대구진위대 출신의 양재훈, 서간도 지역 독립운동을 위해 군자금을 모집하다가 체포되어 서대문형무소에서 옥고를 치르고 나온 김좌진 등이 기다리고 있었다. 길림광복회의 수령, 즉 광복회 부사령을 맡기로 내정되어 있던 이진룡이 마침 토사곽란이 심한 까닭에 참석하지 못했지만, 이날 길림광복회 결성식은 환호와 결의 속에 무사히 치러졌다.

---

15) 현 시세 환산은 대한광복단기념사업회 《대한광복단 기념공원》 14쪽에 나오는 기술의 인용임.

(사진) 우재룡 등 독립지사들이 무수히 넘나들었던 압록강

1916년 5월 어느 날.

이날도 경주 녹동 박상진의 집에서는 회의가 열렸다. 방 안에는 왼쪽부터 경상도 지부장 채기중, 강원도 지부장 김동호, 본부 지휘장 권영만, 충청도 지부장 김한종, 총사령 박상진, 본부 지휘장 우재룡, 황해도 지부장 이관구, 전라도 지부장 이병호가 둥그렇게 앉았다. 이병호가 의연금 모금 투쟁을 더욱 강력히 펼치자고 말한다.

"우리 광복회가 추구하는 바 핵심 활동 목표는 독립운동 자금을 확보하여 만주로 보내는 것이당께라. 7대 투쟁 강령 중 둘째 무관을 양성해 불고, 셋째 군인을 양성한답디다, 넷째 무기를 준비해 불고, 다섯째 기관을 설치한다는 강령들은 모두 이와 연관되는 사업이랍디다. 그랑께, 길림사령부가 정식으로 출범을 한 이 시점에 우리의 군자금 모금 실적은 너무나 부족하다 그럽디다. 두 분 지휘장께서 우편마차를 습격하여 관금을 탈취한 것이 손가락에 꼽힐 뿐 그 외는 성과가 별로 없어라. 이렇게 된 디는 부호들의 의연금 호응이 기대와 너무나 동떨어지게 미미한 것이 가장 큰 요인이라고 본 것이지라. 7대 투쟁 강령 중 여섯째, 즉 일본인 고등관리와 한인 반역분자를 포살한다는 강령을 이제 실천해야 할 쓰것씁디다."

충청도 지부장 김한종이 대뜸 호응을 한다.

"속 선한 말씀 들소. 염두에 둔 자라도 있는가요?"

김한종은 일찍이 경상도에 의사가 있다는 소문을 듣고 걸어서 풍기까지 찾아가 채기중을 만나고, 광복단에 가입한 사람이다. 이병호가 말한다.

"그런 자가 있기는 헌디… 시방은 그 자를 처단하자는 말이 꼭 하고 싶어서가 아니랑께라. 당연히 그렇게 해야 쓴디, 여러 선배 동지들께서 모인 이 자리에서 말씀드리는 것이지라."

채기중이 신중한 어조로 말을 한다.

"하지만 사람을 죽이는 일이니 신중에 신중을 거듭해야 하오. 친일 반역자를 처단하는 일이야 어쩔 수 없지만, 자칫 애꿎은 이를 살상해서는 아니 되오."

박상진이 말한다.

"소몽 선생의 지적은 깊이 명심해야 할 부분입니다. 우리는 광복을 되찾기 위해 비밀결사를 조직했습니다. 인명을 살해하는 그 자체가 우리의 목표라 할 수는 없습니다."

이병호가 박상진의 말 뒤에 꼬리를 단다.

"여부가 있당가요? 그것은 수단이지라. 지가 비록 새파랗지만 수단이 목표 달성에 걸림돌이 되부러서는 안 된다는 사실은 익히 알고 있지라. 소몽 선생 말씸처럼 신중에 신중을 거듭해서 행동에 돌입을 해야지라."

이윽고 권영만이 좌중을 정리하는 발언을 한다.

"일본놈들과 전투를 벌이게 되는 경우는 물론 예외이지

만, 특정인을 처단하는 과업은 본부에서 회의를 거친 다음 실행하도록 하는 것이 타당할 듯하오. 여러분들께서는 어찌 생각하시오?"

채시중이 가장 먼저 동의했다.

"좋은 결론이오. 그렇게 하십시다."

우재룡, 김한종, 이관구 등도 찬동했다. 이렇게 논의가 끝나는가 하는데, 이병호가 새로 말을 꺼낸다.

"우리 광복회가 추진하는 주요 자금 모집은 의연금 모금이고, 대상은 전국의 부호들이지라. 식민 지배가 시작된 지 얼마 되지 않은 땐데도 대부분의 부호들은 일제 통치 체제에 안주하려는 경향을 보이고 있을 뿐만 아니라, 상당수 부호들은 의연금 모집에 저항하고 있당께요. 광복회는 이를 응징함으로써 전국의 비협조적인 부호들에게 경각심을 일깨워야 하지라. 전라도에서는 서도현이 바로 그런 자다요. 좋은 기회를 만나면 반드시 응징할까 하지라."

이병호가 서도현을 처단하겠다고 내심을 드러내자, 충청도 지부장 김한종도,

"전국 각 도별로 응징 사례를 남기는 것이 좋을 듯하네유. 그 사람 개인헌테 무슨 억하심정이 있어서는 아니지만, 대의를 위해서는 어쩔 수 없이 밀고 나가야지유. 충청도에는 악명 높은 자로 박용하가 첫손에 꼽히네유."

한다. 이때 황해도 지부장인 이관구가 자기 고장 사람이

아닌데도 장승원을 응징해야 한다고 발언한다.

"경상도에는 장승원이라는 자가 있지 않습네까?"

논의 끝에 총독 암살 계획은 이관구, 영월 중석광 습격과 장승원 처단은 우재룡, 서도현 습격은 이병호가 지휘하기로 했다.

회의가 끝나고 광주 이명서의 미곡상으로 돌아온 전라도 지부장 이병호는 이병온, 유장렬, 장남철, 한훈, 손창서, 한준호, 고제신, 이병화, 김봉술, 김재명 등의 동지들과 회동했다. 이명서의 미곡상은 광복회의 전라도 연락 거점이었다.

"경주 광복회 본부에 무사히 다녀왔소. 회의에서 여러 가지가 결정 되부렀는디, 본부에서 장승원, 충청도 지부에서 박용하, 전라도 지부에서 서도현을 응징해 불고, 친일 반민족 앞잡이들에게 일벌백계의 본보기로 삼자고 결의했어라. 또 총독 저격을 추진하기 위해 총사령과 황해도 지부장이 만주로 가기로 했어라. 경상도 지부와 강원도 지부가 협력하여 영월 중석광을 습격해서 독립군 군자금도 모을 것이지라."

지부장이 경주 회의 내용을 전하자 모두들 손뼉도 치고 환성도 지르며 반겼다. 유장렬부터 환영의 말을 하였다.

"우리 광복회는 오늘날 나라 안에서 독립운동을 가장 활발하게 하는 비밀결사요. 사실 나라

(사진) 대한광복회 전라도 지부장 이병호 동상 (보성)

가 무너지기 이전에는 의병이라면 전라도였는데 일제의 지독한 탄압에 짓눌려 그 동안 기운이 다소 쇠한 바 있었지유. 오늘 지부장의 말씀을 들으니 더욱 기운이 나네유."

유장렬의 말은 모두의 기세를 북돋우었다. 한훈도 맞장구를 쳤다.

"선배들의 뒤를 따라다니면서 광복 운동에 투신한 것이 점점 보람차게 느껴집니다. 우리 전라도 지부도 서도현 응징 사업으로부터 시작해서 타 지부에 결코 뒤지지 않는 성과를 내었으면 좋겠네유."

유장렬과 한훈은 전라도 지부에서 활동하고 있지만 천안과 청양 출신이라 충청도 사투리가 말에 섞여 있다. 그렇게 의기가 뭉쳐지자, 서도현 응징 사업은 달리는 말에 채찍을 가한 형상으로 신속히 추진되었다. 경주에서 이병호가 돌아오고 보름이 겨우 지난 5월 어느 날 밤, 이들은 서도현의 집을 습격했다.

"니는 전라도 최고 악질 친일 부호다. 어디 그뿐이것소? 고리대금업자로도 악명이 높아 낙안은 물론 여수, 순천, 보성, 광주 등지에서도 니 이름을 모르는 이가 없어붕께. 근디 니는 티끌만큼도 반성하는 기미를 보이지 않았어라. 수차례 독립운동 군자금을 내라는 통지를 받고도 응하지 않았을 뿐만 아니라, 오히려 일제 경찰에 밀고하는 등 민족배신 행위를 해부렀당께요. 이에 우리는 민족의 이름으로 너를 처단헐라고 헌디. 시방, 지금이라도 뉘우쳐 불고 독립운동에 협조해불믄 목숨을 살려주겄어라. 어쩌겄오?"

마당에 무릎을 꿇리고, 이마에 권총을 댄 채 이병호가 꾸짖었지만 서도현은 조금도 주눅이 들지 않았다. 오히려 서도현이 더 큰 목소리로 이병호를 질타했다.

"느그들은 흉악한 폭도당께라. 내 돈을 내가 내 마음대로 쓰는디 폭도놈들이 건방지게 무슨 참견이다냐? 니놈들은 독립이라는 미명을 악용하며 선량한 동족을 겁박하고 재산을 강탈하고 있당께라. 니놈들에게 내놓을 돈이 있으면 우리집 개에게 뼈다귀 하나라도 더 줄랑께. 썩 물러가지 않으면 모두 사로잡아서 거꾸로 매달아 놓고 반드시 배후를 색출할 것이여라."

아니나 다를까, 서도현이 큰 부자이다 보니 종도 많고 소작인들도 부지기수였다. 시끄러운 소리가 조용한 밤공기를 타고 번지자 이들이 앞다투어 뛰어왔다. 자칫하다가는 수에 밀려 화를 당할지도 모르는 형국이 되었다.

"안 되겠소. 내중을 기약하고, 시방은 철수하는 것이 좋겠소."

이병온이 낮은 목소리로 말했다. 모두 눈빛으로 동의했다. 그래서 한꺼번에 몸을 돌려 대문 쪽으로 내달리는데,

"탕-! 탕-!!"

하는 총성이 날카롭게 허공을 갈랐다. 이병온이 쏜 두 발

의 탄환은 서도현의 가슴 좌우를 정확하게 뚫었다. 서도현이 피를 쏟으며 쓰러지고, 처마 밑으로 둘러섰던 사람들이 우르르 그리로 몰려갔다. 이 틈을 타고 이병온, 한훈, 유장렬, 이병호, 장남철 등 지부원들은 모두 서도현의 집을 벗어났다.

이날 전라도 지부는 서도현을 처단하기는 했으나 군자금을 모집하지는 못하였다. 이병호가 서도현의 집을 나와 한참 달린 끝에 이제는 마음을 놓아도 될 성싶은 지점에 이르렀을 때,

"시방은 반쪽 성공이오. 크게 실망할 일은 아니지만 내중은 온전한 성공을 거둘 수 있도록 더욱 세심히 준비를 허장께요."

라고 자평한 것도 그런 뜻에서 토로한 소회였다.

그로부터 일곱 달 정도 뒤인 1917년 1월 1일, 이병호, 한훈, 유장렬, 고제신, 이병화, 김봉술, 김태수 등의 전라도 지부원들은 서도현의 돈을 관리하는 그의 조카 서인선을 납치하여 9,700원(약 4억5천만 원)을 받았다. 하지만 지부장 자신의 말 그대로 5월 거사는 아주 완벽한 쾌거라 할 수는 없었다.

전라도에서 친일 부호 서도현을 응징하고 있을 무렵, 이관구와 박상진은 총독 암살 계획을 실행하기 위해 단둥에

도착해 있었다.

총독 암살 계획은 광복회 회원 조선환이 신채호로부터 '안중근 의사처럼 저격하되 이번에는 총독을 죽일 수 있다면 세계 만방의 동정을 얻어 우리가 독립할 수 있을 것이오. 그대가 한번 목숨을 던져 이 거사를 감당해봄이 어떠하오?'라는 권유를 맨 처음 듣고, 단둥 안동여관에서 성낙규, 이관구와 함께 논의를 하면서 시작되었다. 세 사람은 의기투합을 했고, 이관구가 권총을 준비하면 조선환과 성낙규가 단둥과 장춘에서 대기하고 있다가 총독이 나타났을 때 저격하기로 했다.

이관구로부터 이 계획을 들은 박상진은 크게 기뻐했다.

"그대들이 안 의사의 뒤를 이어 이 나라를 구하겠구려!"

박상진은 지체하지 않고 권총 두 자루를 이관구에게 건네주었고, 함께 압록강을 건넜다. 그러나 온다고 소문이 나 있던 하세가와 총독은 단둥과 장춘에 나타나지 않았고, 조선환과 성낙규에게 전달되었던 권총은 쓰일 날이 불분명해졌다. 박상진은 허탈한 마음을 달래며 쓸쓸히 경주로 돌아왔다. 그때가 1916년 7월 말이었다.

총독 암살 계획에 큰 기대를 걸었다가 허망하게 끝나버린 일 때문에 그날 이후 박상진은 심신이 물에 젖은 휴지처럼 되고 말았다. 그런 박상진을 위무하기 위해 우재룡, 채기중, 권상석, 임세규 등이 경주 녹동 집에 모였다. 한창 무더위가 기승을 부리고 있던 8월 어느 날이었다. 이때 우재룡의 한 마디가 박상진의 마음에 뜨거운 불기운을 불어넣었다.

"단동에 갔던 권총 두 자루를 이관구 지부장이 보내왔소. 그래서 말이오만, 지난 회의 때 친일 부호를 응징하기로 결의했었지 않소? 전라도 지부에서는 이미 서도현을 처단했지요. 고헌의 스승을 배신한 친일파 장승원을 어찌할 것인지 고심함이 좋을 성싶소."

박상진이 언제 그랬느냐 듯 벌떡 몸을 일으키며 말했다.
"그렇습니다. 자, 회의들 하십시다."

그리하여 8월 1일, 장승원 처단 임무를 맡은 우재룡·임세규·권상석 세 사람은 장승원의 집 일대를 탐색했다. 장승원의 선산 오태리 집 주소는 파악되었지만, 위치를 아는 것은 그저 기초 정보일 뿐이다. 직접 현장에 가서 확인해 보니, 왜관에서 낙동강 건너편을 바라볼 때 바로 눈에 들어오는 그런 위치였다.

거대한 와가 군집은 세 방면으로 산이 둘러싸서 바람을 막아주는 곳에 아늑하게 자리를 잡고 있었다. 동남쪽 방면만 트여 있는데, 장승원의 집에서 출발해 900여 보를 걸으면 낙동강에 닿았다.

"놈을 처단한 후 우리가 어디로 물러날 것인지 그걸 정하는 게 문제로군요. 지형이 오묘해요."

권상석이 입맛을 씁쓸하게 다시면서 말했다. 임세규도,
"그렇소. 동쪽은 낙동강이고, 서쪽과 남쪽은 산이라 길이 없고……, 북쪽은 반쯤 들판으로 트여 있지만 여기저기 있는 농가들이 모두 장승원에게 소작을 부치는 사람들 집이라, 소란이 나면 모두가 우리를 잡으려고 달려들 텐데……."
하며 별로 유쾌하지 않은 표정을 지었다. 두 사람의 말을 듣고 있던 우재룡이 탄식했다.
"장승원 집 뒤의 오태산을 넘으면 바로 왕산 선생의 집터가 있다오. 장승원이는 저렇게 으리으리한 기와집에서 떵떵거리며 호의호식을 하고 있는데 왕산 선생은 순국하시고, 집은 무너졌으며, 그 처자와 형제들은 모두 만주 벌판에서 굶주림과 싸우면서 항일 투쟁을 하고 계시니…… 이런 것이 하늘의 이치요? 도통 하늘에 바른 이치가 있는지 의심스럽소. 하늘에 바른 이치가 있다면 산이 무너져 덮치거나, 아니면 낙동강이 범람해서 장승원이 놈을 저승으로 끌고 가야 할 것 아니오?"
이렇게 울분을 토하다 말고 우재룡이 손바닥을 탁 쳤다.
"그래! 낙동강에 배를 준비해 두면 되겠소!"
닷새 후인 8월 6일, 장승원의 집에서 900보 남짓 떨어진 강변에 나룻배 한 척이 물길을 타고 내려와 사르르 정박했다. 사공 임무를 맡은 손기찬은 낚시꾼인 양 물고기

(사진) 허위 기념관(구미)

잡는 시늉을 하며 동지들을 기다리고 있었다. 손기찬이 기다리는 사람은 우재룡, 임세규, 권상석이었다.

이 무렵 세 사람은 각기 다른 길을 걸어 장승원의 집 부근에 당도해 있었다. 낯선 장정 셋이 일행을 이루어 마을 안으로 들어서면 의심을 살 수도 있는 까닭이다. 저격에 성공하면 세 사람은 장승원 집 뒷문으로 탈출하여 동쪽으로 산기슭을 타고 400보 달린 다음, 다시 개울가로 난 길을 따라 500보쯤 남하해 배를 탈 계획이었다.

하지만 세 사람에게는 장승원의 집으로 들어갈 만한 때가 주어지지 않았다. 장승원을 두고 세간에서 경상도 최고의 부호라고 일컫는 이유가 저절로 수긍이 되었다. 노비들과 소작인들이 연신 드나들며 앞마당과 뒤뜰에서 일을 하고 수작을 벌이는데, 마치 물 반 고기 반인 연못을 보는 듯하였다.

밤이 되어도 노비들은 대문채 안에 가득 들어앉아 수비병들처럼 사랑채와 안채를 지켰다. 결국 이 날 세 사람은 달빛을 맞으며 낙동강을 타고 물러났다. 경주 본부로 돌아가서 전말을 이야기하자 박상진은,

"장승원 응징은 차후로 미루고 우선 영월 중석광 습격부터 진행해야겠습니다. 우 지휘장께서는 소몽 선생을 만나 그 일을 추진하는 게 어떻겠소?"

하고 우재룡의 의견을 물었다. 우재룡은 봉화로 가기로 했

다. 봉화는 채기중이 두 해 전에 이미 광복단을 결성해서 활동해온 풍기의 인접 고을이다. 풍기가 속한 영주읍에서 봉화읍까지는 불과 20리(8㎞)밖에 안 된다. 장날이면 어제 본 장사치들이 오늘 이곳에 또 나타나는 지경이다.

채기중이 봉화로 와서 우재룡을 만났다. 경주에서 헤어진 것이 며칠 전인데도 두 사람은 무척이나 오랜만에 만난 사람들처럼 안부 인사를 주고받았다. 두 사람은 중석광 습격 방책에 대해 한참 동안 논의한 끝에 10명의 의병을 중석광에 광부로 넣기로 뜻을 모았다. 막무가내로 중석광 사무소를 공격해서는 될 일이 아닌 까닭이다. 이 일은 강원도 지부장 김동호에게 부탁하기로 했다. 아무려면 연고가 닿아야 군사들을 광부로 취직시키는 일이 쉬울 터이다.

중석광 안에서 내응할 10명을 광부로 취직시킬 때까지 시간 여유가 생긴 틈에 퇴로를 발굴했다. 사무소가 일을 보는 낮에 습격해야 하는 만큼, 퇴로를 빠져 나오는 동작이 엄청나게 신속하고 정확해야 한다. 한 치의 오차라도 있으면 잡히기 쉽다. 추격을 당하더라도 뿌리치기 쉽고, 포위될 위험도 없는 그런 행로라야 한다.

퇴로는 중석광 동쪽의 꼴두바위 앞을 지나 만항재로 접어드는 경로를 택했다. 중석광에서 밖으로 나갈 때 주로 고씨동굴 쪽으로 가는 길을 이용하므로, 남들이 예상하기 어렵게 그 반대편으로 퇴로를 잡은 것이다.

만항재에서도 보통은 북쪽의 고한으로 가거나 동쪽의 태백으로 간다는 사실을 고려, 사람이 일반적으로 다니지 않는 남쪽 화방재로 갔다가, 거기서 백련암 서쪽 산기슭을 밟아 우구치계곡에 닿기로 했다. 이 정도 길이면 목격자도 추격자도 생겨날 수가 없을 터이다. 우구치계곡에서는 남동쪽 도래기재로 와서 줄곧 앞을 바라보고 나아가면 봉화 춘양에 닿는다.

이윽고 상동 중석광의 현금이 10월 20일에 사업소를 떠나 본사로 실려간다는 정보가 입수되었다. 우재룡과 채기중은 김낙문, 이식재, 조우경, 권재하 등 중석광을 바깥에서 공격할 단원들과 함께 출정식을 겸하는 회동을 가졌다.

"미리 안에 들어가 있는 동지들이 광부복 열 벌을 꼴두바위 뒤에 숨겨두기로 했소. 그 옷을 입고서 꼴두바위 뒤쪽 높은 능선에 올라 중석광 사정을 살피다가 위장으로 취업해 있는 동지들이 신호를 보내오면 사무소에 잠입하는 겁니다. 만약을 대비해 권총은 김낙문 동지와 이식재 동지가 소지하고 갑니다. 다만 발사를 해서 소리가 나게 되면 우리가 집중 공격 대상으로 지목을 받게 되는 만큼 총격을 가하는 일은 가급적 피할 것입니다."

드디어 10명이 꼴두바위 뒤 능선에 올라 광산 경내를 지켜보는데, 사무실에서 나온 사내들이 우르르 채광장으로 몰려가는 모습이 눈에 들어온다. 광부로 위장 취업을 한

회원들이 밖에서 습격할 시점을 앞두고 일부러 탄광 내 패싸움을 유발했고, 소란이 벌어지자 광산 사무소 직원들과 경비 인력들이 그리로 출동한 것이다.

"자, 갑시다!"

민단조합에서 활동한 이력이 있는 김낙문과 이식재가 단연 돋보이는 몸놀림을 보여준다. 김낙문은 1908년 9월에 자정 순국한 김순흠 선생의 아들로, 일찍이 이강년 의병에 들어 왜적과 싸우다가 체포되어 3년 6개월의 옥고를 치른 항일 투사이다.

역시 민단조합에서 활동한 이식재는 이강년 의병장의 생질로, 재작년(1914년) 11월 민단조합 단원 최욱영, 풍기 광복단 단원 강병수와 함께 충북 제천의 근북면 면사무소를 습격해 군자금 100여 원(485만 원)을 탈취한 투사이다.

경리 여사원 한 명과 소장만 남아 있는 광산 사무소 안으로 김낙문과 이식재가 들이닥친다. 어떤 일이 벌어지고 있는지 영문도 가늠하지 못하는 소장은 그 둘이 자기 바로 앞에 다가올 때까지도 태연하다. 광부복을 입고 있으니 깜빡 방심한 것이야 당연한 일이다. 그때 조우경과 권재하가 잇달아 안으로 들어와서는 여사원 쪽으로 접근한다. 뭔가 기이한 느낌을 받은 소장이,

"너희들, 뭐야?"

하려는 순간, 김낙문과 이식재가 소장의 입을 손아귀로 틀

어막고 팔다리를 결박한다. 어느새 여경리도 그런 꼴이 되었다. 소장과 여경리는 사무소 북쪽 끝에 나 있는 작은 문을 거쳐 창고로 끌려간다. 김낙문이 권총을 소장의 이마에 대고 속삭이듯이,

"돈은 어디에 있나? 셋을 셀 동안 말하지 않으면 발사한다."

하고 말을 시작하는데, 대뜸 소장이,

"저, 저기 이, 있습니다."

하며, 금고 쪽으로 손가락질을 한다. 이식재와 조우경이 소장의 입에 재갈을 물리고 결박을 더 단단히 한 다음, 창고 구석으로 끌고 가 멍석 따위로 덮는다. 이 광경을 보며 벌벌 떨고 있는 여경리에게 이식재가 돌아와, 역시 권총을 겨누며 명령한다.

"죽이지는 않는다. 금고를 열어라."

돈을 꺼내어 행랑에 날쌔게 담은 일행은 여경리도 재갈을 물리고 결박하여 창고 구석에 은폐시킨다. 사무소로 돌아온 중석광 직원들이 이들을 발견하는 데에 많은 시간을 소모하도록 하려는 조치이다. 사무소를 나오며 김낙문이,

"임무 완수요!"

하자, 모두들 몸을 날려 꼴두바위 쪽으로 내달린다. 아직 소요가 계속되고 있는 탓에 이들의 동작을 눈여겨보는 사람은 없다. 우재룡 일행은 지친 몸을 이끌고 영주 대동상

점으로 귀환하여 한바탕 술을 마시고 고기를 뜯으며 임무 완수를 자축했다.

이듬해(1917년) 7월 27일. 박상진이 이번에는 직산광산을 공격해 봄이 어떠냐고 제안한다. 그러자 권영만이 자금 사정을 설명하면서 만류한다.

"직산광산 공격은 아무래도 실행을 할 수 없을 듯싶소."

광복회는 근래 들어 심한 자금 압박을 받고 있었다. 자연스레 논의는 군자금 모집 운동에 집중되었다.

"우리가 두 해 전에 군자금 요청 문서를 부호들에게 보낸 적이 있었는데 별로 신통한 결과를 얻지는 못했지요."

박상진은 1915년 11월에 실행했던 의연금 모금 활동을 돌이켜 본다. 당시 광복회는 대구의 부호 정재학에게 5만 원, 이장우에게 2만 원, 서우순에게 1만 원의 의연금을 요구했었다. 하지만 아무도 호응을 하지 않았다.

"이제부터는 체계적으로 의연금을 모집해야겠습니다."

박상진이 그렇게 운을 떼자 채기중이 묻는다.

"총사령은 무슨 좋은 복안이라도 있소?"

"국내 부호들의 자산 정도를 조사한 다음, 그들을 여러 등급으로 나누어 각자의 정도에 부합하는 의연금 출연을 요구하는 것입니다. 요구를 할 때는 포고문을 동시에 발송하여 그들에게 남아 있는 일말의 양심에 호소하는 한편,

불응시에는 처벌한다는 경고도 함께 보내는 것이지요."
 그리하여 채기중은 경상도, 김동호는 강원도, 김한종·장두환·엄정섭은 충청도 식으로, 지부별로 자기 도내에 거주하는 대부호들의 자산 정도를 조사하는 일에 착수했다.
 박상진은 한문으로 포고문을 작성했다. 포고문이 완성되자 우재룡은 그것을 품에 넣고 중국 단둥으로 달렸다. 우재룡은 안동여관에 닿자마자 손일민과 함께 포고문을 한글로 번역한 후 인쇄기가 있는 지하실로 내려갔다.
 우재룡은 포고문 발송도 만주에서 했다. 그것도 단둥이나 길림만이 아니라 이곳저곳 돌아다니면서 했다. 인쇄와 발송을 경주에서 하면 몸도 편하고 여비도 안 들지만, 비밀을 유지하기 위해서는 어쩔 도리가 없는 일이다.

　아아! 슬프다. 우리 동포여! 지금이 어느 때인가? 사천 년의 종묘사직이 흔적도 없이 사라지고 이천 만 민족은 노예가 되었고 나라의 치욕과 백성의 욕됨이 그 극에 이르렀다.
　아아! 저 섬나라 오랑캐가 오히려 이에 배부른지 모르고 나날이 악정과 폭행을 가하여 우리들의 생명과 재산을 멸망케 하려 하고 있다. 그러나 우리 동포들은 아직 이를 깨닫지 못하고 점차 가라앉아 장차 화가 미칠 것을 알지 못하고 편안함만 도모하려 한다.

보금자리가 깨진 곳에 어찌 알이 완전할 수 있겠는가? 백자천손이 모두 원수의 희생이 되고 천창만상이 역시 다른 사람의 창고로 들어가지 않을 수 없으니, 말과 생각이 여기에 이르니 피눈물이 흘러내린다.

우리 조국을 회복하고 우리 원수를 몰아내어 우리 동포를 구함은 실로 우리 민족의 천직으로서 우리들이 반드시 해야만 하는 의무이다. 이는 본 회가 성패와 영리하고 우둔함을 따지지 않고 죽음을 무릅쓰고 이를 창립한 까닭으로 이미 10여 년이 지났다. 그간 경과한 엄청난 어려움은 일일이 나열할 겨를이 없다. 내외 동포로부터 이 의거에 동정을 보내지 않은 사람이 없다.

그러나 지금 본 회의 목적을 달성하기에 이르지 못함은 실로 우리 동포가 한마음이 되지 못하고 머뭇거리며 제대로 결심을 하지 못함 때문이다. 이제 큰 소리로 급히 우리 동포에게 고하노니 이를 가벼이 여기지 말고 마음을 기울여 한번 생각하기 바란다. (하략)

포고문이 경상도 대부호들에게 전달된 때는 1917년 10월말이었다. 박상진, 채기중, 우재룡, 김한종 등이 녹동에 모여 포고문을 부호들의 집으로 발송하자고 논의한 한 때가 7월 29일이었으니, 최준이 자신의 집으로 배달되어 온 포고문을 들고 와서,

"참으로 대단들 하십니다. 그 사이에 중국까지 가서 이 포고문을 등사해 발송했단 말이오?"
하며 찬탄에 찬탄을 거듭한 것은 하등 이상할 것도 없는 일이었다. 그러는 최준을 향해 박상진이 껄껄 웃으면서 대답했다.

"그대에게 포고문을 발송한 것은 일제가 그대를 의심하지 않도록 하려고 우 지휘장이 세심히 조치한 결과요. 아무튼 7월 29일에 포고문을 보내기로 결정한 뒤 두 달 만에 그것이 경상도 대부호들의 손에 들어가게 했으니, 소몽 선생 이하 경상도 지부 간부들의 신속한 자료 수집 능력 또한 대단하지 않습니까? 게다가 우 지휘장이 마치 날아다니듯 기민한 활동력으로 만주를 오가고 있는 면모는 또 어떻습니까? 그대의 말처럼 '참으로 대단한' 일입니다."

다시 최준이 맞장구를 친다.

"정말 총사령을 비롯해 우 지휘장, 채 지부장님 등 우리 광복회 지사들의 능력은 하늘도 알아줄 것이오."

11월 8일, 포고문을 발송하기 위해 만주로 떠난 우재룡을 대신해서 장승원 처단의 책임을 맡게 된 채기중은 유창순, 강순필, 임세규와 함께 오태마을을 찾았다. 채기중이 임세규를 척후 삼아 탐지를 해보니 장승원은 출타하고 집에 없었다. 이튿날인 11월 9일 초저녁, 채기중은 나그네를 가장하여 장승원의 집에 1박을 청했다.

"대구 사는 진사 공 아무개라 하오. 경성 가는 중에 문득 날이 어두워졌기에 염치 불구하고 이렇게 찾았소이다."

채기중은 '서울' 대신 친일파들이 좋아하는 '경성京城'이라는 호칭까지 써가면서 집사의 비위를 맞추었다. 집사가 보니 의관을 정제한 점잖은 선비라, 의심하지 않고 그를 사랑채에 묵게 하였다.

다시 이튿날인 11월 10일 아침, 채기중은 장승원과 인사를 나눈 후 그 집에서 나왔다. 이들은 장승원 집에서 5리가량 떨어진 낙동강변 버드나무숲에 모여 작전을 짰다. 채기중과 강순필이 장승원을 저격하고, 총소리가 나면 다른 사람들은 집에 불을 지르기로 역할을 나누었다. 불이 번지면 소화를 하느라 그 집 사람들은 경황이 없어질 테고, 그러면 추격에 신경을 쓰지 못할 것이다.

이윽고 해가 서산에 걸렸다. 일행은 다시 장승원의 집 근처로 접근했다. 장승원이 하루 종일 밖으로 나가지 않고 집 안에 머무르고 있다는 사실은 종일 감시하여 이미 알고 있다. 그래도 채기중 일행은 혹시나 하는 마음에 장승원 집 상황을 다시 한번 파악해 보았다. 어쩐 일인지 오늘은 대문채와 사랑채 사이 뜰이 조용했다. 들판에 일을 나간 종들이 아직 돌아오지 않은 듯했다.

채기중 일행은 석유로 가득 찬 맥주병을 들고 장승원의

집으로 향했다. 대문채를 지나 집주인이 머물고 있는 거실에 들이닥친 채기중과 강순필이 권총을 장승원의 콧등에 들이댄 채 호통을 쳤다.

"이제야 친일 반민족 장승원이를 처단하게 되었구나!"

장승원이,

"웨, 웬놈이냐?"

하다 말고,

"사, 살려 주시오! 무엇 때문에 이러시오? 돈이요? 달라는 대로 줄 테니 목숨만 살려 주시오!"

하며 애걸복걸하였다. 채기중이 꾸짖었다.

"너는 왕산 선생 형제가 의병을 일으키기 위해 군자금을 요청했을 때 일제에 밀고까지 했다. 어디 그뿐이냐? 왕실 재산을 관리하는 높은 벼슬에 있으면서 전하의 토지까지 편취한 불충한 자이다. 게다가 너는 아무 죄도 없는 소작인의 처를 무자비하게 때려서 죽인 악독한 살인마다!"

"그, 그건 오해요. 나는 허위와 그런 약속을 한 적도 없고, 왕실 재산을 가로챈 적도 없소. 모두가 나를 시기하는 자들이 악의로 지어낸 거짓들이오."

"이놈이 터무니없는 거짓말로 우리를 속이려 드는군!"

"아, 아니오. 모두 참말이오. 사람이 출세를 하면 공연히 질투에 휘말려 적이 많아지는 법이라는 걸 모르시오? 워, 원하는 대로 돈, 돈을 드릴 테니 조, 조용히……."

채기중이 총탄을 연달아 쏘면서 장승원에게 말했다.
"그래… 이제는 조용히 지옥에서 쉬어라, 이 반역자야!"
강순필도 장승원에게 총을 쏘았다. 마당에서 총격을 기다리고 있던 유창순은 채기중이 대여섯 발, 강순필이 한두 발 연사한 듯한 총소리를 들었다. 유창순은 때를 놓칠세라 석유가 든 맥주병을 마루에 확 집어던졌다. 석유가 산산이 흩어지면 불을 지를 계획이었다. 그런데 병이 깨어지지 않고 구르기만 했다. 다급해진 유창순은 병을 다시 주워 재차 집어던졌다.

그제야 병이 쨍 소리를 내며 박살이 났다. 이때 파편이 튀면서 유창순의 손등에 날아와 콱 박혔다. 손이 피투성이로 변한 유창순은 성냥에 불을 붙일 수가 없었다. 그 순간 채기중과 강순필이 방에서 뛰쳐나왔다. 유창순은 성냥을 내던지고 그들을 뒤따라 마당을 가로질러 달렸다.

장승원의 종들이 주인의 방 쪽으로 몰려가는 것을 확인한 채기중은 품속에 안고 온 종이를 꺼내어 침착하게 대문 오른쪽 벽에 붙였다.

曰維光復 天人是符 聲此大罪 戒我同胞
聲戒人 光復會員

'나라를 광복하려 함은 하늘과 사람의 뜻이니 큰 죄를

1910년대 최고의 무장 항일 결사 대한광복회 (사진) 구미 장승원 집

꾸짖어 우리 동포에게 경계하노라. 경계하는 이, 광복회원'이라는 뜻의 사형 선고문이었다. 같은 종이를 강순필은 마을 어귀 버드나무 다락에도 붙였다. 장승원 처단이 단순한 살인 사건이 아니라 조국 광복을 위해 친일파를 응징한 독립운동의 일환임을 명백히 밝히기 위한 것이었다.

채기중은 장승원을 처단하기 위해 선산으로 출발할 때 말했었다.

"장승원을 처단한 뒤 그냥 도주해버리면 세상 사람들은 무슨 개인적 원한이 있는 자가 살해한 것으로 여길 것이오. 이는 마땅하지 못한 일이오."

경상도 관찰사를 지낸 친일파 거두 장승원이 독립운동 군자금 의연을 거부하다가 광복회에 총살당했다는 소식은 세상을 놀라게 했다.

장승원이 처단된 장소에서 '광복회' 이름이 나온 이래 일제는 광복회에 대한 수사를 시작했다. 그 사이 충청도 지부에서는 김경태와 임세규가 친일파 박용하를 처단한 뒤 역시 '광복회에 반대하는 자는 군율에 따라 사형에 처한다'는 내용의 사형 선고문을 현장에 걸어 놓았다. 일제 경찰은 부호들에게 발송한 통고문이 가장 많이 발견된 충청도 지역을 중점 수사 지역으로 잡았다.

충청도 경찰국은 관외 출입 빈도가 특별히 높은 조선인

들의 면면을 뒤진 끝에 박용하 처단 사흘 만인 1월 27일 김한종과 장두환을 주목했다. 결국 장두환이 먼저 체포되고, 곧 이어 충청도 지부장 김한종도 일제에 구속되었다. 이어 강석주, 권상석, 김경태, 김상준, 김원묵, 김한종의 두 삼촌인 김재창과 김재풍, 김재철, 성달영, 성문영, 신양춘, 유중협, 유창순, 정우풍, 정운기, 정태복, 조정철, 황학성 등 충청도 지부원들이 일제 경찰에 붙잡혔다.

2월 1일에는 총사령 박상진마저 체포되었다.

박상진이 체포되던 무렵 우재룡은 서울에 있었다. 작년(1917년) 11월 19일 장두환이 충청도 지부장 김한종의 심부름을 왔을 때 권총 두 자루를 주고, 그 후 직접 예산으로 내려가 김한종에 권총 두 자루를 더 주고 귀경한 이래 줄곧 서울에 머물렀다. 10월 1일에 녹동을 출발하여 길림에 갔다가 귀환했는데, 다시 만주를 방문할 일이 있어서 경주로 내려가지 않고 서울에 체류했던 것이다.

일제 경찰은 광복회 회원들을 붙잡기 위해 충청도부터 수사를 벌였고, 이어서 경상도로 범위를 넓혔다. 이제 곧 서울권으로 수사망이 올라올 상황이었다. 우재룡은 서울을 벗어나는 것이 급선무라고 판단했다. 권영만을 만났다. 우재룡이 운을 떼자마자 권영만도,

"백산 생각에 동감이오. 당장 서울을 떠나 다른 곳에 가서 은신을 합시다."

라면서,

"같이 다니다가는 같이 잡힐 수도 있으니 따로 흩어져서 움직이는 것이 좋겠소. 혹시 모르니 우리도 서로 행선지를 모르는 채로 헤어집시다. 그래도 언젠가는 단동 안동여관에서 만나지 않겠소? 그래야 총사령 구출 작전 등 차후 일을 논의할 테니 말이오."

했다. 두 사람이 모두 말을 잃은 채 한참 동안 먹먹한 기분으로 서로를 바라보다가, 이윽고 우재룡이 권영만에게 하직 인사를 한다.

"알겠습니다. 부디 몸조심 하십시오."

두 사람은 굳게 악수를 나누고 헤어진다. 이내 눈발이 떨어질 것 같은 침침한 하늘이다. 저만큼 간 권영만이 뒤를 돌아보면서 손을 흔든다. 우재룡도 손을 들어 마음을 띄워 보낸다. 싸락눈이 희끗희끗 떨어지기 시작한다. 찬바람도 점점 강해지고 있다.

몇 달 뒤, 일제의 눈을 피해 온 국내를 간신히 숨어다니던 우재룡이 광복회 수사가 전라도 일대에 집중된 틈을 타 압록강 건너 단동 안동여관 문을 밀고 들어섰다. 권영만이 활짝 웃는 얼굴로 달려나오면서 소리를 내지른다.

"무사했군. 무사했어!"

오랜 만에 우재룡도 잠깐 미소를 머금는다. 그렇게 해서 우재룡의 짧지만, 어쨌든 망명 생활이 시작되었다.

그렇게 우재룡과 권영만은 일제의 체포 작전을 따돌렸지만, 대부분의 주요 광복회 회원들은 박상진 총사령의 피체 이후에도 계속 일제 경찰에 구속되었다. 6월에는 평안도와 황해도에서 활동해온 이관구, 박원동, 성낙규, 오찬근, 이근영 등이 체포되었다. 8월에는 전라도의 이병호, 최면식 등이 구속되었다.

특이한 것은 채기중의 피체였다. 경상도 지부장 채기중이 일제에 잡힌 곳은 경상도가 아니라 전라도 목포였다. 그는 광복회 지사들을 구속하려는 일제 경찰의 검은 손이 경상도 지역에 뻗쳐오자 몸을 피해 전라도로 옮겨와서 활동했다.

채기중은 전라도 지부장 이병호 등과 함께 지역 부호들에게 '경고문'을 발송하여 의연금 납부를 재촉하는 등 광복회 활동을 계속했다. 그해 5월, 목포의 현기남, 광주의 임병용, 보성의 양신무과 박남현 등은 광복회 전라도 지부가 보내온 경고문을 받았다.

채기중과 이병호 등은 6월에도 보성 일대의 부호들을 상대로 하는 독립운동 군자금 모집 활동을 준비했다. 하지만 충청도 지부와 경상도 지부를 대대적으로 탄압한 일제 경찰이 이제는 전라도의 동향을 삼엄하게 감시하고 있는데다, 총사령 박상진이 체포되는 등 광복회의 활동 자체가 내리막길을 걷고 있는 상황에서 부호들로부터 의연금을 거두는 것은 사실 불가능했다.

결국 보성에서의 군자금 모집을 포기한 채기중과 이병호는 중국 망명길을 모색했다. 하지만 두 사람은 우재룡과 권영만처럼 중국으로 넘어가는 데 성공하지 못했다. 두 사람은 7월 14일 목포에서 중국행 배편을 알아보던 중 일제 경찰에 체포되고 말았다.

1919년 6월 어느 날, 조선총독부.

조선헌병대사령관 고지마 소우지로兒島次郎가 제2대 조선총독 하세가와 요시마치長谷川好道에게 3·1운동에 대한 보고를 하고 있다.

"광복회 도당들이 몇 년 동안 조선을 시끄럽게 한 것이 3월 1일 이후 반도 전체에 대규모 시위가 일어나는 데 결정적 계기로 작용했습니다. 광복회 놈들이 숫자는 그렇게 많지 않지만 끝내 들불을 일으킨 것이지요."

헌병대사령관의 보고를 듣고 있던 하세가와의 얼굴이 걷어차인 깡통처럼 일그러진다. 마침내 하세가와가 고지마의 보고서를 집무실 바닥에 내동댕이친다.

"미꾸라지 몇 놈 때문에 내 체면이 저 종이 꼴이 되었어. 내 기필코 놈들을 다 잡아 깡그리 총살을 시키고 말 것이야! 고지마 사령관은 내가 왜 이런 말을 하는지 알아듣겠나?"

"하이!"

하지만 하세가와는 우재룡과 권영만 등 상당수 광복회 지사들을 체포하지 못한 채 본국으로 돌아가야 했다. 하세가와는 독립만세운동에 참여했다는 이유로 조선인 7,509명을 죽이고, 1만5,961명에게 부상을 입히고, 4만6,948명을 체포하고, 민가 715채·교회 4개소·학교 2개소를 불태워 없앴지만, 3·1운동을 예방하지 못한 책임을 추궁당해 결국 본국으로 소환되었다.

하세가와가 제 나라로 돌아가기 직전인 1919년 6월, 우재룡과 권영만이 귀국했다. 두 사람이 길림에 머물 때 3·1운동이 일어났고, 4월 11일 상해에서 대한민국임시정부가 수립되었다.

"국내로 돌아가서 광복회를 다시 일으켜야겠습니다."

우재룡이 이렇게 말을 꺼내자 권영만이,

"그래야지요. 너무 시간이 지나면 조직 복원이 점점 더 어려워질 거요."

하고 대답한다. 두 사람이 말을 나누고 있는 곳은 단동 안동여관이다. 그들은 잠시 후 압록강을 건널 계획이다. 아까부터 줄곧 두 사람 옆에 서 있던 황상규가 작별 인사를 한다.

"부디 몸조심 하십시오. 회당 선생과 백야는 오늘 길림에 일이 있어 두 분의 환국 길에 전송을 나오지 못한다고

(사진) 3·1운동이 시작된 탑골공원 팔각정

했습니다."

회당은 손일민, 백야는 김좌진이다. 손일민은 지금 말을 하고 있는 황상규보다 여섯 살, 김좌진은 한 살 위다. 그래서 황상규는 '회당 선생'과 '백야'라는 호칭을 사용했고, 13세와 6세 연상인 권영만과 우재룡에게 깍듯이 높임말을 쓰고 있다. 우재룡이 말한다.

"그저께 길림에서 환송식을 할 때 회당이 그렇게 말했소. 그건 그렇고, 앞으로도 종종 만주에 올 텐데 무엇 하러 이곳까지 힘든 걸음을 하시었소? 아무튼 고맙소이다."

황상규도 체포령을 피해 1918년에 압록강을 건넌 광복회원이다. 기차가 기적소리를 울리자, 황상규와 두 사람은 정반대의 방향을 바라보고 나아간다.

"서울 가면 여러 동지들을 만나 앞일을 논의해야겠소."

기차가 통과하는 기세에 눌려 강물 위 철길은 줄곧 금속 소리를 내며 흔들거렸지만, 우재룡과 권영만은 쉼 없이 말을 주고받는다. 이윽고 두 사람은 남대문역(서울역)에 닿아 마중 나온 안종운과 반가운 인사를 나눈다. 안종운이 귓속말을 한다.

"우리가 아직은 조직이 취약해서 여러 곳에 연락 거점을 둘 형편이 안 됩니다. 따라서 서울과 교통이 편리하면서도 일정한 지역을 아우를 수 있는 한 곳에 우선적으로 본거지를 설치하는 것이 합리적이라고 봅니다. 그렇게 본다면, 전라도와 충청도를 함께 통할할 수 있고, 서울에 오가기도 쉬운 군산이 적격지가 아닐까 싶습니다. 경상도 쪽은 두 분 지휘장님께서 두루 연고가 강한 지역이니 이쪽부터 안정을 시킨 후 차차 복원을 하면 되지 않겠습니까?"

광복회를 다시 일으킬 일념에 사로잡혀 오늘 같은 날을 얼마나 오매불망 기다렸던가! 우재룡이 말한다.

"상해에 임시정부가 수립되었기 때문에 우리가 직접 만주에 독립운동 기관이나 군사학교를 세우겠노라 계획할 필요는 없어졌소. 우리는 앞으로 독립군 군사가 되어 나라를 위해 헌신하겠다는 결의를 가진 청년을 모집해서 중국으로 보내고, 군자금을 모아 임시정부와 백야에게 전달하는 일에 주력하면 됩니다. 군자금을 중국으로 가져가는 노고는 대동단에서 좀 맡아주시지요."

우재룡의 말을 받아 전협이,

"여부가 있겠소. 노고가 다 무엇입니까? 많이만 모아준다면 지고 가다가 깔려 죽더라도 결코 원망하지 않겠소." 하였다. 그 말에 모두들 '허허허' 하고 웃음을 터뜨렸다.

다음날, 일행은 전협 들과 헤어져 군산으로 내려왔다. 군산에 닿으니 논산 출신이라 이곳 지리에 밝은 안종운이,

"연락 거점은 미리 정해 두었습니다."

하면서 일행을 한성기생조합으로 안내했다. 그곳에는 백운학과 기생 강국향이 먼저 와서 기다

(사진) 대구 두류공원 인물동산의 우재룡 흉상

리고 있었는데, 두 사람은 처음 보는 최기배와 김병순이라는 이름의 두 사내를 우재룡 일행에게 소개했다.
"두 분은 모두 고등계 형사여유."
여러 사람들이 놀라는 표정을 짓자 강국향은,
"내 그럴 줄 알았네유."
하며 '호호' 웃더니,
"조선인 형사들 중에는 엔간한 독립투사 이상 가는 높은 결의를 가지신 분들도 있지유. 이 두 분이야말로 그런 분들이니 염려는 붙들어 매서도 좋아유. 앞으로 큰일을 함께할 새 회원이니 커다란 박수로 환영을 해 주시어유."
하고 박수를 유도했다. 모두들 '광복회를 도와주시어 참으로 고맙소.', '같이 일하게 되어 기쁩니다.', '큰 기대를 합니다.' 등등의 덕담을 나누면서 두 사람을 반겼다.
그로부터 넉 달 후인 10월, 권영만은 경상도 조직을 재건하기 위해 영천으로 떠났다. 권영만의 경상도 파견은 전국 조직을 되살려내기 위해 광복회가 내디딘 첫걸음이었다. 권영만이 경상도로 출발하기 전에 군산에서 마지막으로 수행한 과업은 안종운의 집에서 폭탄을 제조해 그 성능을 실험한 일이었다.

권영만이 우재룡·안종운과 폭탄 실험을 마친 뒤 갓 영천에 도착해 양한위·권태일 등과 경상도 조직 재생에 대해 논의하고 있던 때에, 모두에게 충격을 준 사건이 일어났다. 당시는 하세가와가 3·1운동을 사전에 막지 못했다는 이유로 해임되고 사이토 마코토齋藤實가 후임 총독으로 부임한 직후였다.

1919년 9월 2일, 사이토가 총독 부임식 참석차 남대문 정류장에서 이제 막 마차에 오르는 순간, '콰쾅-!' 하며 수류탄이 폭발했다. 37명의 사상자가 발생한 이 쾌거는 비록 사이토를 처단하지는 못했지만, 조선총독이 겁에 질려 정신없이 도망치는 꼴은 세상에 똑똑히 보여주었다.

수류탄을 던진 강우규는 조용히 현장을 벗어났다.

강우규는 65세나 된 노인이었다. 가난하게 자라 별로 배운 것도 없는 강우규는 56세나 되어서야 비로소 독립운동에 눈을 떴다. 그는 1911년 만주로 이주해 교육 사업과 교회 활동을 하던 중 독립지사들을 만났고, 그들에게 감화되어 항일운동에 헌신하기로 결심했다.

강우규는 처음 독립운동에 몸을 바치기로 마음을 다졌을 때 지사들에게 이렇게 말하였다.

"왕산 선생 이야기는 오래 전부터 많이 들었소. 다만 그 분이 나와 같은 해에 이 세상에 태어났다는 사실은 오늘 처음으로 알게 되는구려. 그 분은 오랫동안 나라와 겨레를 위해 싸우다가 일찍이 순국하셨소. 나는 아무 가진 것도 없고, 잃을 것도 없는 일개 민초에 지나지 않지만, 그 분

(사진) 강우규

은 조용히 살기로 마음을 먹었으면 평생 호의호식할 수 있는데도 모든 것을 다 버리고 목숨까지 내놓으셨소. 나와 나이가 같은 분이 말이오. 그 사실을 알고도 내가 독립운동에 동참하지 않는다면 어찌 인간이라 할 수 있겠소!"

블라디보스토크 신한촌 노인단 길림성 지부장으로서 만주에서 벌어진 3·1운동에 참여했던 그는 노인단 대표 5명이 서울에 와서 시위를 벌이다가 구속되자 분노, 총독 암살을 결심하였다. 블라디보스토크에서 영국인으로부터 수류탄을 구입한 그는 신임 총독이 부임하느라 분주한 상황을 틈타 거사를 도모하는 것이 좋겠다고 생각했다. 그래서 때를 기다리며 서울에 잠복해 있다가 드디어 오늘, 남대문 정류장 앞에서 사이토가 마차에 오르는 순간을 포착하여 수류탄을 던졌던 것이다.

현장은 무사히 벗어났지만 강우규는 끝내 체포되었다. 거사 이후 장익규, 임승화 등의 집에 숨어서 지냈는데, 친일파로 유명한 조선인 형사에게 9월 17일 잡히고 말았다. 경기 경찰부 고등계 형사인 그 조선인은 두 달 뒤 의친왕을 단둥에서 붙잡게 되는 바로 그 김태석이었다.

11월 29일, 강우규는 '왕산 선생이 순국한 이곳에서 보잘 것 없는 내가 세상을 떠나는구나. 이 어찌 무한한 영광이 아닐쏜가.'라는 마지막 감회를 밝힌 뒤, 서대문형무소 허공에 시 한 편을 떠나보내면서 순국했다.

단두대 위에 봄바람은 있는데
몸이 있어도 나라가 없으니
어찌 감회가 없을 수 있으리

"강우규 지사는 혼자 힘으로 이렇듯 큰 거사를 감행했소. 우리는 한때 나라를 대표하는 최고·최대의 결사체였는데, 복원을 다짐한 지 넉 달이 지났건만 강우규 지사 한 사람만큼도 성과를 내지 못한 채 지지부진하고 있소."
 우재룡이 답답한 마음을 토로하자 이지훈이 말한다.
 "만주에서 돌아온 지 고작 넉 달밖에 아니 되었습니다. 너무 조급해 하지 않으셨으면 합니다. 그 동안 폭탄을 제조해서 연습도 했고, 상당한 군자금을 모아서 임시정부와 만주에 보내기도 했지 않습니까? 지금까지 실행한 일도 그리 간단한 성과는 아니었다고 생각합니다."
 아직 스물한 살에 지나지 않는 이지훈이 입바른 소리를 하자 우재룡은 할 말이 없다. 우재룡이 탄식을 하고, 그 한탄을 받아 이지훈이 한소리 꾸짖는(?) 광경을 줄곧 지켜보던 이재환이 너털웃음을 터뜨린다.
 "허허허. 대장께서는 유구무언이 될 수밖에 없겠소이다."
 안종운도 끼어든다.
 "지훈이가 어린 나이에 벌써

(사진) 서울역 강우규 동상

저렇듯 냉철하게 정세를 분석하니, 장차 독립군의 큰 별이 되고도 남겠소. 아주 유쾌한 일이외다. 그렇지 않소?"

이재환은 우재룡보다 다섯 살, 안종운은 한 살 위이고, 이지훈은 열다섯 살 아래다. 나이가 위·아래인 동지들이 한꺼번에 격려를 해오니 짐짓 울적했던 우재룡의 기분도 스르르 풀린다.

사실 우재룡 등은 지난 6월 군산에 둥지를 튼 이래 하루도 빠짐없이 분주하게 일했다. 폭탄을 제조해서 실험하기도 했지만, 특히 의연금 모집 활동에 매진했다.

"우리의 활동 역량이 예전 같지 않으니 의연금 모집 대상 지역을 좁게 한정해서 그곳에서만 모아 보는 것이 어떻겠습니까? 무엇보다도 의연금을 납부할 만한 부호들의 명단과 주소부터 파악을 해야 사업 추진이 가능하니까요. 논산이라면 저의 거주지인 만큼 바로 착수할 수도 있겠습니다만……."

안종운의 제안에 따라 8월 이래 '광복회' 명의의 통고문을 제작하여 논산 일대 20여 부호들에게 발송했다. 그랬더니 연산면의 김재엽과 김유현, 채운면의 김철수, 성동면의 윤일병, 광석면의 윤지병 등이 호응을 해왔다.

아직도 '광복회'이라는 이름이 통한다는 사실을 확인한 우재룡 등은 기뻤고, 어느 정도 자신감도 얻었다. 하지만 의연금 모집을 시작한 지 두 달도 지나지 않아 광복회에

캄캄한 소식이 날아들었다. 그 동안 광복회는 모은 군자금을 임시정부에도 보내고 만주의 김좌진에게도 전달했는데, 중간에서 배달 일을 해준 단체는 대동단이었다. 그런데 형사인 최기배가 한성기생조합 출입을 부서져라 박차고 들어오면서 소리를 질렀다.

"큰일 났시유! 큰일이 벌어졌시유! 대동단이……."

누군가가 조금은 못마땅한 기색으로 그를 나무랐다.

"무슨 일인겨? 우리가 집주인도 아닌데 시설물이 뿌셔지면 우츠케 할라고 이러는겨?"

그래도 최기배는 같은 말을 되풀이했다.

"큰일이 났네유, 큰일이! 이 일을 워쨰면 좋대유!"

결국 이지훈이 물 한 그릇을 담아 와서 삼키게 한 후에야 최기배의 기세가 누그러졌다.

"대동단이 한꺼번에 모두 체포되었다는 소식이유."

대동단은 지난 3월에 창립된 독립운동 단체로, 10월 국내 거물급 인사 김가진을 임시정부로 탈출시킴으로써 단숨에 유명세를 얻었다. 조선 말기에 농상공부 대신을 지냈고, 망국 후 일본으로부터 남작 작위를 받기도 한 거물 김가진의 국외 탈출로 일제는 큰 충격을 받았다. 남작 작위까지 내린 인물이 대한민국임시정부로 갔으니 총독부로서는 통치 능력을 의심받을 만한 형국에 빠진 것이었다.

조선에 오자마자 강우규로부터 수류탄 세례를 받은 일

로 체면을 구겼던 총독 사이토는 또 다시 망신살이 뻗치자, 불에 한참 달군 쇳덩이처럼 시뻘겋게 달아오른 얼굴로 '김가진을 다시 서울로 데려와! 만약 데리고 오지 못하면 네놈들은 모두 목이 달아날 줄 알아!' 하고 고래고래 악을 쓰며 고함을 질러댔다. 그러나 김가진을 상해에서 다시 국내로 잡아오려 한 일제의 공작에 성공하지 못했다.

김가진을 탈출시키는 데 성공한 임시정부는 고종의 다섯째 아들 의친왕 이강을 상해로 빼내는 사업에 착수했다. 김가진 탈출 작업을 주도했던 대동단의 전협과 최익환 등이 이번에도 작전을 수행했다.

1919년 11월 9일, 대동단의 계획을 들은 의친왕은 임시정부로 가는 데 동의, 드디어 중국행 기차에 오른다. 하지만 허름하고 낡은 옷으로 변장한 의친왕은 압록강을 넘는 데까지는 성공하지만, 상해로 가는 배에는 오르지 못한다. 의친왕은 조선인 형사 김태석에게 붙잡힌다. 이때 대동단의 핵심 인물인 전협과 최익환도 동시에 체포되었다.

"갑자기 이런 사태가 벌어지다니……."

모두들 막막했다. 누군가가 걱정을 토로했다.

"우리 광복회도 대책을 마련해야 쓰지 안겄어라?"

우재룡이 주위를 둘러보며 말했다.

"그럴 것까진 없을 듯하오. 의친왕을 임시정부로 모시려다 실패해서 벌어진 사건이지 군자금 전달과는 연관성이 없는 일이오. 자신이 군자금을 임시정부나 백야에게 전달했노라 자백하면 처벌 수위만 높아질 뿐인데, 체포된 대동단 단원 중 그런 어리석은 행위를 할 사람이 있을 리 없지요."

우재룡이 그렇게 무마를 하자 모두들 그 점에 대해서는 안도를 하게 되었지만, 앞으로 군자금을 어떻게 중국으로 보낼 것인지에 대한 새로운 고민이 생겨났다.

"대동단이 와해된 것도 있고, 지난 여름 성재 이동휘 선생이 국무총리로 취임하고부터 임시정부의 독립투쟁 논리에도 변화 조짐이 일어나고 있으니, 이참에 우리 광복회도 새로운 각오를 다지는 것이 좋겠소. 본인이 한동안 고민을 한 끝에 '앞으로 우리 광복회가 이렇게 나아갔으면 좋겠다' 싶은 방략을 구상해 보았으니, 듣고 난 뒤 의견들을 허심탄회하게 말해주면 고맙겠소."

권영만까지 참석한 비상 회의에서 우재룡이 발언을 시작한다.

"그 동안 우리는 모은 군자금을 대동단을 통해 중국으로 전달했소. 그런데 대동단이 의친왕 임시정부 망명을 시도하다가 지금 해산 지경을 맞았소. 이 차제에, 앞으로는 다른 단체에 전달 임무를 맡길 것이 아니라 임시정부와 직접 연계하는 길로 나아가자는 것이 나의 결론이오!"

우재룡의 연설을 듣고 있던 회원 중 누가 불쑥 물었다.

(사진) 이동휘

"상해에는 누구를 대표로 보낼랑가요?"

우재룡이 좌중을 둘러보더니 한훈을 바라보며 말했다.

"한훈 동지가 임무를 한번 맡아보시려오?"

한훈은 1906년 홍주의병이 창의했을 때 열일곱 나이로 소모장을 맡아 활약하다가 일본군에 패한 뒤 만주로 망명했고, 그 후 돌아와 1911년 임병찬의 독립의군부에 들었으며, 다시 1913년 풍기 광복단에 가입했고, 스물다섯이던 1916년에는 유장렬 등과 더불어 전라도 친일 부호 서도현을 처단하고 그의 조카 서인선을 납치하여 군자금을 모으는 데 앞장섰던 인물이다. 투쟁 이력으로 보나, 나이 서른의 혈기방장으로 보나 중국 오가는 일을 두려워하거나 사양할 한훈이 아니다. 한훈이 답변한다.

"큰 임무를 주시니 성심을 다해 보답하겠습니다."

그렇게 하여 한훈은 1920년 2월 26일 광복회 대표 자격으로 상해에서 만찬을 열었다. 만찬에는 이동휘, 안창호, 이동녕, 이시영 등 임시정부의 각료 대부분이 참석했는데, 한훈은 그들로부터 눈물겨운 찬사를 들었다. 특히 독립운동에 투신하기로 결심한 박상진이 판사 자리를 내던지고 만주로 달려가 신흥강습소에서 만났던 이동녕과 이시영은 한훈을 박상진 보듯 대해주었다.

"한훈 동지! 젊은 나이에 고생을 마다않고 큰일을 해주니 고맙구려. 우리가 고헌을 처음 본 것이 그의 나이 서른

이 채 안 되고 우리 두 사람이 공히 사십대 초반일 때였는데, 어느덧 한훈 동지와 같은 젊은 벗들이 뒤를 이어 이렇듯 힘차게 운동에 나서주니 참으로 든든하오!"

1869년생 동갑인 이동녕과 이시영은 마흔셋 나이 때 자신들보다 열여섯 아래인 스물일곱 박상진을 만나 그를 파란 청년으로 여겼었는데, 오늘 쉰하나 초로에 접어들면서 서른 살 한훈을 보니 더욱 젊게, 아니 어리게 보였다. 국외로 망명도 하지 않고 험난한 국내에 남아 어느 누구도 감히 엄두를 내지 못한 무장 투쟁을 벌이다가 끝내 감옥에 갇혀 사형될 그날을 기다리고 있는 후배 박상진을 생각하니, 두 사람은 더욱 한훈이 애틋하게 느껴졌던 것이다. 국무총리 이동휘와 내무총장 안창호도 한훈에게 다가와 어깨를 두드리며 격려해 주었다. 이동휘가,

"광복회가 주최하는 만찬인데 누가 아니 오겠는가? 부름의 대상이 된 것만으로도 개인에게는 영광이지! 그렇지 않습니까, 도산?"

하자, 며칠 전 상해에 도착하자마자 그 길로 한훈 일행이 임시정부 청사로 찾아가 만났던 내무총장 안창호도,

"그렇고말고요. 작년 4월 임정이 출범하고 난 이후로 오늘같이 기분 좋은 만찬은 없었던 것 같습니다 그려."

하면서 맞장구를 쳤다. 이어서 이동휘는,

"임시정부가 올해를 '독립운동의 해'로 선포한 것은 한

훈 동지도 잘 알고 있겠지요? 내가 도산에게 듣기로는 광복회가 '암살단'을 조직하여 독립운동의 큰 그림을 그릴 계획을 세우고 있다던데, 아무쪼록 주도면밀하게 사업을 추진하여 나라를 되찾는 데 최고의 공로를 세워주시기를 바라오."
하면서, 한 번 더 광복회에 대한 기대를 내비쳤다.
"그렇다면 우리가 시간을 허비하고 있을 것이 아니라 조선독립군사령부 조직을 서두릅시다."
3월 7일, 한훈이 귀국 보고를 하자 우재룡은 대뜸 그렇게 말했다. 조선독립군사령부를 조직한다는 것은 독립군에 투신할 청년들을 모병하여 장교로 복무할 사람은 임시정부로 보내고, 군사로 뛸 사람은 만주로 보내며, 별도로 암살단(광복단 결사대)을 결성한다는 뜻이었다. 게다가 4월 8일에는 한훈의 상해 방문길을 안내했던 박문용이 바다를 건너 와서 임시정부가 광복회에 큰 기대를 가지고 있다는 말을 다시 전했다. 우재룡 등 광복회 사람들로서는 기쁘기 그지없는 격려사였다. 모두들 힘을 내어 조선독립군사령부 건설에 박차를 가했고, 이윽고 5월 3일 출범식을 가졌다.
출범식 후 또 다시 임시정부로부터 '경성에서 주비단을 조직하여 조선독립운동을 전개하라'는 명령서가 당도했다. 국외에서 활동하는 독립지사들에게 군자금을 조달하는 일을 주된 임무로 하는 주비단은 6월 들어 경신학교 교정에서 결성식을 가졌다. 그 이후, 한훈은 암살단, 우재룡은 주비단 사업에 각각 주력했다. 안종운은 주비단 부단장을 맡았다.

이제 조직이 정비되고 활동 여건도 갖춰졌다 싶어 우재룡은 그 무렵 큰 희망을 가졌다. 그때, 청천벽력 같은 소식이 전해졌다. 6월 27일에 권영만이 대구에서 체포되었다는 비보였다.

권영만·양한위·조기홍·김영우·조선규·오진문·김원식·허병률 등은 조선총독부 정무총감 미즈노렌타로水野鍊太郞를 폭살할 계획으로 은밀히 폭탄을 수집 중이었다. 그 와중에 정보가 새어나갔고, 허병률만 피체를 모면했을 뿐 모두 잡히고 말았다.

권영만은 작년(1919년) 10월 이래 경북 영천에서 양한위·권태일·허병률·조선규 등과 광복회 활동을 재개했었다. 권영만은 이들과 함께 영천에서 독립신문과 경고문을 제작했는데, 특히 허병률과 조선규는 대구로 나가서 상점가와 유력 인사들의 집에 이를 배포했다.

이들은 군자금을 모아 임시정부에 보내는 활동도 했다. 올해 1월 양한위는 허병률이 준 8천(약 3억)원을 임시정부로 보냈고, 권태일도 모금된 자금 180(약 700만)원을 임시정부에 전달했다. 그러다가 일제 고관과 친일파 처단이라는 더욱 치열한 무장투쟁을 위해

(사진) 경북 경산 허병률 기념비

다량의 폭탄을 구입하다가 발각되고 만 것이었다.

이미 우재룡은 나라가 망하기 이전에 산남의진 정용기 의병대장을 왜적의 총탄에 잃었고, 나라가 망한 후에는 박상진·채기중·김한종을 또 다시 일제에 빼앗겼다. 이번에는 권영만이 자신의 곁을 떠나가는 상실감에 시달리게 되었다. 아무리 목숨과 가족을 버릴 각오로 독립운동에 뛰어든 투사일지라도 가눌 수 없는 허무함과 애절한 마음은 참으로 고통스러웠다.

우재룡은 몇 날 밤낮 내내 물 한 모금 마시지 않고 홀로 골방에 누워 끙끙 앓으면서 지냈다. 하지만 그 슬프고 답답한 휴식조차도 그에게는 사치였다. 미국 의원단이 8월 24일 서울을 방문했다가 8월 25일 부산을 거쳐 동경으로 간다는 소식이었다.

'이 국면에 아프다고 마냥 누워있을 수는 없다 …….'

미국 의원단의 방한에 맞춰 큰 거사를 계획했다. 광복회 중에서도 암살단 회원들을 중심으로 저격 및 폭파 사업을 진행하기로 했다. 거사를 전담하여 맡은 한훈은 암살단 회원들을 세 무리로 나누었다.

첫 무리는 미국 의원단이 남대문역에 도착하는 때에 맞춰 독립 쟁취와 일제 고관 처단의 당위성을 부르짖는 문서를 배포하기로 했다. 둘째 무리는 이에 맞춰 자동차를 탄 채 들이닥쳐 총격전으로 총독을 사살하기로 했다. 상황이 이쯤 전개되면 서울 시내 관공서와 경찰서의 인력이 남대문역에 집중되면서 경비들이 소홀해질 터이다. 셋째 무리는 그 건물들을 폭파하기로 했다. 한훈은 만주로 가서 김좌진 부대로부터 권총과 탄약 등을 지원받아 돌아왔다.

미국 의원단이 서울에 도착하기 하루 전인 8월 23일, 암살단은 무기와 탄약 등 모든 준비를 갖춘 채 다시 한번 재점검을 하고 있었다. 그때 갑자기 수백 명의 일제 경찰이 들이닥쳐 집을 포위했다. 2년 반 뒤인 1923년 1월 12일 종로경찰서에 폭탄을 투척하는 김상옥만 탈출하고, 한훈을 비롯해 박문용·김동순·서대순·이운기·신화수·김화룡·최석기·이돈구·조만식·명제세·최영만·유연원·윤익중·서병철·김태원 등은 모두 체포되고 말았다.

당시 임시정부도 미국 의원단의 방한에 맞춰 큰 거사를 기획하였다. 임시정부 중심의 외교적 노력은 종전처럼 지속하되, 국내의 서울·평양·신의주에 폭탄을 던지고 시위를 일으켜 세계 여론에 한국독립을 호소하려는 계획이었다. 임시정부는 정예 대원 13명을 결사대로 선발, 이들을 다시 3개 조로 나누어 세 도시로 파견했다.

서울로 간 결사대 제1대는 김영철, 김성택, 김최명, 평양으로 간 제2대는 장덕진, 박태열, 문일민, 우덕선, 안경신, 신의주로 간 제3대는 이학필, 임용일, 김응식 등으로 구성되었다. 이 중 2대의 안경신은 여성이었다.

제1대는 서울로 가는 중에 친일파로 악명높은 평북 자성 군수와 황해도 장연 군수를 처단했다. 하지만 거사 직전인 8월 21일 성공을 다짐하는 결의 모임을 갖던 중 일경에게 모두 체포되고 말았다.

제3대는 평북 신의주와 선천 두 방면으로 나누어서 거사를 실행했다. 이진무와 정인복은 8월 15일 밤 9시경 신의주역에 들어가 인근 호텔을 목표로 폭탄을 던졌다. 하지만 역과 호텔을 연결하는 계단 일부만 파괴했을 뿐 호텔에는 피해를 주지 못했다. 그에 비해 이학필, 김응식, 임용일 등은 9월 1일 신성중학교 학생 박치의의 도움을 받아 선천 경찰서를 폭파했다. 박치의는 사형되었고, 그의 일가친척 등 14명의 주민들도 2년~15년의 징역을 언도받았다.

제2대는 평양으로 가면서 친일파 황계익을 처단하고, 서하면 파출소를 타격했으며, 안주군에서 검문 일경을 사살했다. 평양 입성 이후 3조로 나누어서 거사를 전개했는데, 1조는 평남도청을 맡았다. 1조는 문일민과 우덕선이 폭탄을 던져 일부 유리창과 담장을 파괴했고, 일경 2명을 폭사시켰다. 2조와 3조는 불발로 성공하지 못했다.

광복회를 부활시키겠다는 우재룡의 꿈은 무너져갔다. 미

국 의원단 방한 때 큰 거사를 일으키려 했으나 성공하지 못한 채 수많은 암살단 회원들이 피체되었고, 암살단과 별도로 임시정부를 지원하기 위해 조직한 주비단도 1920년 12월 들어 거의 대부분 일제 경찰에 붙잡혔다. 조직된 지 6개월도 지나지 않아 주비단의 존재가 발각된 것이었다.

마침내 일제 경찰은 주비단의 배후에 우재룡이 있다는 사실을 파악했다. 그 와중에도 우재룡은 서울과 군산을 오가면서 독립운동 군자금을 모으고 있었다. 1921년 4월 17일, 서울에 머물던 우재룡은 군산으로 갔다.

우재룡이 왔다는 소식을 듣고 다음날 여러 동지들이 찾아왔다. 그들이 돌아가고 난 뒤 주비단 부단장 안종운의 친척 동생이 왔다. 서울에 있는 우재룡에게 사람을 보내어 '군자금을 모아 놓았으니 가지러 오십시오.'라고 기별한 당사자였다.

"아직 식전이시지유?"

그가 물었다. 우재룡이 대답했다.

"아직 점심을 먹기에는 이른 듯싶소. 조금 더 기다렸다가 식사를 하십시다."

그러자 그가,

"오메! 요리를 허는 데 걸리는 시간도 감안을 하셔야지유. 저의 안사람이 새로 차린 식당인디, 우럭탕을 썩 잘허니 모시겠시유. 늦은 사람들은 그리로 오라 하면 되지유."

하더니, 바짝 다가와 귓속말로 '식당에 군자금을 숨겨뒀지유.' 하였다. 어제 마신 술기운도 삭일 겸 우럭탕도 괜찮겠다고 생각한 우재룡은 그가 안내하는 식당으로 따라갔다. 자리에 앉아마자 안씨는,

"전군도로 개통 후 군산 경제에 기름이 돌고 있어유."

하고 떠벌였다. 우재룡이,

"그게 무슨 소리요? 일본놈들이 우리나라를 수탈하기 위해 만든 신작로를 두고 그 덕분에 경제가 좋아지고 있대서야 말이 되겠소?"

하고 나무랐다.

군산 내항은 고종 36년인 1899년에 자주적으로 가꾼 항만 시설이었다. 1907년 일제는 우리나라의 쌀을 일본으로 싣고 가려고 전주와 군산을 잇는 도로를 개통하였고, 거기에 '전군全群도로'라는 이름을 붙였다. 그런 연유로 우재룡은 지금 안씨의 말을 반박하고 있는 것이다. 그래도 안씨는,

"뭐 그런 것까지 다 따지십니까유?"

하였다. 그 순간, 식당 출입문에 조그맣게 붙어 있는 유리창이 검은 물체에 아주 가려버렸다. 우재룡이 '아차!' 하는 느낌을 받고 자리에서 일어나려는데, 문을 와당탕 밀어붙이고 들어온 일본 경찰들이,

"꼼짝 마라! 움직이면 쏜다!"

하고 소리를 질렀다. 그의 뒤에는 여러 명의 순사들과 조선인 보조원들이 식당 출입구를 가로로 막은 채 도열해 있었다. 어느샌가 안씨도 그쪽으로 가서 붙어 있다. 우재룡이 손가락으로 그들을 가리키며 크게 호통쳤다.

"이놈들아! 너희들이 나를 이렇게 속인 것은 하늘의 도를 어긴 짓이다! 내가 광복회 활동에 투신한 이래 왜놈 경찰에게는 잡힌 적이 없는데, 동족인 너희 조선인 배신자들 때문에 독립운동을 못하게 되는구나! 참으로 애통한 일이다! 너희들이 천벌을 받지 않고 영영 부귀영화를 누리리라고는 꿈도 꾸지 않아야 할 것이야!"

경찰이 안씨를 바라보며 말한다.

"우이견이 틀림없구만!"

안씨가 고개를 끄덕인다. 포상금을 받을 생각에 안씨는 지금 기분이 아주 유쾌하다.

우재룡이 체포되자 총독부는 '광복회 수괴 우이견'을 붙잡았다는 보도자료를 대대적으로 배포했다. 〈매일신보〉는 1921년 6월 11일자 지면에 커다랗게 '광복회 수괴 우이견'이 '대정 6년(1917년) 이래로 교묘히 종적(종적)을 감초엇다가(감추었다가) 잡혀' 경성지방법원 검사국으로 넘겨졌다고 세상에 알렸다. 같은 날짜 〈동아일보〉는 '장승원을 총살한 광복회원 우이견'이라는 제목 아래 '최근에 군산

디방(지방)에서 운동 중 4년 만에 경긔(경기) 경찰부에 테포(체포)'되었다고 부제를 달았다.

일반 사람들이 신문을 보면서 '우이견이 체포되었네!' 하고 놀라고 있던 그 시각, 우재룡은 경기도 경찰부 고등계 취조실에 도착했다. 일본 형사들은 곧장 취조실 문을 열고 우재룡을 방 안으로 밀어 넣었다.

취조실 안에는, 사람의 사지를 붙어 얽어매는 형틀 한 대가 벽 정면에 걸려 있다. 사람을 거꾸로 매달아놓고 고문을 할 때 코에 물을 들어붓는 커다란 주전자도 나뒹굴고 있다. 주전자 옆에는 포승줄도 한 뭉치 놓여 있다. 사람을 구타할 때 쓰는 몽둥이들이 어수선하게 흩어져 있고, 가죽조끼도 의자에 걸려 있다. 심지어 바닥에는 여기저기 핏자국이 묻어 있다.

취조실 내부는 보기만 해도 사람을 주눅 들게 하고, 오금을 저리게 만드는 살풍경이었다. 그런데도 우재룡은 아무렇지도 않다는 듯한 표정으로 실내를 바라본다. 그것이 더욱 심기에 거슬렸는지 형사부장이 소리를 질렀다.

"요로시!"

고문을 개시하라는 지시였다. 상관이 명령이 떨어지자, 형사 여덟 명이 한꺼번에 웃통을 벗기 시작했다. 그렇게 분위기를 잡은 형사부장이 은근히 질문을 던졌다.

"무기를 구입하여 광복회 회원들에게 주면서 장승원, 서도현, 박용하 등을 죽이라고 교사한 죄를 인정하나?"

"무기를 준 적은 있지만 죽이라고 한 적은 없다."

"무슨 소린가? 권총을 주었다면 살인을 하라는 뜻이지 그냥 주었단 것이냐?"

"권총이 있으면 독립을 할 수 있다고 해서 주었을 뿐이다. 성냥을 빌려달라고 해서 그에 응했는데 빌려간 자가 남의 집에 불을 질렀다고 해서 성냥주인이 방화죄의 책임을 질 수는 없다. 사냥꾼에게 총을 빌려간 자가 새를 쏘지 않고 사람을 죽였다고 해서 사냥꾼이 살인죄를 지은 것은 아니다."

"어허, 이 자가 아주 불온한 사상에 푹 절어 있군. 이것 봐! 우리가 합방이 되고 내선일체로 동일한 민족인데 불온한 행동을 한 것은 잘못이다. 그렇게 생각하지 않나?"

"나는 산남의진 정용기 의병대장과 결의형제를 맺은 사람이다. 어찌 스스로의 언행을 불온하다고 생각하겠는가? 의형과 사생을 함께 하기로 했는데 나만 이렇게 살아 있으니 구차할 뿐이다. 나의 사상은 결코 변하지 않는다."

형사부장의 가식은 얼마 가지 못했다. 점잖은 척했지만, 우재룡이 살인교사죄를 인정하지 않고 줄곧 독립운동의 정당성을 주장하는 데에 화가 치민 형사부장은 이내 본색을 드러냈다. 형사부장은 경찰들을 불러 고함쳤다.

"아주 정신 나간 작자군! 끌고 가서 아주 혼이 돌아오도록 맛을 보여줘라! 어디 얼마나 버티나 두고 보자."

일제 형사들은 우재룡을 몽둥이로 무자비하게 구타했다. 화롯불에 벌겋게 달군 쇠꼬챙이로 맨살을 지지기도 했다. 손톱 사이를 바늘로 찌르고, 거꾸로 매달아놓고서 코에 물을 부었다. 그러나 정신이 들 때마다 우재룡은,

"고문으로 자백을 받겠다는 것은 치사한 짓이다. 고문을 한다고 해서 너희들이 원하는 것을 말한다면 나는 사나이가 아니다."16)

하고 일제 경찰들을 힐난했다. 그러면 더욱 약이 치솟은 저들은 다시 악랄한 고문을 가하면서 추궁했다.

"광복회 결성을 주도한 놈들은 누구누구냐?"

아무리 고문을 해도 우재룡의 대답은 한결같았다.

"내가 단장이다. 다른 이들은 모두 내가 시켜서 했다."

"일본의 통치를 벗어나는 일이 가능하다고 생각했나?"

"가능, 불가능은 생각해본 적이 없다. 조선인이 국권 회복을 도모하는 것은 의무일 뿐이다."

"박상진 역시 열성적인 국권회복 희망자의 한 사람이라는 점에 대해 어떻게 생각하나?"

---

16) 일제 경찰 및 검찰의 취조를 받는 과정에서 우재룡이 한 말은 고헌 박상진 의사 추모사업회가 펴낸 《광복회 100주년 자료집》에 실려 있는 〈우이견(우재룡) 신문 조서 1회~5회〉 등에 수록되어 있다. 다만 취조 과정의 발언을 너무 많이 싣고, 또 발언마다 주를 붙이는 것은 소설에서 난감한 일이므로 생략한다.

"나는 그와 아는 사이가 되면서부터 함께 국권회복에 힘을 보태자고 의논했는데, 그가 찬성했다. 그 본인이 재산가이고, 친지 중에도 재산가가 많다. 그렇기 때문에 나는 그에게 독립운동에 필요한 비용 조달을 부탁했다. 그런데 조달해주지 않았다. 재촉을 하면 조달하겠다고 말만 할 뿐 끝내 조달하지 않았다. 당시 본인의 재산 정도와 신용을 이용하여 운동하면 비용 조달이 용이한데도 불구하고 그는 조달해주지 않았다. 그런 까닭에 나는 그를 열의 있는 국권회복 희망자는 아니라고 생각한다. 그는 우리들의 계획에 찬성하지 않는 자에 불과하다."

우재룡은 '박상진만은 사형을 면해야 한다', '박상진이 살아 있어야 후일을 도모할 수 있다'고 생각했다. 그래서 박상진을 광복회에 자금을 조달해주기로 약속해놓고 이행하지 않은 단순 가담자로 진술했다.

우재룡은 늘 자신의 곁에 있어 온 권영만에 대해서도
"권영만은 광복회와 관계가 없다."
라고 했다. 양제안도 모르는 사람이라고 진술했다. 우재룡은 그 무렵 어떻게든 동지들이 낮은 형량을 받도록 해야 한다는 생각뿐이었다.

일제가 이런 우재룡을 가만히 놔둘 리 만무했다. 갖은 고문을 다했다. 하지만 우재룡이 도무지 협조를 하지 않으니 저들로서도 난감했다. 게다가 우재룡이,

"네놈들이 온갖 고문을 다해도 나는 할 말이 없다. 죽여라, 그냥! 나는 산남의진 정용기 의형이 순국한 뒤로는 그저 너희들과 싸우다가 죽기만을 원한 사람이다. 너희들이 죽이지 않는다면 내가 혀를 깨물고 자진할 것이다. 너희들에게 이런 치욕을 당하면서 살기를 바라겠느냐? 이제 네놈들이 결정을 해라!"

하고 큰소리를 치니, 방법이 없었다. 상부에 '광복회 수괴 우재룡이 자결했다.'고 보고했다가는 무슨 벼락을 맞을지 모른다.

마침내 일제 경찰은 석 달 동안 계속해온 고문을 포기했다. 그 이후 두 달 동안 우재룡은 팔이 앞으로 돌아오지 않았다. 가끔 면회를 간 사람들이 우재룡에게 변호사의 도움을 얻으라고 하면 그는 이렇게 말했다.

"고헌은 귀한 가문의 대를 이어야 할 사람이오. 우리나라의 국권을 되찾는 일에도 반드시 있어야 할 소중한 인물이오. 그런즉 그의 부친께서 정성을 들여 구명 운동을 한 것은 너무나 당연하오. 일우 또한 마찬가지요. 그는 예산 신흥마을 선비 가문의 3대 독자요. 그의 능력과 투혼은 충청도를 광복회 최고의 활동 지역으로 만들었소. 두 사람에 비하면 나는 그저 혈혈단신일 뿐이오. 무엇 때문에 내가 일본놈들에게 목숨을 구걸한단 말이오? 그러려면 애당초 독립운동에 투신을 하지도 않았을 것이오."

우재룡은 혹독한 고문 탓에 '서 있을 수도 앉아 있을 수도 없는'[17] 몸 상태로 경성지방법원의 재판을 받았다. 1922년 4월 13일, 그는 온몸에 힘을 주어 간신히 버티면서도 '조금도 굴복하는 기색 없이 씩씩하게' '목적을 달성하지 못하고 잡힌 것이 큰 한'[18]이라고 부르짖으면서 박상진·김한종 등과의 대질 심문을 요구했다. 하지만 그때는 이미 박상진과 김한종은 여덟 달 전인 1921년 8월 11일에, 채기중·임세규·김경태는 8월 13일 사형이 집행되어 순국한 뒤였다. 그는 동지들이 순국한 사실도 모르는 채 그들의 형량을 낮춰보려고 대질 심문을 요구했던 것이다.

검찰은 우재룡에게 사형을 구형했다. 〈매일신보〉 1922년 3월 31일자는 〈우재룡에 사형 구형〉이라는 제목의 기사를 실으면서 '방청석 한 편에 있던 여자 한 명이 사형이란 말을 듣고 통곡해'라는 부제를 달았다. 그 여인은 우재룡의 부인이었다.[19]

---

17) 동아일보 1922년 3월 27일자 〈박상진 차입 관계〉
18) 동아일보 1921년 6월 21일자 〈장승원을 총살한 광복회원 우이견〉
19) '대한광복회'에 더 많이 알고 싶은 독자께서는 저자의 장편 《소설 대한광복회》를 읽어보시기 바랍니다.

(사진) 1922년 3월 31일자 매일신보의 우재룡 사형 구형 기사

1920년대, 의열단

 이종암은 여섯 살 때(1902년) 가족을 따라 팔공산 동화사 아래 백안마을을 떠나 대구 부내(시내)로 이사를 나왔다. 그 이후 이종암은 대구읍성의 서문 인근에 살았다.
 이종암이 대구읍성 서쪽 성벽을 따라 형성되어 있던 서상동에 거주하면서 겪은 가장 놀라운 경험은 의병들이 포승줄에 묶여 왜군들에게 끌려가는 것을 목격한 일이었다. 특히 1906년 10월 지금의 대신동 서문시장 뒤편 언덕에서 1명의 일본 병사를 죽인 '화적'(독립운동가를 일제는 화적이라 불렀다.) 3명에 대한 총살형을 본 것은 충격이었다. 일제는 언덕 기슭 경사면에 10보 간격으로 의병 3인을 기어가게 했다. 약 15칸쯤 떨어진 곳에 한국인 병사 30명이 총을 겨누고 있었다. 한국병 뒤에는 10명가량의 일본병이 무장한 채 감시했다. "사격!" 하는 호령이 떨어지자 한국병 30인의 총구에서 일제히 총성이 울렸다. 그 순간 오른쪽 의병의 엉덩이에서 붉은 선혈이 흘러나왔다. 그러나 다른 2명에게는 조준이 맞지 않았다. 다시 총알을 장진시켜 30명이 일제 사격을 했지만 그래도 명중되지 않았다. 그때 제일 왼편에 있던 의병이 벌떡 일어나 언덕 위를 향해 뛰기 시작했다. 100일 이상 감옥에 갇혀서 지칠 대로 지쳤을 그 의병은 수십 명의 병사와 수백 명의 구경꾼이 보는 데서 도망치다가 다시 잡혔다. 이번에는 의병 1인당 3명의 병사가 총구를 직접 의병의 등 뒤에 붙인 채 발사하여 총알로 심장과 폐를 관통시켰다.

이종암이 겪은 두 번째 충격은 부산상업학교에 다니면서 얻은 것이었다. 본래 보통학교를 마친 이종암은 대구농업학교에 진학했었다. 그것도 아버지 몰래 원서를 내고 시험을 쳐서 합격했다.

"네가 우짤라고(어떻게 하려고) 이런 일을 저질렀노?"

합격통지서를 보여주자 어머니 양씨는 눈물을 흘리면서 이종암을 나무랐다. 그것은 공부가 이토록 하고 싶은 아들을 뒷바라지해주지 못하는 것이 미안해서 흘린 낙루이기도 했고, 아버지가 알면 크게 경을 칠 턴데 싶어서 한 질타이기도 했다.

"난 공부를 더 하고 싶어요."

열여섯 어린 아들도 눈물을 흘리면서 어머니의 두 손을 꼭 잡았다. 결국 양씨는 동분서주 끝에 입학금을 만들었다. 하지만 그것으로 끝이었다. 더 이상 학비를 마련할 길

이 없었다. 한 학기 만에 이종암은 대구농업학교를 그만두었다.

이듬해, 열일곱 이종암은 또 부모와 상의 없이 상급학교에 원서를 내었고, 합격했다. 부산상업학교였다. 부모 몰래 친척을 찾아다니며 모금하여 그 돈으로 1년을 다녔다. 역시 이번에도 그것으로 끝이었다. 이종암은 하는 수 없이 눈물을 머금고 집으로 돌아왔다.

부산상업학교에 다닌 1년의 학창 경력은 이종암의 생애를 결정짓는 두 가지 핵심 전기가 되었다. 부산상업학교 1학년으로 보낸 1913년은 7년 뒤인 1920년 부산 경찰서에 폭탄을 투척하여 일본인 경찰서장을 폭사시키는 박재혁과 최천택의 10대 시절 투쟁을 이종암이 가슴 깊숙이 받아들인 소중한 시간이었다. '구세단'이라는 독립운동 결사체를 조직하여 활동하다가 10대의 나이에 벌써 여러 번 일경에 끌려가 구속되고, 고문을 당하는 그들을 보며 이종암은,

'저 선배들은 나보다 겨우 한 살 많아!'

하며 놀랐고, 마음에 느끼는 바가 많았다. 이종암은 둘 다 독자였던 박재혁과 최천택이 '만약 이 일을 하다가 일제에 잡혀 죽게 되는 경우 혹 한 사람이 살아남는다면 서로의 부모님을 돌봐 드리자.'라고 울며 맹세했다는 이야기를 들었을 때, 교정 구석 고목 아래에 숨어 혼자 흐느끼며 눈물을 쏟았었다.

그 후 이종암은 대구은행 본점 직원이 되었다. 이종암을 대구은행에 취직시켜 준 그의 고모부 정재학鄭在學은 당시 대구은행 두취(은행장)였다. 박상진 등이 '독립운동 자금을 모으고 있으니 협조해 달라'는 서한을 대구 부호들에게 보냈을 때 정재학은 가장 많은 액수가 할당된 대상이었다. 그러나 정재학은 한 푼도 내지 않았다. 오히려 그는 뒷날 3·1운동을 억누르려는 목적으로 박중양 등이 전국에서 가장 먼저 '자제단'을 조직했을 때 발기인 67인 중 한 사람으로 활동했고, 일제로부터 중추원 참의[20]로 임명된 거물 친일파가 되었다.

이종암은 고모부 정재학에게 부탁할 일이 있었지만 그런 위인인 줄 뻔히 알면서 말을 꺼낼 수는 없었다. 당시 31세인 이영국과 30세인 신상태는 20세인 이종암의 은행 동료였는데, 광복회의 대구 전신인 조선국권회복단(총령 윤상태)의 단원으로서 일제 경찰에 불려다니고 있었다. 그들과 친근하게 지내고 있던 이종암은 정재학에게 두 사람의

---

20) 역사문제연구소, 《미래를 여는 한국의 역사 5》(웅진지식하우스, 2011), 26쪽 : 조선총독부는 식민지 통치에 조선인의 의사를 반영한다는 명분으로 조선총독부의 자문기관인 중추원을 두었다. 1910년 9월에 65명의 귀족과 친일 인사들이 중추원 참의가 되었다. 중추원 참의는 친일 인사를 우대하는 일종의 명예직이었다. 중추원은 조선총독이 요청할 때만 의견을 말할 수 있는 겉치레 기구였다. 그나마 3·1운동 때까지 한 번도 소집된 일이 없었다.

(사진) 조선국권회복단 총령 윤상태

신변을 좀 보호해 달라고 말하고 싶었던 것이다. 하지만 정재학이 그런 부탁을 들어줄 리는 만무했다.

그러던 차에 관찰사를 지낸 경상도 최고의 부자이자 유명한 친일파인 장승원이 광복회에 의해 처단된 일로 세상이 들썩였다. 1917년 11월 10일의 일이었다. 은행 숙직실에 홀로 남아 있던 이종암은 오랫동안 고민해 온 일을 마침내 실행해야겠다고 결심했다. 서문시장 뒤 언덕에서 의병들이 처형되는 것을 본 열 살 때의 충격, 부산상업학교에서 보고 들은 한 살 연상 박재혁과 최천택의 독립운동, 은행 동료 이영국과 신상태의 은밀한 항일, 세상을 온통 뒤흔들어 겨레에게 용기와 희망을 주고 있는 광복회 지사들의 의열 투쟁……. 지금까지 겪어 온 일들이 몸속의 피를 마구 솟구치게 하는 듯한 느낌이 들었다. 대구은행 출납계 주임 이종암은 은행돈 1만500원(현 시세 약 10억 원)을 빼내어 몸을 숨겼다. 1917년 12월 어느 날이었다.

시간이 지나 자신에 대한 수배령이 한풀 꺾인 1918년 2월 어느 날, 이종암은 압록강을 건너 만주로 갔다. 이종암은 길림성 파호문 밖 중국인 반 아무개 씨의 화성여관 전체를 전세 얻어 자신의 거처 겸 의열단 창단 주역들의 연락처로 썼다. 이종암의 집은 김원봉 등의 숙소이기도 했고, 폭탄 제조 실험장으로도 사용되었는데, 1년3개월 뒤에는 이곳에서 의열단 창단식이 개최되었다.

이종암이 압록강을 건너간 1918년 2월 어느 날, 밀양 표충사에서 독서를 하고 있던 김원봉은 황상규의 부름을 받았다.

"나는 머잖아 나라를 떠나 만주로 가려 한다. 너도 가까운 시일 내에 압록강을 건너도록 해라."

고모부이자 중학교 시절 스승인 황상규가 갑자기 망명을 떠난다고 하니, 놀란 김원봉이 눈을 크게 뜨고 물었다.

"아니, 무슨 급한 일이 생겼습니까? 어제까지만 해도 아무 말씀이 없었지 않습니까?"

황상규가 대답했다.

"1월 27일 광복회 충청도 지부 장두환 의사가 일제에 피체된 이후 연이어 김한종 지부장이 붙잡히고, 급기야 2월 1일에는 총사령 박상진 의사까지 공주 형무소에 갇혔다. 그런 까닭에 나도 속히 피신을 하려는 것이다. 일단 중국으로 가서 앞으로 어떻게 하는 것이 옳은 길인지 선후배 동지들과 논의에 논의를 거듭해 보아야겠어. 당분간은 국내에서 무장투쟁을 전개하는 것이 불가능할 듯하니 말이야. 너도 가능한 대로 속히 길림으로 오도록 해라."

김원봉이 대답했다.

"그리하겠습니다."

황상규가 김원봉에게 길림으로 오라고 한 것은 그 자신이 그 곳으로 가겠다는 뜻이었다. 내몽고, 조선, 러시아의

중간 지점에 위치한 길림은 예로부터 교통과 물류의 요지였다. 일찍이 부여는 길림의 중부 평원 지대에 나라를 세워 한 시대를 호령했고, 그 이후에는 고구려가 서남부 집안集安에 도성인 국내성을 쌓아 중국과 천하를 다투었다. 그만큼 길림은 유서 깊은 도시였다.

1906년 이래 고국을 떠난 망명객들은 서간도 지방 정착을 염두에 두고 길림을 중간 기착지 겸 연락 거점으로 삼았다. 특히 길림은 1910년대 후반에 이르러 망명 지사들의 집결지이자 국외 독립운동의 주요 근거지 중 한 곳으로 부상했다. 그 사실을 잘 알고 있던 황상규는 길림으로 가서 국외 독립운동에 투신하기로 진작부터 결심을 굳혔고, 김원봉에게도 그리로 와서 합세하라고 말했던 것이다. 게다가 길림은 광복회 만주 본부, 즉 길림 광복회가 1915년 12월에 설치된 지역이기도 했다.

길림으로 간 황상규는 의군부義軍府에서 활동했다. 신흥무관학교 교장을 지낸 여준呂準이 주석, 김좌진이 군무부장, 손일민 등이 중앙위원을 맡은 의군부는 3·1운동 직전인 2월 24일 박찬익, 조소앙, 김좌진, 손일민, 황상규 등 망명객 13명이 향후 독립운동 추진 방법을 논의한 끝에 2월 27일 결성했다. 황상규는 의군부의 중앙위원 겸 재무 책임자 역할을 수행했다.

의군부는 창립 후 대종교 계열의 대한독립군정회大韓獨立

軍政會와 연계 활동을 펼치기로 합의, 실행 기관으로 대한군정부大韓軍政府를 설립했다. 그 후 대한군정부는 그 이름에 '정부'가 들어있는 것은 적절하지 않다는 임시정부의 권고에 따라 대한군정서大韓軍政署로 개명했다. 서간도 일대의 독립군 부대를 서로군정서西路軍政署라 부르는 데에 대칭하여 흔히 북로군정서北路軍政署라는 별칭으로 불린 대한군정서는 1920년 10월 21일~26일의 청산리 대첩을 이루어내는 주력 군대가 되었다.

그 무렵, 의군부는 대한독립군정회와의 연합 활동을 통해 군사 투쟁을 준비하는 것과 동시에 또 다른 방향의 무장 독립운동의 길도 모색했다. 군사행동 노선을 포기하지 않으면서도 좀 더 실행이 용이한 대안적 방책을 찾고 있었던 것이다. 드디어 소수 인원으로 기동성을 발휘하면서 큰 효과를 낼 수 있는 급진적 방식의 항일투쟁, 즉 특정의 적 기관과 요인에 대해 투탄 공격을 함으로써 일제 식민지 통치에 타격을 가하자는 데 의견이 모아졌다. 그 결과, 방계에 단위조직체를 두어 그러한 계획을 과감하게 실천해갈 정예의 비밀결사로 육성하기로 결의되었다. 김원봉이 길림으로 찾아왔을 때 황상규가,

"오늘날 가장 강력한 군대이자 성공 사례는 신흥무관학교다. 언젠가 왜군과 일대혈전을 벌일 때 결코 밀리지 않을 만한 무력을 지금 길러가고 있다. 그 일은

1920년대 최고의 무장 항일 결사 의열단 (사진) 김원봉

군사 운동을 하는 동지들에게 맡겨두고 우리는 의열 투쟁을 벌여야 한다. 많은 선배 지사들이 온몸을 바쳐 증언해 주지 않았느냐!"
라고 말한 것도 그런 배경에서 탄생된 발언이었다. 김원봉도 대뜸 맞장구를 쳤다.

"안중근 의사와 우덕순 의사가 군대 없이 혈혈단신으로 이토를 처단했을 때 중국 사람들은 '안중근의 의거로부터 중국과 조선 인민의 항일 투쟁이 시작됐다!'고 찬탄했지요. 이재명 의사, 장인환 의사, 전명운 의사, 이 분들도 하나같이 거느린 군사는 없었고 그저 몇 명의 동지들과 거사를 일으켰는데, 나라의 모든 남녀노소들이 열광했었지요. 조직을 결성하여 체계적으로 항일 투쟁을 펼친 단체는 바로 광복회였구요."

"바로 그것이야! 모험 의열 투사를 찾아 결사대를 조직해야 해! 물론 몇 사람의 순국으로 대중의 마음을 완전하게 진작할 수는 없을 게야. 하지만 끝까지 변함없이 의열 투쟁을 지속하면 기필코 우리가 이긴다. 광복회가 대구 달성토성에서 창립대회를 열면서 결의문에 '우리는 우리 대한독립권大韓獨立權을 광복하기 위하여 우리의 생명을 바칠 것은 물론이요, 우리의 일생에 목적을 달성하지 못할 때는 자자손손子子孫孫이 계승하여 불구대천의 원수 일본인을 완전 축출하고 국권을 완전히 광복하기까지 절대불변하고 일심전력할 것을 천지신명께 맹세한다!'고 했다."

"동감입니다. 그러기 위해 우리는 목표를 경성과 동경에 두어야 할 것입니다. 적의 군주君主 이하 대관大官을 모조리 살해하고 일체의 시설을 파괴해 버리면 우리 민족의 애국심에는 저절로 불이 붙어 배일排日 항일抗日의 기세는 맹렬히 타오를 것입니다. 우선은 총독으로 오는 녀석을 대여섯만 계속해서 거꾸러뜨립시다. 그러면 총독으로 오겠다는 녀석이 없어질 것입니다. 동경에다 진천震天(하늘이 뒤집히는) 대폭력으로 위력을 보입시다. 그러기를 몇 해만 계속하면 자진해서 조선을 내어놓을 것입니다. 이런 방법밖에는 우리에게 독립의 길을 열어줄 것은 없습니다."

두 사람은 마주 앉아 모험 용사를 모집할 방도에 대해 논의하기 시작했다. 김원봉으로서는 처음이지만 이는 이미 황상규, 김대지, 손일민 등이 익히 의견 교환을 했던 주제였다. 황상규가 김원봉에 앞서 방안을 제시했다.

"신흥학교에 가면 젊은 동지들을 소수정예로 모집할 수 있을 것이야."

"그렇겠습니다. 훈련된 용사들이니 가장 믿을 만한 충원 기반임에 틀림이 없을 것입니다."

신흥무관학교는 본래 신민회의 독립전쟁 전략에 따라 개척된 독립군 기지의 하나였는데, 신민회가 해체된 이후로는 광복회의 독립군 양성 기지처럼 되었다. 광복회는 국

1920년대 최고의 무장 항일 결사 의열단 (조각) 김대지 흉상

내에서 일제 몰래 뜻있는 청년들을 모아 신흥무관학교로 보냈다. 중국으로 오기 전 학교 교사로 일했던 황상규가 청년들을 신흥무관학교에 입학시키는 사업에 열정적으로 매달렸으리라는 사실은 눈으로 확인하지 않아도 충분히 짐작이 가는 일이다. 실제로 황상규는 1919년 6월에 중국으로 망명해온 이수택李壽澤에게 신흥무관학교 입학을 권유하기도 했다.

같은 6월, 김원봉도 황상규의 안내를 받아 신흥무관학교에 입교했다. 신흥무관학교에는 이종암, 이성우, 서상락, 강세우, 김상윤, 한봉근, 신철휴가 기다리고 있었다. 김원봉이 중국으로 떠날 때 자기 숙부의 상점에서 돈을 훔쳐 여비로 쓰라며 내놓은 밀양 동무 한봉인도 있었다.

이들 신흥무관학교의 청년들은 이종암의 집을 본거지로 삼아 새로운 무장 항일 단체 결성을 준비했다. 특히 이종암과 김원봉은 나란히 상해로 가서 임시정부 별동대인 구국 모험단救國冒險團 단원들과 합숙하며 약 3개월 동안 폭탄 제조·조작법을 배웠다.

경비는 이종암이 대구은행에서 가져간 1만500여 원으로 충당되었다. 가장 먼저 지출된 500여 원은 길림성 파호문 밖 중국인 반모 씨의 화성여관을 세 얻는 데 쓰였다. 그때부터 화성여관은 이종암의 거처 겸 의열단 창립 준비 모임 장소로 사용되었다. 10여 명의 청년들은 그 집에 합숙하면서 폭탄 제조 및 사용법을 익혔다. 그 후 이종암은 3,000원을 김원봉 등에게 주어 생활비와 여비로 썼고, 7,000원을 구영필에게 맡겨 삼광상회를 경영시켰다. 삼광상회에서 얻은 이익으로 의열단을 운영하려는 계획이었다.

1920년 4월 12일, 곽재기는 '제1차 암살 파괴 계획'에 쓰일 폭탄을 단둥 세관에서 찾아 압록강변의 원보상회元寶商會로 가져갔다. 상해에서 단둥 세관까지 폭탄을 옮기는 일은 임시정부 외무차장 장건상이 해결해 주었다. 장건상은 상해 주재 일본 총영사가 1922년 4월 22일 본국 외무대신에게 보고서를 제출하면서 '김원봉 이상 가는 의열총장義烈總長'이라고 평가했을 만큼 제1차 암살 파괴 계획에 적극적으로 참여했다. 장건상은 서양 선박회사 이륭양행의 단둥 지사장인 아일랜드 사람 쇼오Show에게 '소포를 부칠 테니 받아 두었다가 내가 보낸 청년이 오거든 내주시라.'고 부탁했고, 곽재기는 쇼오에게서 폭탄을 찾았던 것이다.

폭탄을 받은 원보상회 주인 이병철은 가마니부터 20여 장 준비했다. 그는 가마니 속에 옥수수를 계속 집어넣었다. 가마니가 옥수수로 가득 채워지자 이제는 폭탄을 나누어 넣은 다음 끈으로 사방을 묶었다. 포장이 끝나자 이병철은 밀양역전의 대운송점大運送店으로 그것들을 탁송했다. 가마니에는 '수취인 金仁出'이라는 송장을 꿰매어 붙였다.

"이제 밀양으로 부리나케 달려가야 하오. 내가 김인출金仁出이니 어쩌겠소? 옥수수 가마니를 김병환이 바로 찾도록 했다가는 밀정 놈들이 냄새를 맡을지도 모르니 이렇게라도 단도리, 아니 채비를 하는 수밖에……. 그나저나, 왜놈들 때려부수고 죽이려고 독립운동을 하는 중에도 고향에 간다니 어쩐지 가슴이 설레네!"

이병철이 그렇게 말하니 곽재기로서는 웃는 도리뿐이다. 두 사람은 악수를 나누고, 이병철은 황급히 보따리를 챙겨 바로 압록강을 건넌다.

사흘 뒤인 4월 15일, 이병철은 밀양에 도착했다. 이병철은 폭탄을 찾아 그 길로 김병환의 내일동 미곡상점으로 갔다. 김병환은 밀양 3·1운동을 주도한 혐의로 체포되어 부산형무소에서 여섯 달 옥살이를 했는데, 이병철은 그때 잡히지 않고 피신하여 압록강을 건넜었다. 이병철이 미곡상 문을 드르륵 밀치고 들어서자 그보다 두 살 아래인 김병환이 약간의 존대를 하면서 그를 환대한다.

"이게 누고(누구요)? 병철이 형 아이가(아닙니까)!"

김병환이 속사포로 환영사를 한다.

"기별 받고 기다렸는데 예상보다도 일찍 당도하셨소!"

1년 이상 서로 못 본 얼굴들이다. 하루도 빠짐없이 일제의 눈초리가 매섭지만, 이렇게라도 만나니 내심으로는 반갑기만 하다.

"몸은 성한가? 왜놈들한테 붙잡혀 갔으니 곤욕을 치렀을 텐데, 아픈 데는 없고?"

"감옥에서 나온 지 어언 반 년이 넘었지만 아직도 안 아픈 데가 없는 지경이오. 형도 조심하시오. 만세운동 조금 한 걸로도 온갖 악랄한 고문을 다 당했는데, 의열단을 하고 있으니 잡히는 날에는 어찌 되겠소!"

진심으로 걱정을 해주는 김병환의 말을 듣고 이병철이,

"그렇게 말하면 나 혼자만 의열단인 줄 알겠네!"

하여 둘은 잠시 서로를 마주보며 웃었다. 이어 이병철은,

"밀양 사람들 중에 달리 고초를 겪은 이들은 또 누구누구가 있는가?"

라며, 만세운동에 가담했다가 일제에 끌려간 다른 사람들 안부를 묻는다. 김병환이 한탄하듯 대답한다.

"형도 알다시피 윤치형과 윤세주는 몸을 피해서 만주로 망명한 덕분에 궐석 공판으로 징역 1년6월 선고는 받았지만 당장의 고초는 겪지 않았고⋯⋯. 정동찬, 김소지, 박만수, 이장수, 최종관, 박소종이 징역 여섯 달씩을 살았지요. 모두들 스물하나에서 스물셋 청년들이니 아마도 향후 더 철저히 일제에 맞서는 인물들이 될 게요. 그 외 권재호, 설만진, 정동준은 징역 넉 달씩 살았고, 윤보은도 석 달을 살았소. 김상득, 박작지, 엄청득, 노재석, 김상이, 윤방우, 양쾌술은 90도씩 태형을 당했지요."

실형을 살고, 또 처참하게 두들겨 맞은 사람들의 이름과 내역을 김병환이 상세하게 소개한다. 이병철이 듣고는 이를 우두둑 깨물면서 한탄한다.

"죽일 놈들! 원수를 어찌 갚을까! 하루라도 빨리 독립을 되찾고, 그 연후에는 나라의 힘을 길러서 당한 이상 백 배 천 배 앙갚음을 해줘야 할 텐데……."

이윽고 옥수수 가마니에서 폭탄을 꺼낸 두 사람은 그것을 미곡상 뒤편에 바로 붙어 있는 김병환의 집 안으로 가져가 마루 아래 깊숙이 숨긴다. 그리고는 만약의 사태에 대비하여 옥수수를 싸게 판다는 안내문을 상점 문에 커다랗게 써 붙였다.

"다시 연락이 올 때까지 폭탄들을 차질 없이 잘 보관하고 있어야 하네."

"거사는 서울서 하는데 폭탄을 보관하기 위해 형이 밀양까지 온 걸 보면 그야 불문가지 아니겠소."

"서울엔 아직 믿고 맡길 만한 사람이 없으니……."

이병철과 김병환이 밀양에서 그러고 있을 무렵, 상해에서는 2차로 열세 개의 폭탄을 제조하였다. 일곱 개는 도화선식, 여섯 개는 투척식이었다. 미제 권총 2정과 탄환 100발도 구했다.

이병철은 중국으로 돌아가는 길에 서울 공평동 전동여관典東旅館에서 배중세를 만나 상해 본부에서 2차로 제조한 폭탄과 권총을 5월 상순쯤 곡물로 위장해서 보낼 테니 이수택과 협의하여 잘 숨겨두라고 부탁해 두었다. 그리고는 바로 단둥으로 올라가 이성우가 가져온 무기류들을 인수하였다.

이성우로부터 무기들을 인수받으며 이병철이,

"그 옷차림은 무슨 까닭이오? 이번에는 이것들을 어떻게 예까지 운송하였소?"

하고 묻자, 이성우가 대답한다.

"이번에는 소해 선생이 상해에 머물고 있지 아니한 관계로 우리가 직접 운송을 추진할 수밖에 없었소. 육지로 무기들을 운송하는 것이 불가능할 듯하여 상해에서 기선을 타고 단둥까지 왔지요. 무기들을 중국산 궤짝에 집어넣고는 내가 중국옷을 입고서 중국인 행세를 하며 왜놈들과 밀정들을 속였지요. 소해 선생이 힘써주었던 1차 무기 수송 때와는 비교도 안 될 만큼 힘든 과정이었소."

"우수한 폭탄을 제조하는 것도 문제, 거사 장소까지 운반을 하는 것도 문제, 일을 성공시키는 것도 문제, 그런 과정에 소요되는 군자금을 조달하는 것도 문제, 모든 게 다 문제이지요."

이병철이 한탄을 하자 이성우가 뒤를 이어 숨을 한 번 고른 후 진중하게 말을 계속한다.

"무기를 국내에서 구하지 못해 국외로부터 수송하니 참

으로 이것부터가 난관이오. 왜적의 국경 경계는 심히 엄밀하여 단신으로도 출입이 극히 어려운데, 하물며 무기와 탄약을 운반해야 하니 어려운 일 중에서도 특별히 어려운 일이지요. 만에 하나라도 우리 의열단이 거사에 성공하지 못한다면 이것이 그 첫 번째 원인으로 손꼽힐 거요."

잠시 후, 두 사람은 옥수수로 가득 채워진 가마니를 스무 개 만들고, 그 중 다섯 가마니에 폭탄을 집어넣었다. '수취인 裵重世'라는 꼬리표가 매달린 옥수수 가마니들은 그날 부산진역으로 탁송되었다. 이미 지난 4월 서울 전동 여관에서 이병철로부터 폭탄 이야기를 들었던 배중세裵重世는 부산진역에 도착한 옥수수 가마니들을 찾은 후 그 중 다섯 가마니를 소 세 마리에 나누어 얹어 창원 동면 무점리 강상진 집 창고로 날랐다.

무기들이 무사히 밀양과 창원에 반입되었다는 기별을 전해들은 의열단 단원들은 단둥의 이낙준 집에 모여 향후 활동 계획을 논의한 후 속속 국내로 잠입했다. 황상규, 서상락, 김상윤, 김기득은 서울에 은신하여 때를 기다렸고, 윤세주는 밀양으로 갔다.

1차 무기 반입 때 국내로 들어온 이래 줄곧 서울에 머물렀던 곽재기도 이때 밀양으로 내려갔다. 당시 곽재기는 이번 거사를 국내에서 총지휘하고, 김원봉과 이종암 두 사람은 상해에 남아 향후 전개되어 가는 상황을 봐가며 적절한 추후 조치를 취하기로 역할 분담이 되어 있었다. 한봉근과 신철휴를 만난 곽재기는 상해에서 논의된 바를 재차 상기시켰다.

"아시다시피 이번 거사의 실행자로 누가 적임자인가를 두고 본부에서는 여러 차례 논의를 했는데, 두 분과 이성우 동지, 김기득 동지, 그리고 나, 그렇게 다섯 사람으로 정해졌었지요. 두 동지가 적임자라는 건 중론이었지요. 두 분께서는 결의와 용의에 변함이 없지요?"

총독부, 동척, 경성일보에 폭탄을 투척하는 임무를 초지일관대로 수행하겠느냐는 확인성 질문이었다. 신철휴에게 그 말을 전해들은 윤세주가 잰걸음으로 달려왔다.

"나도 실행자가 되겠습니다."

"폭탄 투척 실행자 다섯 명은 이미 정해져 있으니 계획을 바꿀 수가 없소. 윤 동지의 의기는 가상하나 다음을 기약하시오."

본래 '무기 도착 후 한 달 이내 결행'이 의열단 본부의 의결 사항이었다. 그런데 거사 날짜를 정하는 데 이견이 생겨 차일피일 투탄이 미루어졌다. 두 차례에 걸쳐 폭탄을 국내에 반입시키고 한 달 이상이 경과했는데도 아무 소식이 없자, 김원봉과 이종암은 이낙준을 시켜 20일 이내로 결행하고 실행자와 일시를 통지하라는 서한을 서울로 보냈다. 자금 조달차 대구에 가 있던 곽재기가 황급히 상경

했고, 황상규·김기득과 함께 이낙준의 숙소인 서대문 정태준 집에 모여 긴급 회동을 가졌다. 6월 21일 밤이었다.

이날 네 사람은 본부의 명령서 내용을 숙지한 다음, 사흘 후인 6월 24일에 다시 모여 최종 전략을 결정하기로 했다. 사흘 뒤인 24일, 황상규가 정태준의 집 대문턱을 넘으려는데 골목 끝에서 김기득의 고함소리가 들려왔다.

"이성우 동지와 윤세주 동지가 피체되었소."

네 사람은 서둘러 방 안으로 들어가 대책을 강구했다. 황상규가,

"일이 화급하게 되었소. 촌음이라도 바삐 거사를 실행하지 않다가는 모든 것이 물거품이 될 판이오."

하며 다급한 처지부터 언급하였다. 황상규의 발언이 없다 하더라도 지금 상황은 곽재기·김기득·이낙준 모두가 본능적으로라도 모든 형편을 헤아리고도 남을 지경이었다. 네 사람은 폭탄이 구해지는 대로 당장 총독부, 동척, 경성일보에 폭탄을 투척하기로 합의했다. 본래 각각의 장소마다 거사를 실행할 사람은 따로 정해져 있었지만, 그와 무관하게 넷이서 감당하기로 결의했다.

하지만 폭탄을 손에 넣기도 전에 김기득은 남대문역에서 일경에 붙잡혔다. 이낙준도 서대문정 숙소를 떠나 단둥으로 돌아가던 중에 피체되었다. 황상규도 서울을 벗어나지 못한 채 잡히고 말았다. 곽재기도 7월 5일 부산 영주

동 복성여관福成旅館에서 피체되고 말았다. 김병환도 7월 8일 일제 경찰 김태석에게 잡혔다. 경기도경 소속인 김태석은 직접 밀양으로 내려와 김병환을 체포하고 폭탄도 압수했다. 김태석은 황상규와 곽재기 등을 천장에 매달아놓고 참혹하게 고문하여 혀가 입 밖으로 10cm나 튀어나오도록 만들었다. 두 사람은 거의 죽은 가사假死 상태가 되었다.

이 무렵 김원봉과 이종암은 속이 탔다. 두 사람은 거사 추진이 엉망상태에 빠진 줄은 미처 알지 못했으므로, 진행상황을 점검하고 실행 독촉도 할 겸 국내로 직접 가보자는 데 의견일치를 보았다.

"내가 가 볼 테니 의백은 기별을 기다리고 있다가 시기 적절하게 지원을 해주시오."

이종암이 그렇게 말하면서 김원봉의 손을 잡았다. 김원봉은 결의에 찬 눈빛을 보이면서 이종암을 향해 걱정과 당부의 말을 하였다.

"부디 몸조심하시오. 그리고 꼭 거사를 성공시켜 주시오. 경과도 조속히 알려주기 바라오."

이종암은 압록강을 건너기 전에 참담한 소식을 들었다. 단둥에는 김병환이 피체되고 폭탄도 압수되었다는 소식이 당도해 있었다.

"김병환이 잡히고 폭탄도 빼앗겼소. 황상규와 곽재기도 피체되었고, 이낙준도 붙들렸소. 다른 동지들이 어찌됐는

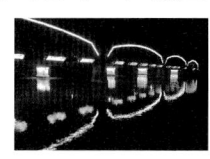

(사진) 독립운동가들이 무수히 건너다녔던 압록강의 2010년 야경

지 일일이 파악되지는 않았지만 머잖아 모두가 그리 될 게 불문가지요. 이 일을 어쩌면 좋단 말이오!"

황당하고 안타까운 나머지 이병철은 존칭도 동지라는 말도 쓰지 않는 채 피해 상황을 줄줄이 거론했다. 이병철의 얼굴과 입을 망연히 쳐다보다가 그만 기가 막혀버린 이종암은,

"어, 어!"

하면서 신음만 내뱉을 뿐 더 묻지도 못하고, 달리 무슨 말을 잇지도 못했다. 도대체 무슨 연유로 이 지경이 되고 말았단 말인가!

잠시 후 정신을 조금 되찾은 이종암은,

"이러고 있을 때가 아니오!"

하더니, 어떻게 하겠다는 언질도 없이 훌쩍 원보상회 문을 밀치고 나가서는 그 길로 곧장 압록강을 건너 국내로 들어가 버렸다. 이병철이 붙들고 말고 할 겨를도 없었다.

일제는 곽재기와 이성우에게 징역 8년, 김기득·이낙준·황상규·윤세주·신철휴에게 징역 7년, 윤치형에게 징역 5년, 김병환에게 징역 3년, 배중세에게 징역 2년, 이주현·김재수에게 징역 1년(집행유예 2년)을 선고하였다. 이때 윤세주와 윤치형에게는 1919년 3월 밀양 만세운동 때 궐석 재판으로 받았던 징역 1년6월이 추가되었다. 이성우에게도 징역이 추가되었다. 이성우는 청진 형무소에서

복역 중 탈옥을 도모하다가 2년 가형加刑을 받았다. 이성우는 1928년 3월이 되어서야 출감하지만 고문 후유증이 도져 그 이듬해에 순국했다.

무기들이 모두 압수당하고, 대부분의 동지들이 구속되자 이종암은 더 이상 할 수 있는 일이 없었다. 그래도 이종암은 국내에 남았다. 누군가는 국내에서 의혈 거사를 총지휘해야 하는 까닭이다. 당연히, 일제에 붙잡히지 않고 무사히 돌아온 서상락과 김상윤을 반가이 맞으면서도 김원봉은 표정이 몹시 침울했다. 김원봉이 왜 그토록 어두운 낯빛을 하고 있는지 대뜸 헤아린 서상락이 좋은 말로 그의 마음을 달랬다.

"너무 걱정하지 마시오. 이종암 동지는 무탈하게 살아남았을 것이 자명하니 곧 만나게 될 거요. 그가 어디 보통 사람이오?"

서상락의 말은 반은 맞고 반은 틀렸다. '어디 보통사람인가?'라는 대목은 정확했지만, '곧 만나게 될 것'이라는 예측은 빗나갔다.

서상락은 김원봉과 이종암이 곧 만나게 될 것으로 예상했지만, 이종암은 그로부터 1년 5개월 후인 1921년 12월에야 의열단 본부로 귀환했다. 그 무렵은 의열단이 본부를 북경으로 옮겨 있을 때였다. 문득 이종암이 문을 천천히 밀고 사무실 안으로 들어왔다. 회의를 하고 있던 김원봉과 서상락 등이 일시에 벌떡 일어서며 큰 소리로 이종암을 반겼다.

"어서 오시오! 이게 얼마만이요? 정말 기쁘오!"

김원봉이 덩실덩실 춤을 춘다. 온몸으로 이종암을 껴안는다. 1년 5개월 전 이종암의 행방이 묘연하다며 넋을 놓은 채 주저앉아 있던 김원봉과는 아주 딴판이다. 김원봉은 '친구들에게는 지극히 점잖고 친절하지만 적에게는 지독히 잔인한'21) 것으로 정평이 난 사람이라, 의열단 창단 단원으로서 몇 해째 그를 지켜보아온 서상락의 눈에도 오늘 그의 행동은 신기할 지경이다.

"의백! 우리의 제1차 암살 파괴 계획은 완전 실패로 끝났소. 무능한 내가 지휘를 제대로 못해서 그런 결과가 빚어졌으니 무어라 변명을 하겠소. 차라리 왜놈들과 총격전을 하다가 죽어버렸으면 좋았을 것을, 살아 돌아와 동지들을 다시 만나니 참담한 마음 뭐라 말하기 어렵소."

김원봉이 이종암의 말을 들어보니, 1년 5개월 전 서상락이 돌아왔을 때 자기 자신을 지배했던 처참한 심경을 이종암이 사진 찍듯이 그대로 반복하고 있다. 그만큼 세월이 흘렀는데도 1차 국내 암살 파괴 계획의 실패는 이종암의 머리와 가슴을 압살하듯 무겁게 짓누르고 있는 것이다.

---

21) 한상도, 《대륙에 남긴 꿈》(역사공간, 2006), 27쪽.

본인이 의백인지라 김원봉은 이종암이 그렇게 말을 하는 것이 더욱 미안했고, 낯도 서지 않았다. 김원봉은 이종암의 손을 꼭 붙잡은 채 뜨거운 음성으로 그를 위로했다.

"그게 무슨 말이오? 총체적인 책임은 내가 져야 할 일이지요. 어디 그뿐이오? 1차 암살 파괴 계획이 성공하지 못한 데 충격을 받은 나머지 중국으로 돌아오지도 않고 내내 국내에 머물면서 온갖 고생을 다하고, 부산 경찰서와 밀양 경찰서 폭파 거사를 성공시키는 등 혁혁한 성과도 이루었는데 어찌 그토록 겸양을 보이시오? 이제 부단장 동지가 돌아왔으니 새로운 계획을 준비해서 앞으로는 모든 거사를 반드시 성공시킵시다. 우리는 의열단이요!"

김원봉이 이종암을 '부단장'이라고 호칭하는 것은 창단 당시 부단장을 맡았던 곽재기가 일제에 피체된 이후, 암살 파괴 거사를 직접 관장하려면 국내 체류가 바람직하다면서 북경으로 귀환하지 않은 이종암이 그 직책을 이어받았기 때문이다.

이종암은 국내에 머무르면서 서상락의 사람 보는 안목이 얼마나 대단한 경지인지를 확연하게 증언해주는 행동을 여럿 선보였다. 그 중 하나가 1921년 6월 22일의 일이었다. 서상락이 '이종암 동지가 어디 보통 사람인가?'라고 했다시피, 신철휴도 그날 서상락과 똑 같은 찬탄을 했다.

그날 서울지방법원에서는 제1차 암살 파괴

계획을 추진하다가 피체된 의열단원들에 대한 재판이 열렸다. 푸른 죄수복에 용수까지 뒤집어쓴 의열단 단원들이 포승줄로 꽁꽁 묶인 채 재판정 안으로 줄지어 끌려왔다.

신철휴도 마찬가지였다. 좌정을 앞두고 신철휴는 용수를 벗었는데, 그 순간 그는 심장이 떨어지는 것만 같았다. 이종암이 방청석에 앉아서 태연하게 눈인사를 보내오는 것이었다. 신철휴는 자기도 모르게 '이종암 동지! 어떻게 여기를……?' 하고 중얼거릴 뻔했다. 그랬더라면 이종암은 그 자리에 체포되고 말았을 것이다.

이종암은 그날 재판정 방청석에 앉아서 신철휴만이 아니라 모든 동지들에게 부지런히 눈인사를 보냈다. 이종암은 재판이 열린다는 보도를 보았을 때 서울지방법원을 한번 들이치고 싶은 심정이었다. 그러나 단신으로 가능한 일이 아니었으므로 치밀어 오르는 감정을 꿀꺽 삼키고 참았다. 다만 자신을 포함해 체포되지 않은 단원들이 건재하다는 사실을 생생하게 확인시켜 주면, 옥고를 치르고 있는 동지들의 용기가 북돋워지려니 해서 법원 방청석에 앉아 있었던 것이다.

그만큼 제1차 암살 파괴 계획의 실패는 의열단원 모두의 마음을 무겁게 짓눌렀다. 감옥에 갇혀 고문을 당하고 있는 단원들도 그랬고, 국내에 남아 또 다른 거사를 준비하고 있는 이종암도 그랬고, 중국 본부에 있는 김원봉과 서상락도 그랬다.

김원봉, 서상락, 권준 등은 머리를 맞댔다.

"비록 우리의 제1차 암살 파괴 계획은 실패로 끝났지만 3·1운동의 좌절 이후 절망에 빠져 있던 조선 민중들의 가슴에 새로운 희망과 기대를 불어넣었소. 이제 조선 민중들의 독립 열망을 더욱 뜨겁게 불붙이려면 성공 사례를 보여줘야 하오! 의열단이 건재하다는 사실을 크게 한번 과시해야 마땅하다는 것이지요."

김원봉이 그렇게 말하자 서상락도 같은 의사를 밝혔다.

"의백이 말이 천 번 만 번 맞소! 우리가 총독부, 동척, 경성일보를 한꺼번에 부수려 했으니 실패로 끝나기는 했어도 그 담대함에 조선 민중들이 감동한 것이지요. 하지만 앞으로는 할 수 있다는 것을 보여주는 게 중요하오. 선두에서 싸우는 독립지사들이 실패를 거듭하는 것을 보면 민중은 기대와 희망을 잃게 되기 쉽소."

권준이 말을 이었다.

"나도 그렇게 보오. 하나의 목표를 정해놓고 소수의 동지가 일심동체가 되어 치밀하게 준비를 한 다음 거사를 감행하는 것이 바람직하오. 그렇게 하면 성공 가능성이 훨씬 높아지니 말이오."

김원봉이 찬동을 했다.

"옳은 말이오. 1차 암살 파괴 계획 때는 거사를 너무 크

게 잡았소. 조급했던 것이지요. 하루라도 빨리 조국독립을 앞당기려는 마음이 결국 그런 결과를 낳고 만 것입니다. 얼마 전(1921년 2월 16일) 양근환 지사가 일본 도쿄역호텔에서 친일파 거두 민원식을 처단한 거사는 그런 점에서 훌륭한 교훈을 준다고 하겠소."

일제는 1919년 3·1운동 이후 이른바 문화정치를 시행하였다. 독립을 희구하는 조선인들의 열기를 누그러뜨리려는 것이 목적이었다. 일제는 일간신문과 잡지의 발행을 허가하고, 집회·결사의 금지를 다소 완화하여 일부 임의단체의 설립도 허용했다. 식민지 통치 질서가 온전히 유지되는 범주 내에서 조선인들에게 일부 제한된 자유와 자치권을 주는 방식이었다. 그렇게 하면 '좋아라!' 환호하는 친일세력이 육성될 것이고, 조선인들은 민족분열을 일으킬 것이었다. 이때 일제의 지원을 받아 전국 조직을 갖추고 활동한 반민족 단체가 국민협회였고, 회장이 민원식이었다.

민원식은 애초 민씨도 아니었다. 평안도 출신의 나가哥(羅哥)였던 그는 민씨 집안이 유력 가문인 데 착안하여 자신의 성명을 민원식으로 개명했다. 그런 정도의 인물이었으니 처세술과 친일 매국행각으로 일본인들의 눈에 들기는 식은 죽 먹기였다.

"민원식 처단 거사의 교훈에 대해서는 본인이 한 말씀 올리리다."

영어는 물론 독일어, 일본어 등 외국어에 능통해 의열단 최고의 국제통으로 인정되는 서상락이 나섰다. 아마도 근래에 일본 신문을 탐독한 적이 있는 모양이다.

"민원식이 일본에 와서 도쿄역호텔 14호실에 투숙한다는 사실을 알게 된 유학생 양근환 지사는 혼자서 그 자를 찾아갑니다. 그것에 한낮에 말입니다. 자신을 '유학생 동우회 회장 이기령'이라고 비서에게 거짓 소개한 후, 유학생 동우회에서 '민원식 환영회'를 열고 싶어 초청차 방문했노라 감언이설을 펼칩니다. 드디어 민원식과 방 안에 단 둘이 남게 되자 양 지사는 적당한 기회를 노려 민원식의 배를 비수로 찌릅니다. 만난 지 20분 만에 민원식은 숨이 끊어집니다. 체포된 양 지사는 사형 구형에 무기징역 선고를 받지만 철저하게 단독 거사인 까닭에 동지들 중에서는 피해자가 발생하지 않습니다. 우리도 앞으로 이처럼 최소 인원을 투여하여 최대 성과를 거두는 경제적 투쟁 방식을 채택하도록 하십시다."

모두들 고개를 끄덕여 동의를 표시한다. 김상윤이 사례를 덧붙인다.

"두 달 전에(1920년 7월) 임시정부가 미국 의원단의 방한을 맞아 서울, 평양, 신의주에서 투탄 거사를 일으켰을 때에도 13명의 실행 단원을 3개조로 나누어서 세 도시로 보냈습니다. 어떤 때는 규모가 크면 좋지만 다른 어떤 때

(사진) 양근환

는 시간과 경비가 절감되고 위험성이 줄어드는 소수 정예가 바람직할 겁니다."

잠시 후 다시 김원봉이 말했다.

"제1차 암살 파괴 계획 때 동지들이 부산과 밀양에서 많이 피체되었소. 그래서 생각해본 것인데…… 복수를 위해 부산과 밀양에서 거사를 일으켜 의열단의 건재를 과시하는 게 어떻겠소?"

그 말을 듣고 서상락이,

"좋은 생각이오. 아까 말한 바와 같이 소수 인원을 각 경찰서별로 나누어서 거사를 추진합시다. 시간이 너무 흐르면 '이제 의열 투쟁은 끝났나 보다' 하고 여기게 되니 올해 내로 투탄하는 게 좋겠소."

하였다. 그러자 김원봉이 오랫동안 생각해온 듯 대뜸 구체적으로 제안을 하였다.

"이종암 부단장과 김상윤 동지에게 밀양을 맡기고, 서 동지와 내가 부산을 맡읍시다."

서상락이 '염두에 둔 사람이라도 있는가 보오.'라고 물으려는데, 지역 분담론을 꺼냈던 김원봉이 말을 잇는다.

"밀양에는 최수봉 형이 있소!"

김원봉은 최수봉이 자신보다 세 살 위인지라 그를 형이라 칭했다. 최수봉은 김원봉과 함께 동화학교에 다녔다. 서상락이 부산 거사에 대해 말을 꺼냈다.

"부산은 적임자가 있소? 없으면 내가 맡겠소."

김원봉이 말했다.

"그곳 지리에 익숙하고, 또 그 지역 인물들과 교류가 많은 동지가 맡아야 거사를 성공으로 이끄는 데 절대적으로 유리할 겁니다. 서 동지의 기상은 훌륭하나 이번에는 양보를 하시지요."

서상락이 재차 물었다.

"적임자가 있소?"

김원봉이 고개를 끄덕이면서 대답했다.

"박재혁 동지가 최고의 적임자일 듯싶소."

"박재혁? 지난 4월 상해에서 만났던 부산상업학교 출신 아니오? 그 동지는 지금 부산에 있는가요?"

"아니오. 싱가폴에서 무역업을 하고 있지요. 내가 지금 전보를 치겠소. 시급히 논의할 일이 있으니 북경에서 만나자고 말입니다."

박재혁은 부산에 닿자마자 부산상업학교 동기 오택을 찾았다. 박재혁이 폭탄 둘을 오택의 집에 숨기고 돌아서는데, 최천택이 왔다. 세 사람은 아무 말 없이 눈빛만 주고서로 주고받았다. 박재혁이 폭탄을 최천택에게 맡기는 것은 훨씬 더 위험하다. 박재혁과 최천택은 부산상업학교 비밀결사 구세단의 두 핵심인물이기 때문이다.

박재혁은 부산에 돌아온 이후 동지들에게 두 가지를 말했다. 먼저 박재혁은,

"부산경찰서장 하시모토橋本秀平가 특별히 무엇을 좋아하는지 누가 그걸 좀 알아주시오."

하고 부탁했다. 줄곧 부산에 머물러온 최천택이 그 자리에서 바로 대답했다.

"그 자는 진귀한 고서적이라면 사족을 못 쓴다던데? 부산에 고서적 전문 상인이 몇 명 있는데 그들은 모두 하시모토와 가깝게 지낸다는 소문이야."

최천택이 그렇게 말하자 박재혁은,

"그래애?"

하며 얼핏 입가에 미소를 머금었다.

이튿날인 9월 14일, 오택의 집에 숨겨두었던 폭탄을 꺼낸 박재혁은 그와 함께 좌천동에 있는 정공단鄭公壇을 찾았다. 정공단은 임진왜란이 일어났을 때 왜적에 맞서 싸우다 순절한 부산진 첨사 정발鄭撥을 기려 비석을 세우고, 제사를 지내는 곳이다.

"저희들이 오늘 장군의 원수를 갚고자 합니다. 거사가 기필코 성공할 수 있도록 부디 도와주십시오."

기원을 마친 박재혁은 영가대 정류소에서 최천택을 만나 전차 편으로 부산 우체국까지 이동했다. 그 짧은 시간 동안 두 사람은 말이 없었다. 평상시라면 경치, 뱃놀이,

횟감 등 갖가지 화제가 만발했을 터이지만 이때만은 그저 굳게 입술을 깨물고 있을 따름이었다.

우체국에서 하차한 두 사람은 부산 경찰서까지 나란히 걸었다. 이윽고 경찰서 입구가 보였다. 위병 보초를 선 순사의 눈에 두 사람이 보이지 않을 즈음에서 박재혁과 최천택은 헤어졌다. 혼자 경찰서 출입문 앞에 당도한 박재혁은 보초로 서 있는 순사에게 중국말을 던졌다.

"나는 중국에서 온 고서적 전문 서상書商이오. 이곳 서장께서 귀한 책을 알아보시는 분이라 들었소. 그래서 찾아뵙고자 하오. 서장실이 어디에 있는지 알려주시오."

중국말로 위병 순사에게 말을 건 것은 중국인다운 면모를 과시하려는 전술이었다. 일본 순사가 알아들을 리 없었다. 박재혁은 같은 내용을 일본말로 되풀이했다.

박재혁이 서장실의 위치를 물은 것은 의심받을 소지를 없애려는 계산된 발언이었다. 서장실의 위치는 진작에 파악해 두었다. 그러나 중국인 상인이라면 서장실 위치를 알 리가 없으므로 짐짓 모르는 체하며 물었던 것이다. 위병 순사의 보고를 받은 서장실에서 회신이 왔다.

"들여보내라!"

박재혁의 마음에는 그 순간 '이렇게 쉽게 일이 진행되다니! 하시모토 놈이 경찰서장이 아니라 일본 왕이나 총독이었으면 얼마나 좋아!' 싶은 안타까움이 피어올랐다. 하

(사진) 박재혁 일행이 거사 성공을 기원한 부산 정공단

지만 과욕을 부리거나 엉뚱한 표정을 짓다가 티를 잡히는 것은 금물이다. 그는 순사에게 꾸벅 절을 한 후 그가 가르쳐준 방향대로 걸어서 서장실로 갔다. 하시모토는 호기심 가득한 표정을 지었다.

"진귀한 중국 고서가 있다고? 내놓아 보아라."

박재혁은,

"아마 서장님께서도 이런 책은 처음 보실 겁니다."

하고 그의 구미를 뜨겁게 끌어당겼다. 과연 하시모토는 바짝 앞으로 다가서면서 재촉을 했다.

"어서 보따리를 풀어라. 뭘 그렇게 뜸을 들이느냐?"

하시모토가 얼굴을 보자기 앞으로 바짝 들이밀었다. 바로 그때였다. 보자기 안에 고이 싸여있던 폭탄 하나를 집어든 박재혁이 호통을 쳤다.

"나는 의열단 단원이다! 지난 암살 파괴 거사 때 네놈이 우리 단원들을 체포하고 고문한 원수를 갚으러 왔다! 조선 민중의 이름으로 죄를 묻는 것이니 숨이 멈춘다 해서 나를 원망하지 마라!"

박재혁이 폭탄을 세차게 책상 위로 내리쳤다. '쾅!' 하는 굉음을 내며 폭탄은 요란하게 터졌다. 하시모토가 온몸에 피범벅이 된 채 쓰러졌다.

하시모토가 넘어지자 놈이 앉아있던 안락의자도 파편을 맞아 그 자리에서 폭삭 내려앉았다. 더 큰 파편은 천정을 뚫고 치솟아 2층의 마룻바닥을 무너뜨렸다. 파편은 사법주임 와다和田의 의자 뒤쪽도 강타했다. 와다가 쓰러지면서 비명을 토하는데, 박살이 난 사방의 유리들이 바닥에 흥건한 선혈 위로 우수수 떨어졌다.

박재혁도 중상을 입고 쓰러졌다. 한 편 다리가 폭탄으로 끊어졌고, 얼굴은 이미 산 사람의 것이 아니었다. 박재혁은 의식이 캄캄하게 흐릿해지고 있었지만, 남아 있는 폭탄을 처리해야 한다는 생각만은 더욱 또렷해졌다. 다른 한 개의 폭탄은 본래 자결용이었다. 하나로 경찰서장을 죽이고, 남은 하나로는 자신을 죽여야 했다. 그래야 끌려가 혹독한 고문을 당할 일이 없어진다.

박재혁은 '저 왜놈이 죽었는지 살았는지 알 수가 없다. 내가 여기서 죽는 것이야 쉽지만 저놈이 살아난다면 무슨 소용인가? 내가 죽지 못하고 잡혀가 고문을 당하는 수모를 겪는 한이 있어도 저 왜놈의 명을 끊는 것이 더 중요한 일이다!'라는 데만 생각이 몰려 있었다. 가까스로 몸을 일으켜 세운 박재혁은 남은 폭탄을 또 다시 힘껏 던졌다.

"콰광—!"

엄청난 폭음이었지만, 그것은 멀리서 들려오는 메아리만 같았다. 박재혁은 아주 의식을 잃었다.

사방으로 어지럽게 날아다니던 파편이 멈췄다. 그제야 일제 경찰들은 정신을 수습하여 분주히 움직이기 시작했다. 박재혁은 경찰서 인근의 부립(시립)병원으로 이송되었고, 최천택, 오택, 김영주, 백창수, 김병태 등도 모두 검거되었다.

하시모토는 얼마 후 숨을 거두었다. 일제는 부산을 '대륙의 현관', '제2의 오사카', '일본인들의 공간' 따위로 여겨왔다. 일제는 다른 곳도 아닌 부산에서 일본인 경찰서장이 의열단의 폭탄 투척을 당해 처참하게 죽은 데에 큰 충격을 받았다. 그 탓에 〈부산일보〉는 당일 신문에 상세한 기사까지 실었다. 그 기사를 보면서 이종암이 말했다.

"박재혁 동지의 거사 성공으로 의열단은 새로운 투지와 활력을 얻게 되었소. 1차 암살 파괴 거사의 실패로 그 동안 조금 침체 상태였는데 박 동지의 쾌거로 용기 충천하였소. 향후로는 의열 투쟁을 더욱 활기차게 전개할 수 있을 것이오. 우리도 어서 밀양으로 가서 박 의사가 거둔 것과 같은 성공을 기필코 이루어내어야겠소. 지금은 다만 박 의사의 신변이 어찌될 것인지 그게 걱정이오."

옆자리의 김상윤도 침울한 낯빛을 감추지 못하는 채 대답을 하는 듯이 말했다.

"그렇소. 박 동지가 큰 곤욕을 치를 텐데……."

박재혁은 참혹한 고문을 당하면서도 끝까지 혼자 거사를 추진했다는 말만 되풀이했을 뿐 그 외에는 아무 진술도 하지 않았다. 그 바람에 일제는 박재혁과 친하다는 이

유만으로 체포해 갔던 최천택, 김영주, 김병태, 백창수 등을 모두 풀어줄 수밖에 없었다. 수사 과정에서 폭탄을 보관한 것이 탄로 난 오택만 1년형을 언도받아 대구형무소에 갇혔다. 박재혁은 그 후 대구형무소로 이감되었고, 대구복심법원에서 사형을 선고받았다. 면회를 온 최천택에게 박재혁은,
"뜻을 다 이루었으니 죽어도 아무 한이 없다."
라고 말했다. 최천택은 벗의 말을 똑똑하게 들었다. 하지만 자신이 형무소를 벗어난 뒤 벗이 '왜놈 손에 죽기는 싫다.'라는 독백을 남긴 것은 듣지 못했다. 박재혁은 그날 이후 단식을 한 끝에 스스로 생명을 버렸다. 1921년 5월 11일, 그의 나이 26세였다.

이종암과 김상윤은 부산을 벗어나 밀양으로 이동했다. 부산 경찰서 폭파와 함께 계획되어 있던 밀양 경찰서 폭파 거사를 좀 더 신속히 추진하기 위해서였다. 상남면 기산리 묘지에서 김상윤을 만난 최수봉도 부산 경찰서장 폭사 거사부터 말했다.
"박재혁 동지와 부산 동지들의 쾌거는 대단했어……! 소식을 듣는 순간, '동지들의 복수를 해야겠다!' 하는 생각이 대뜸 일어나더군. 밀양 경찰서장도 도저히 그대로 그냥 둘 수는 없는 인물이야. 많은 동지들이 이 자의 손에 검거를

당했어. 내가 진작에 '오-냐! 밀양 경찰서장 놈은 내가 처단하겠다!' 하고 다짐했었지. ……밀양 경찰서 투탄은 내게 맡겨 주게."

최수봉이 거사 수행을 자임하면서, 이종암과 김상윤은 바로 준비에 착수했다. 이종암은 김상윤이 최수봉과 만났던 기산리 묘지에서 재차 그와 회동했다. 다시 한번 최수봉의 결의를 확인한 이종암은 고인덕과 함께 밀양 외곽 산속으로 들어가 폭탄 두 개를 제조했다. 이종암은 일찍이 김원봉과 둘이서 임시정부 산하 구국 모험단 단원들과 석 달에 걸쳐 합숙훈련을 하며 폭탄 제조법을 익혔고, 고인덕도 중국에 있을 때 폭탄 만드는 법을 습득한 바 있었다.

논의 끝에 12월 27일로 거사 날짜를 잡았다. 월요일인 27일을 거사일로 확정한 것은 최수봉이 정보를 제공한 덕분이었다.

"밀양 경찰서는 월요일 아침에 조회를 연다 하오. 와다나베 스에지로渡邊末次郞가 서원들에게 일장 훈시를 한다니, 그렇다면 한 자리에 서장 이하 순사놈들이 집합해 있다는 것 아니오? 투탄을 하기에는 최적의 조건이오."

이종암은 거사 하루 전인 26일 밀양역 앞 다리 건너편 솔밭에서 폭탄 두 개를 최수봉에게 건네주었다. 1920년 12월 27일 아침 9시 40분, 최수봉은 폭탄 두 개를 품에 안고 은밀히 밀양 경찰서 경내로 들어갔다.

최수봉은 경찰서 건물 벽을 따라 재빨리 전진했다. 중앙 현관에서 오른쪽으로 두 번째 창문까지 갔을 때 최수봉은 눈이 번쩍 뜨였다. 와다나베가 순사들을 두 줄로 세워놓고 연설을 하고 있었다.

'이때다!'

최수봉은 팔을 세차게 휘둘러 폭탄 하나를 유리창에 집어던졌다. '와장창!' 유리창이 깨지면서 폭탄은 순사부장 쿠스노키 게이고楠慶吾의 오른팔 관절부를 강타한 후 그 자 옆의 책상 위로 떨어졌다.

유리창 파열음에 놀라 고개를 일제히 왼쪽으로 돌렸던 순사들은 괴한의 출현에 잠깐 놀라기도 했지만, 그보다도 눈앞에 떨어진 폭탄을 보고는 아주 기겁을 했다. 이제 곧 목숨이 떨어진 지경이다. 서장 와다나베고 순사부장 쿠스노키고 할 것 없이 와르르 책상 밑으로 숨어들었다.

한참 있어도 조용했다. 불발이었다. 그제야 가까스로 정신을 되찾은 와다나베가 고함을 질러댔다.

"뭣들 하는 거야? 당장 저 놈을 체포하지 못해?"

쿠스노키를 선두로 서원들이 줄지어 복도로 몰려나왔다. 그때 다시 두 번째 폭탄이 복도 앞에 떨어졌다.

"으아악-!"

비명을 지르며 쿠스노키 등이 앞으로, 옆으로, 뒤로 나자빠졌다. 그와 동시에 폭탄이 '쾅!' 소리를 내며 터졌다.

그러나 위력이 약해 쿠스노키만 약간 타박상을 입었을 뿐 죽은 자는 없었다. 최수봉은 폭음만으로도 거사가 크게 성공하지 못한 것을 직감했다.

'와다나베 놈 처단도 못했는데 잡혀서는 안 된다!'

최수봉은 있는 힘을 다해 밀양성 서문 쪽으로 달렸다. 하지만 내이동 황석이黃石伊의 집에서 잡히고 말았다. 그는 부엌에서 식도를 꺼내어 스스로 목을 찔렀지만 즉사하지 않았고, 죽은 사람마냥 꼼짝도 못하는 채 포승줄로 묶여서 끌려갔다.

시간이 흐른 뒤, 의식이 약간 돌아온 최수봉은 스스로 자신이 의열단이라는 사실을 말했다.

"나는 의열단원 최수봉이다."

그리고는 '내가 김병환 형에게 도와달라고 부탁할까 했는데 네놈들이 벌써 감옥에 가두어 놓는 바람에 그리 할 수가 없었다.'면서 '의열단인 김상윤과 김원석이 나를 찾아와 밀양 경찰서 폭파를 제안했고, 폭탄도 만들어주었다.'고 자백했다. 김원석은 이종암의 별명이었는데, 이종암, 김상윤, 고인덕이 밀양을 떠나 사라진 뒤였으므로 그렇게 말한다고 해서 문제가 될 것이 전혀 없었기 때문이다.

일제가 밀양 경찰서 사건의 전말을 알게 된 것은 1925년 11월이 되어서였다. 군자금 모금을 위해 경상북도 일원을 잠행하던 이종암이 배신자의 밀고로 체포된 뒤에야 비로소 진상을 알게 되었던 것이다. 그때는 이미 최수봉이 순국한 뒤였으므로 이종암은 고문을 당하면서 오히려 큰 소리를 쳤다.

"이놈들아! 나는 네놈들이 아는 것보다도 더 많은 일을 했다. 조국 광복을 위해 못할 일이 무엇이더냐? 나는 최수봉 지사가 밀양 경찰서에 투탄을 할 때 폭탄도 만들어주었다. 내가 바로 김원석이란 말이다. 그러니 어서 나를 죽여라! 최수봉 의사의 독립 염원을 풀어주지 못한 채 너희들에게 잡혀서 죽음을 맞이하게 되었으니 그것이 원통할 뿐이다. 내가 무슨 낯으로 저 세상에서 최수봉 의사를 대할꼬!"

최수봉은 1921년 7월 8일 대구 형무소에서 순국했다. 당시 그의 나이 겨우 27세였다.

부산과 밀양 경찰서 투탄 의거 이후 의열단 본부에서는 조선총독부를 쳐서 왜적과 전면전을 벌이자는 논의가 무르익어갔다. 김익상이 나섰다.

"때가 무르익었소. 제1차 암살 파괴 계획 때 가장 많은 동지들을 체포한 부산과 밀양 두 경찰서에 대해 보복을 했으니, 이제는 왜적의 심장을 겨누어야 하오. 왜적은 의열단이 경찰서만 줄곧 노릴 것으로 보고 향후 한참 동안 전국의 경찰서를 지키는 데 주력할 것이오. 우리가 총독부를 습격하리라고는 전혀 예상하지 못할 게요."

김익상의 아버지는 목재 상사를 경영하다가 일본인에게 속아 가산을 탕진한 후 아들 익상이 21세 때인 1915년에 사망하였다. 그때부터 김익상은 일제에 특별히 큰 반감을 품어왔다.

김익상은 상해의 영국계 회사에 검표원으로 취직을 했다가 거기서 의열단 소문을 처음 들었다. 의열단의 국내 암살 파괴 계획 추진, 부산 경찰서장 폭사, 밀양 경찰서 투탄 거사를 듣는 순간 김익상은 자신도 모르게 가슴이 뛰었다. 그는 곧장 북경으로 내달아 바로 의열단에 가입했다. 의열단 동지들이 총독부 폭파 계획을 세우고 있는 것을 안 그는 어려운 소임을 자원하여 맡았다.

1921년 9월 10일, 김익상이 북경을 떠날 때 김원봉 이하 의열단 단원들이 모두 역까지 전송을 나왔다. 누군가가 김익상에게 농 삼아 작별 인사를 했다.

"장사일거혜壯士一去兮 불복환不復還이라 했으니 언제 또 만날 건가?"

장사가 한번 길을 떠나면 다시 돌아올 수 없다는 옛말이었다. 그 말을 들으며 심장이 덜컥 내려앉은 사람은 김익상이 아니라 김원봉이었다. 박재혁 동지가 순국했고, 최수봉 동지도 순국했다. 황상규, 곽재기, 이성우, 김병환, 신철휴, 윤치형, 배중세, 김기득, 윤세주 등 많은 동지들이 일제의 감옥에 갇혀 고문을 당하면서 고초를 겪고 있다. 김익상도 이번에 가면 돌아오지 못할 것인가!

정작 김익상은 껄껄 웃으면서 호언장담을 하였다.

"그게 무슨 소리요? 내가 한 주간 내로 총독부를 폭파하고 돌아올 테니 술상이나 거하게 잘 차려주시오."

모두들 웃었지만 마음은 못내 심란하였다. 거사가 성공할 것인가, 김익상 동지는 무사할 수 있을 것인가 ······.

김익상이 탄 기차는 이내 단동에 이르렀다. 이제 기차만 바꿔 타면 압록강 철교를 건너 국내로 들어서게 된다.

김익상은 학생복 차림이었다. 보따리 안에 폭탄 하나와 권총 둘을 넣고, 교복 사타구니에도 폭탄 하나를 숨기고 있었다. 여차하면 자폭을 해야 하는 상황과 마주칠 수도 있는 까닭이다.

기차에 오르면서 김익상은 어디에 착석을 할까 유심히 살폈다. 그는 젊은 일본 여자가 어린 아이를 데리고 앉아 있는 자리로 대뜸 걸어갔다. 유창하게 일본어를 구사하는 '일본인' 학생이 옆자리에 앉으니 그녀는 마음에 흡족했다.

검문을 하는 순사가 객실 안으로 들어왔다. 자못 떨리는 마음을 지긋이 억누르면서 김익상은 지금까지 보다 더욱 밝고 활달하게 옆자리의 모녀와 대화를 나누었다. 두 남녀는 마치 청춘 부부인 양 시종 웃어댔다. 어린 아기를 가진 젊은 본토인(일본인) 부부로만 여긴 순사는 아무 것도 묻

1. 왜놈을 몰아낸다 (구축왜노, 驅逐倭奴)

의열단 4대 '최고 이상' 중 제1 '구축왜노'

지 않고 그냥 지나쳐 갔다.

  남대문역에서도 마찬가지였다. 검문을 하는 순사들이 쫙 깔려 있었지만 아기를 안고, 젊은 일본인 '아내'와 함께 유유자적 걸어나오는 김익상을 조선 사람으로 보는 자는 아무도 없었다.

  1921년 9월 12일 아침, 김익상은 전기 공사에 쓰는 기구들을 가득 넣은 가방을 둘러매고 왜성대에 있는 총독부를 향해 천천히 걸었다.

  '이제 내 생애도 오늘로 끝이 나는 겐가……'

  김익상은 문득 슬퍼지고, 불안해지고, 흔들리고, 어쩐지 망설여져서 총독부 정문이 바라보이는 곳에 잠시 멈춰 서서 숨을 골랐다. 한참 심호흡을 하고 나니 마음이 적이 편안해지는 듯하여 다시 발걸음을 재촉했다. 총독부 정문에 다다르니 보초를 서고 있던 헌병이 눈을 부라린다.

  "누구냐?"

  김익상이 곧장 배답한다.

  "전기 공사하러 온 수리공이오."

  다시 헌병이 추궁하듯 되묻는다.

  "아까 저 앞에선 뭘 하고 있었나?"

  김익상이 잽싸게 대꾸한다.

  "아, 총독부에 들어가려면 복장을 단정히 하고 마음가짐도 반듯하게 해야지 않겠습니까? 그래서 옷매무새 살피고,

마음도 좀 가다듬었지요."

헌병이 피식 웃으면서 전기 수리용 가방을 한번 쳐다보더니 들어가라는 손짓을 보낸다.

김익상은 건물 2층으로 올라가 비서과 문을 열고 폭탄 하나를 집어던졌다. 그리고 옆방으로 신속히 이동했다. 그런데 폭발음이 들리지 않는다. 이런 낭패가! 불발탄인가? 어쩔 수 없다. 이것은 제대로 터져야 할 텐데……

김익상은 회계과 문을 열고 두 번째 폭탄을 던졌다. 순간, '콰콰쾅!' 하는 엄청난 폭음이 총독부 건물을 뒤흔들었다. 일본인 직원들의 비명소리, 유리창이 산산조각으로 부서지는 소리, 천정이 내려앉는 소리, 사무 집기들이 날아가는 소리…… 폭탄 터지는 굉음에 얹혀 온갖 소리들이 난무하니 총독부는 그대로 아수라장이 되었다. 회계과 바닥이 15cm나 파였고, 파편들은 온 사방으로 튀어 총독부 직원들을 모조리 바닥에 엎드리게 만들었다.

한참 후, 각 방에서 있던 직원들이 폭탄 소리가 멈추자 슬금슬금 기어 나왔다. 더러는 허리를 굽힌 채 사방을 두리번거리며 나오기도 하였다. 아래층에서 있던 헌병과 순사들은 황급히 2층으로 달려들었다. 김익상은 계단을 내려가며 그들을 향해 소리쳤다.

"아부나이(위험해요)! 아부나이! 앙앗짜 이깡(올라가지 마우)!"

2. 조국을 되찾는다 (광복조국, 光復祖國)

의열단 4대 '최고 이상' 중 제2 '조국광복'

김익상이 손을 좌우로 흔들어대자 일인 헌병과 순사들이 흠칫 몸을 움츠렸다. 그들이 순간적으로 벽 쪽에 몸을 반쯤 숨기자 가운데에 길이 트였다. 김익상은 헌병과 순사들 사이를 줄곧 '아부나이! 아부나이!' 하고 소리를 내지르면서 유유히 걸어 총독부를 빠져나왔다.
　김익상은 신의주로 가는 기차 안에서도 총독부 폭탄 투척 호외를 보며 '칙쇼! 후떼이 센징가 마다 곤나 고도오 앗따나(빌어먹을 불령선인이 또 이런 짓을 했구나)!' 하고 소리를 질러 일경과 밀정들의 눈을 속였다. 의열단 본부로 복귀한 김익상이 큰소리를 쳤다.
　"내가 이곳을 떠나 서울로 가면서 '한 주간 내로 총독부를 폭파하고 돌아올 테니 술상이나 거하게 잘 차려주시오.' 했었는데, 술상은 어디에 있습니까?"
　김익상이 조선총독부로 가기 위해 북경을 떠난 날은 1921년 9월 10일이었고, 다시 북경의 의열단 본부로 돌아온 날은 같은 해 같은 달 17일이었다. 김익상이 정말 일 주일 만에 큰 성공을 거두고 살아서 돌아오자 의열단 본부는 연회를 열어 그의 공로를 치하했다. 환영사에서 김원봉은,
　"김익상 동지가 임무를 성공리에 수행함으로써 일제가 3·1운동 이후 소위 문화통치를 펼쳐 식민 체제가 안정되어 가고 있으며, 식민 지배에 대한 한국인들의 반감이 크

게 수그러졌다는 선전이 허위라는 사실이 만천하에 드러났소. 심장부가 처참하게 뚫렸으니 일제가 더 이상 무슨 논리로 세계만방과 조선 민중들을 기만하려 들 수 있겠소!"

하면서 김익상의 총독부 투탄이 가지는 의의를 되새긴 후, 커다랗게 차린 술상을 김익상 앞에 내려놓으며 즐거운 표정으로 말했다.

"앞으로 우리 의열단 단원들은 장사일거혜壯士一去兮 필복환必復還이오! 장사일거혜壯士一去兮 불복환不復還은 이제 의열단에 없는 말이오!"

단원들이 일제히 '맞소! 정말 그렇소!' 하며 맞장구를 치고 크게 웃는다. 술자리는 심야까지 이어졌다. 환한 달빛으로 가득 찬 창밖 뜰이 대낮처럼 밝았다.

의열단은 김익상의 총독부 투탄 후 몇 달 지난 1922년 3월 28일에도 상해에서 거사를 펼쳤다. 이 날 김익상, 오성륜, 이종암 세 사람은 상해 황포탄黃浦灘 세관 부두 앞에 서 있었다.

일본군 육군대장 다나카 기이치田中義一가 상해를 방문한다는 소식을 듣고 의열단 단원들이 모두 흥분에 젖어 몸을 떤 것은 지난 1월이었다. 그날 이후, 경남 창원에서 3·1만세 시위를 주도한 후 중국으로 망명하여 독립운동에

3. 계급을 없앤다 (타파계급, 打破階級)

의열단 4대 '최고 이상' 중 제3 '타파계급'

투신한 조선국권회복단 출신 변상태卞相泰가 의연한 3,000원으로 무기를 장만한 단원들은 하루라도 빨리 다나카가 나타나기만 기다렸다.

다나카는 일본이 추진하는 침략 전쟁의 최고 앞잡이였다. 일본의 1920년대 중국 침략 정책을 입안한 자로서, 1920년 10월 간도에서 이른바 '간도 불령선인 초토화 작전'을 자행하여 엄청난 수의 조선 사람들을 학살한 자였다. 그 자가 비율빈(필리핀)에서 총독 레오나드 우드(Leonard Wood)와 만나 회담을 한 뒤 3월 28일에 상해로 온다는 것이다.

"제 발로 상해에 들어온 다나카를 처단하지 못해서야 조선 민중의 기대를 한 몸에 받고 있는 의열단의 명예에 누가 될 거요. 내가 앞장서서 다나카를 반드시 없애고 말겠소."

김익상이 먼저 이렇게 말하자 오성륜이 두 눈을 부릅뜨고 김익상을 바라보았다.

"무슨 소리! 김 동지는 총독부 투탄 거사를 성공시켜 이미 큰 업적을 쌓지 않았소? 어찌 혼자서 거사를 도맡으려 하는 게요? 나는 압록강 대교를 폭파하려다 실패해 가슴에 울분이 쌓이고 한이 서린 사람이오. 이번에는 내가 나서서 기필코 대사를 성공시켜야겠소."

여차하다가는 싸움이라도 벌어질 분위기였다. 거기에 이

종암까지 가세를 하였다.

"두 동지는 모두 양보를 하시오. 나는 그 동안 국내에 머무르면서 많은 동지 단원들과 힘을 합쳐 부산 경찰서 투탄과 밀양 경찰서 투탄 등 여러 항일 투쟁을 벌였소. 하지만 박재혁 동지와 최수봉 동지의 원수를 아직 갚지 못했소. 내가 이번 일을 맡아 거사를 성공시켜야 저 세상에 갔을 때 두 동지를 볼 면목이 설 거요."

옥신각신 끝에 1선 사수 오성륜, 2선 사수 김익상, 3선 사수 이종암으로 결정이 났다. 오성륜은 다나카가 배에서 내릴 때, 김익상은 다나카가 자동차로 옮겨가는 중에, 이종암은 다나카가 자동차에 오를 때에 저격하기로 했다.

이윽고 3월 28일 오후 3시 10분쯤 다나카 일행을 실은 파인트리 스테이트(Pine Tree State)호가 황포탄 부두에 당도했다. 본래 거대 국제도시라 인파가 많은 곳이지만, 이때만큼은 다나카를 마중나온 여러 나라 사절들과 신문 기자들, 경호를 담당하는 경찰과 군인들까지 어우러져 북새통이었다. 사람이 많은 만큼 세 사수들이 은신을 하는 데에 일면 장점이 있기도 했지만, 다른 큰 어려움도 도사리고 있었다. 그 문제는 곧 현실화되었다.

다나카가 거룻배에서 뭍으로 내려오는 사다리 위에 모습을 드러내었다. 군중들이 환호성을 내질렀다. 다나카는 여유있게 두 손을 좌우로 흔들면서 한참 동안 답례를 보

4. 토지를 고루 나눈다 (평균지권, 平均地權)

의열단 4대 '최고 이상' 중 제4 '평균지권'

내다가 사다리 아래로 내려왔다. 다나카는 양옆으로 줄을 지어선 환영 대열과 한 사람씩 한 사람씩 악수를 교환하며 만면에 미소를 지었다.

오성륜은 다나카와 손을 맞잡고 싶어 환장을 한 것 같은 표정을 지으며 앞으로 밀고 들어갔다. 드디어 다나카가 유효 사거리에 들어왔다. 오성륜은 재빨리 품에서 권총을 꺼내 다나카의 가슴을 정조준했다. 힘껏 방아쇠를 당겼다.

탕 — !

탕 — !

탕 — !

부두에 모인 인파가 총소리에 놀라 다나카 쪽을 쳐다보는데, 금발의 젊은 여인이 피를 토하며 쓰러졌다. 오성륜이 방아쇠를 당기는 순간 총성에 놀란 서양 여인이 앞으로 나서면서 다나카를 잡아당긴 것이었다. 여인이 다나카를 가렸고, 총알은 다나카에 닿기 직전 여인의 가슴에 박혀버렸다. 그것도 모른 채 오성륜은 목청껏 외쳤다.

"대한 독립 만세! 대한 독립 만세!"

공중전화통 뒤에 서 있던 김익상이 보니 다나카는 온몸을 구부린 채 자동차 쪽으로 달아나고 있었다. 김익상은 부리나케 다나카를 뒤쫓으면서 권총을 연발했다.

탕 — !

탕 — !

총소리가 하늘을 울렸다. 그러나 김익상이 쏜 두 발의 탄환은 다나카의 모자만 꿰뚫고 지나갔다. 김익상은 황급히 폭탄을 꺼내어 다나카의 자동차를 향해 힘껏 던졌다. 폭탄도 불발되고 말았다.

3선 사수 이종암은 기가 막혔다. 하늘이 다나카를 살려주겠다는 것인가? 천지신명은 어찌하여 조선을 돕지 않고 악독한 일본 편을 든단 말인가? 그런 생각이 뇌리를 스치고 지나갔지만 한탄만 하고 있을 겨를은 없었다.

이종암은 마구 군중을 헤치면서 나아가 다나카가 탄 차를 향해 폭탄을 투척했다. 이미 차는 출발을 한 뒤였고, 폭탄은 차량 꽁무니 뒤에 떨어졌다. 그나마 불발이었다. 영국 병사가 뒹굴고 있는 폭탄을 보고는 발길을 내질러 바다로 집어넣어 버렸다. 오성륜은 현장에서 붙잡혔고, 김익상도 끝내 체포되었다. 간신히 몸을 빼쳐 피신한 사람은 이종암 혼자뿐이었다.

두 사람은 공동조계의 항무국港務局 경찰서와 일본 영사관 경찰서를 거쳐 황포탄에 있는 영사관 감옥에 갇혔다. 두 사람은 각각 다른 감방에 갇혀 취조를 받았다.

오성륜은 일본인 죄수와 공모하여 5월 2일 오전 2시쯤 감방의 창살을 비틀어 뜯어낸 뒤 형무소 담장을 넘어 탈옥했다. 놀란 일제는 김익상을 서둘러 나가사키 형무소로 이송했다. 11월 6일 사형을 언도받은 김익상은 곁에 있는 의자를 들어 재판장을 향해 던지려다 저지당하였다. 김익상은 일제 관리들에게 온몸이 짓눌린 채로 고함을 질렀다.

"녀희들은 비록 나를 죽이지만 나를 계승한 이들이 뒤를 이을 것이다. 일본은 나를 죽인다 해도 조선은 반드시 독립한다!"

관리들이 입을 틀어막자 김익상은 이빨로 그들의 손바닥을 깨물고는 다시 만세삼창을 외쳤다.

"만세! 만세! 대한독립만세!"

김익상은 징역 20년으로 감형되었다가 1942년 서울로 돌아왔다. 예전에 살던 집은 헐리고 없고, 아내도 사라지고 없었다. 일제에 끌려갔다가 풀려난 동생도 1925년 6월 6일 외양간에서 목을 매어 생을 마감해버렸다.

며칠 뒤, 용산 경찰서 소속의 한국인 형사 박 아무개 등 일제 경찰이 여럿 달려들어 김익상을 끌고 갔다. 그날 이후 아무도 김익상을 보지 못하였다.

1923년 1월 12월, 서울 종로 경찰서에 폭탄이 투척되었다. 닷새 뒤인 17일에는 서울 시내에서 김상옥 의열단원과 일제 경찰 사이에 대대적인 시가전이 벌어졌다. 김상옥 혼자 일제 경찰 수백 명과 벌인 엄청난 총격전이었다.

김상옥은 미국 의회 순방단이 1920년 8월 24일 서울을 방문했다가 8월 25일 부산을 거쳐 동경으로 간다는 소식을 듣고 한훈 등 광복회의 암살단과 더불어 총독 처단과 서울 시내 주요 일제 기관 폭파를 시도한 바 있었다. 강우규 지사의 거사에 이은 두 번째 총독 처단 사업이었다. 하지만 미국 의원단이 서울에 도착하기 하루 전인 8월 23일, 갑자기 들이닥친 수백 명의 일제 경찰에 포위된 암살단은 한훈을 비롯해 박문용·김동순·서대순·이운기·신화수·김화룡·최석기·이돈구·조만식·명제세·최영만·유연원·윤익중·서병철·김태원 등 모두 체포되고 말았다. 무사히 일제의 포위망을 벗어난 사람은 김상옥뿐이었다. 김상옥은 두 달가량 이필주 목사의 다락방에 숨어 지내다가 10월 들어 압록강을 건너는 데 성공했다.

김상옥은 상해에서 의열단에 가입했다. 그는 일제가 궐석재판에서 사형을 선고하고 지명수배령을 내린 신분이었는데도 1921년 7월 국내로 들어와 서울, 충청, 전라도 지역을 다니면서 임시정부 군자금을 모으고 국내 상황을 정찰한 후 상해로 귀환했다. 김상옥은 1922년 12월 1일 김구, 이동휘, 신익희, 조소앙 등 임시정부 요인들과 작별하면서 이렇게 인사를 했다.

"나의 생사는 이번 거사에 달렸소. 만약 실패하면 다음 세상에서 만납시다. 나는 자결을 하여 뜻을 지킬지언정 적의 포로가 되지는 않을 것이오."

김상옥은 서울 종로 인의동에 거주하는 의열단원 전우

1920년대 최고의 무장 항일 결사 의열단 (사진) 김상옥

진의 집으로 갔다. 전우진은 폭탄상자를 숨겨둘 만한 적지로 장안여관 창고를 추천했다. 김상옥은 전우진 외에도 이필주 목사, 장예학 목사, 김태연 목사의 집을 옮겨 다니면서 머물렀다. 활동 본부로는 삼판통(후암동) 고봉근의 집을 썼다. 거기서 그는 전우진, 김한, 윤익종, 서대순, 정설교, 신화수, 이혜수 등과 거사 계획을 가다듬었다.

"해마다 1월 초순에 동경서 제국회의가 열려 왔소. 총독 사이토가 거기 참석하기 위해 움직이면 기회를 노려 처단해야겠소."

"그렇소. 아무려면 그럴 때가 경비에 빈틈이 생기지요."

"같은 날에 총독부 건물에도 투탄을 하십시다."

"국내에 있는 단원들이 한꺼번에 궐기하여 전국적인 의열 투쟁을 벌여야 합니다. 사전에 모여서 집단 훈련도 해야겠소."

밀정들은 김상옥의 국내 잠입 사실을 상해 주재 일본 경찰청에 보고했다. 상해 일경은 즉시 그 사실을 조선총독부에 알렸다. 의열단원들의 총독부 접근은 아주 불가능해지고 말았다.

"안 되겠소. 총독부와 사이토는 다음을 기약하고 다른 당파 대상지를 물색해서 그곳부터 거사를 해야겠소."

김상옥이 그렇게 말하자 안홍한도 한탄을 했다.

"총독부 놈들이 우리의 거사 계획을 알고 있는 듯합니

다. 그렇지 않고서야 저렇듯 경비가 삼엄하고, 사이토 놈이 미동도 하지 않을 리가 없습니다."

"종로 경찰서가 최적지로 여겨지오."

"그렇겠습니다. 독립운동 탄압을 전담하는 곳이니 상징성도 있지요. 총독부 거사를 대비해서 폭탄의 성능도 실험해볼 겸 종로 경찰서부터 투탄을 해보십시다."

1923년 1월 12일 밤 8시 10분, 김상옥은 종로 경찰서에 폭탄을 투척했다. 동일당 간판점 모퉁이에서 종로 경찰서 서쪽 창문을 향해 폭탄 한 개를 힘껏 던졌다. 유리창을 깨고 경찰서 건물 안으로 들어간 폭탄은 '콰쾅!' 소리를 내며 폭발했다. 일제 경찰, 매일신보 사원, 남자 행인 7명, 여자 행인 1명이 파편에 맞아 다쳤다. 일제로 보아서는 일선 통치의 상징 기관인 종로 경찰서가 피습을 당했으니 체면이 구겨진 꼴이었지만, 우리나라 사람들에게는 속이 시원한 거사였다.

그 후 김상옥은 고봉근의 집에 은신해 있으면서 총독부와 사이토 총독 공격을 준비했다. 종로 경찰서 투탄 닷새 뒤인 1월 17일 새벽 5시, 종로 경찰서 우메다梅田 경부 등 20여 명의 일제 경찰이 몰려와 사방을 포위했다. 김상옥은 혼자 그들과 총격전을 벌여 다무라田村 형사부장 등을 살상하는 전과를 올리고 남산 쪽으로 탈출, 그 이후 효제동 이혜수 집에 은신했다.

1월 22일 새벽 5시 30분경, 경기도 경찰부장 우마노馬 野 등 수백 명의 일본 경찰이 다시 은신처를 포위해 왔다. 김상옥은 또 홀로 접전을 벌여 서대문 경찰서 경부 구리 다栗田 등 16명을 사살했다.
  마침내 총탄이 한 발밖에 남지 않았다.
  김상옥은 최후의 총탄으로 스스로 목숨을 끊었다.
  '나의 생사는 이번 거사에 달렸소. 만약 실패하면 다음 세상에서 만납시다. 나는 자결을 하여 뜻을 지킬지언정 적의 포로가 되지는 않을 것이오.'
  지사의 유언은 압록강을 넘어 중국으로 훨훨 날아갔다.

  김상옥이 자진 순국하고 20일가량 지난 2월 11일, 경기도 경찰부 경부(현 경감) 황옥黃鈺이 의열단에 가입했다.
  황옥이 의열단과 첫 인연을 맺은 때는 1920년 9월이었다. 의열단의 제1차 암살 파괴 계획이 실패로 끝났을 때 대구 경찰서에 잡혀 있던 김시현을 서울로 압송한 경관이 바로 황옥이었다. 황옥은 이듬해인 1921년 4월 18일에는 광복회 재건 활동을 펼치고 있던 우재룡을 군산에서 체포하여 서울로 압송했다. 그만큼 황옥은 조선인이면서도 36세에 불과한 나이에 경부까지 승진했을 정도로 일제의 신임을 받아온 인물이었다.
  황옥은 1922년 1월 21일 이래 열사흘 동안 모스크바에서 극동極東인민人民대표대회, 즉 코민테른 국제대회가 열렸을 때 김시현에게 여비 50원을 제공했다. 그해 12월에도 황옥은 둘 사이의 인연을 끈끈하게 이어주는 일을 만들었다. 김시현·유석현·김지섭·윤병구 등이 총독부 판사 백윤화白允和에게 독립운동 자금을 요구한 혐의로 지명 수배되어 있는 중에 황옥은 경찰 상부에 기묘한 신청서를 제출했다.

"종로 경찰서 투탄 사건을 조사하기 위해 중국 출장을 가려면 정보원이 있어야 합니다. 김시현과 유석현을 포섭해서 활용할까 합니다. 허락해 주시기 바랍니다."

그 신청이 받아들여진 결과 김시현과 유석현은 황옥과 함께 중국으로 들어갔다. 황옥은 두 사람과 나란히 김원봉을 만났다. 황옥은 그 자리에서 의열단에 가입했다.

그 무렵 의열단은 제2차 암살 파괴 계획을 추진하고 있었다. 5월경 장건상이 거사 계획을 발안하고, 김원봉과 함께 총지휘를 맡았다. 고려공산당 당원이면서 의열단 단원인 김시현이 행동대장 역을 맡았고, 고려공산당 서울지부 서기이자 조선일보 안동현 지국장인 홍종우가 연락 중계 및 폭탄 반입 요원을 맡았다. 권총 5정, 마자알·현계옥·이동화 등이 제조한 폭탄 36개, 전단 〈조선총독부 관공리에게〉 3,000매, 〈조선혁명선언〉 등을 국내로 반입하는 것이 현안 과제였다. 김원봉이 말했다.

"상해에서 안동현까지는 1차 암살 파괴 계획 때처럼 쇼오가 여객선을 이용해 실어주기로 하였소."

모두들 고개를 끄덕이는데, 현계옥의 밝은 목소리가 들려왔다.

"나한테 좋은 계책이 있어요."

다들 현계옥을 바라보았다. 그녀는 유일한 여성 의열단원이다. 현계옥은 의열단에 폭탄 제조법을 가르치고 있는 마자알을 활용하자고 제안했다.

"마자알이 가진 치외법권을 활용하면 충분히 검찰대를 통과할 수 있을 거예요."

현계옥의 계책은 천진 역을 통과할 때 절묘하게 적중했다. 호화롭게 차려입은 서양 청년 마자알과 미모의 젊은 여성 현계옥은 흡사 부부 유람객인 양 팔짱을 낀 채 발을 맞추어 천천히 걸었다. 남자들은 폭탄으로 가득 채워진 트렁크를 들고 그 뒤를 따랐다. 누가 봐도 상류층 서양 귀족의 부부 나들이로 보이는 행렬이었다.

그런데 중국 관원들은 마자알이 지나가고 나자 나머지 일행들을 제지했다.

"잠깐! 트렁크를 열어 보시오."

그 순간, 마자알이 몸을 휙 돌리면서 큰 소리로 관원들을 꾸짖었다.

"무슨 소리를 하는 것이오? 모두 나의 일행들이오. 짐도 당연히 전부 내 것이고! 이곳에는 법도 없소?"

마자알이 남자들에게 서둘러 통과하라고 손짓을 했다. 중국 관원들은 더 이상 마자알을 막지 못했다. 현계옥의 계책이 기가 막히게 적중하는 찰나였다. 중국 관원들이 외국인(서양인)에 대하여 치외법권의 약점을 가졌기 때문에 얻게 된 성과였다.

이제 일행은 쇼오를 방문하여 선박 편으로 옮겨져 온 폭탄 상자들을 찾았다. 이제 무기들을 압록강 너머로 옮기는 마지막 과제가 남았다. 이때 큰 도움을 준 사람이 나혜석과 황옥이었다.

3·1운동에 적극적으로 참여했다가 5개월 옥고를 치른 여류화가 나혜석은 당시 안동현에 살면서 여자 야학을 열어 조선인 학생들을 대상으로 교육 운동을 하고 있었다. 나혜석 부부는 동경 유학생으로 만나 연애 끝에 결혼을 하였는데, 1921년 10월 26일부터 안동현에 거주했다. 그녀의 남편 김우영은 일본 외무성의 발령을 받아 안동현 부영사로 재직 중이었다. 남편의 은밀한 후원을 받은 나혜석은 의열단의 폭탄 수송에 큰 도움을 주었다.

"이것들을 소지하고 계셔요. 국경을 넘을 때 유용할 거예요."

나혜석은 일행 한 사람 한 사람에게 무슨 명찰 같은 것을 나누어주었다. 의열단 일행이 국경의 검문을 통과하는

데에 아주 쓸모가 있는 여행증이었다. 그녀는 황옥에게 봉투도 주었다.

"얼마 안 되지만 여비에 보태 쓰셔요."

황옥은 의도적으로 조선일보 안동지국을 개설하고 지국장으로 의열단원 홍종우를 앉혀 두었었다. 홍종우는,

"지국 문을 연 지 다섯 달이 지나 운영이 안정되었으므로 늦었지만 지금이라도 개설 축하연을 개최해야 예의범절을 지키는 것이 아니겠습니까?"

하고 너스레를 떨면서 김우영, 신의주 경찰서 최두천 경부, 영사관 경비 경찰들 등 10여 명을 초청하였다. 연회에는 김시현 등 의열단원 10여 명과 신의주 기생 10여 명도 동석했다. 밤이 늦도록 마시고 노는 중에 황옥이 호기롭게 외쳤다.

"2차는 본인이 신의주에 가서 크게 한 턱을 쓰겠소!"

모두들 환호성을 지르면서 황옥의 제안에 반색을 표했다. 황옥이 거듭 강조했다.

"본인이 마련하는 자리인즉 한 분도 빠짐없이 신의주로 동행해주시기를 바라오. 불참하시는 분이 계시면 크게 섭섭할 것입니다."

최두천이 맞장구를 쳤다.

"경성에서 중국 본토까지 출장을 오신 황옥 경부가 마련하는 자리인 만큼 여부가 있겠습니까? 모두들 다 참석

하실 겝니다. 여러분! 저의 말에 틀린 점이 있습니까?"

황옥이 인력거를 불러 김우영과 최두천을 앞에 태운 뒤 출발을 명했다. 인력거 아래에는 폭탄과 권총을 넣은 트렁크들이 실렸는데, 나혜석은 거기에 '단동 영사관'이라고 쓴 종이쪽지를 붙여주었다.

하지만 잘 진행되고 있는 듯 여겨지던 제2차 암살 파괴 계획은 며칠이 지나지 않아 일거에 붕괴되고 말았다. 3월 10일경 고성능 폭탄들은 서울까지 배달되었지만, 거사 관련자들은 3월 13일부터 체포되기 시작하여 17일 유석현, 19일 황옥, 30일 김시현 등 모두 18명이 일제 경찰에 붙잡혔다. 뒷날 김원봉은 '같은 동지라 믿었던 자 가운데 왜적의 밀정이 끼어 있었을 줄을 몰랐다.'22)라고 회고했다. 반면 류자명은 '계획이 실패하게 된 원인이 일본 외교관인 김우영 부부와 일제 고급 특무경찰인 황옥이 참가했기 때문이라고 들었다.'23)라고 상반되게 언급했다. 제2차 암살 파괴 계획은 12명의 피체자들을 남긴 채 끝나고 말았다.

김시현, 42세, 징역 12년, 경북 안동군 풍북면 현애리
황 옥, 38세, 징역 12년, 경성부 삼각정 42

---

22) 김원봉 구술·박태원 기록, 《약산과 의열단》(깊은샘, 2015년 개정판), 175쪽.
23) 박걸순, 《류자명》(역사공간, 2017), 84쪽.

유석현, 24세, 징역 10년, 충북 충주군 충주면 교현리
홍종우, 31세, 징역 8년, 함남 원산부 북촌동 25
박기홍, 22세, 징역 7년, 경북 달성군 하서면 신동
백영무, 31세, 징역 6년, 평북 신의주 매기정 18
조 황, 42세, 징역 5년, 충남 논산군 부적면 감속리
남영득, 27세, 징역 5년, 경기부 봉익동 88
류시태, 33세, 징역 5년, 경북 안동군 풍남면 하서리
류병하, 27세, 징역 3년, 경북 안동군 풍남면 아서리
조동근, 28세, 징역 3년, 평북 용산군 양평면 길창동
이경희, 44세, 징역 1년6개월, 경북 달성군 용북면 사변리

체포를 피한 김지섭은 그로부터 약 9개월 뒤인 1924년 1월 5일 동경에 도착했다. 일본 국왕이 사는 궁성과 일본 제국주의 국회를 파괴하겠다는 야심찬 거사의 시작이었다.

넉 달 전인 1923년 9월 1일, 관동 대지진이 일어났다. 일본 국내 민심이 흉흉해지자 일제는 조선인들이 이 기회를 틈타 우물에 독극물을 살포하고 폭동을 일으켜 일본인들을 살해하려 한다는 유언비어를 날조해 퍼뜨렸다. 흥분한 일인들은 조선인들을 마구 살해하는 만행을 저질렀다. 재일동포 6,000여 명이 무자비하게 죽임을 당했다.

"세상에 이럴 수가 있단 말이오? 왜놈들은 임진왜란 때에도 1차 패전을 설욕한다면서 10만 대군을 몰고 와 진주

성을 함락한 뒤 성중에 있던 평범한 백성들을 단 한 사람도 가만히 두지 않고 6만여 명이나 학살한 극악한 것들이오. 이번에 또 아무런 죄도 없는 동포들을 6천여 명이나 무차별 학살했소. 원수를 갚아야 하오, 원수를…! 왜노倭奴가 무고히 참살한 기천幾千의 아동포我同胞의 영혼을 위로하며 그 원수를 보복하기 위하야 저 왜노가 가장 신성하다 하는 궁성을 파괴할 것이오. 궁성을 파괴하지 못하면 저 민중의 대표기관이라고 칭하는 국회를 파괴하려고 생각하오."

김지섭은 동경으로 가서 거사를 일으키겠다고 맹세하였다. 그는 벌써 40세로, 김대지에 비해 7세, 황상규에 비해 6세, 김원봉에 비해 14세나 나이가 많았다. 바다 건너 일본까지 가서 폭탄을 투척하기에는 지나친 고령이었다. 김원봉이 그 점을 말하지 않을 수 없었다.

"2차 암살 파괴 거사가 수포로 돌아간 지금이야말로 응당 동경을 공격하여 조선 독립의 기운을 촉진해야 할 시점입니다. 다만 연로하신 추강(김지섭) 동지께서 맡을 임무는 아닌 것으로…."

김원봉이 미처 말을 마치기도 전에 김지섭이 버럭 고함을 질렀다.

"의백은 그게 무슨 말씀이오? 석주(이상룡) 선생께서는 53세에 고향을 떠나 중국으로 망명하셨고, 강우규 지사께

1920년대 최고의 무장 항일 결사 의열단 (사진) 김지섭

서는 57세에 두만강을 넘으셨소. 모르시오?"

어쩔 도리가 없어 김원봉, 이종암, 김상윤, 한봉근, 윤자영 다섯 명은 둘러앉아 의견을 나눴다. 이 다섯 명은 의열단의 기밀부 구성원들이었다. 참모부라 부르기도 한 기밀부는 거사 계획의 수립, 실행 준비, 실행 지휘, 대외 교섭, 자금 관리 등을 총괄했고, 거사 실행을 전담하는 실행부는 만주반·국내반·일본반의 3대 반으로 나누어 공작을 분담하였다.

본래 의열단은 실행부서인 폭탄부와 단총부, 본부격인 통신연락부로 구성되어 있었다. 통신연락부는 통신소 또는 교통부라고도 했는데 북경 외교부 대가大街에 두었다. 조직을 기밀부와 실행부로 재현한 것은 1922년 하반기와 1923년 초의 국내 거사 계획이 보안 유지의 허점과 지휘 계통의 미확립 탓에 연이어 실패했다고 판단한 결과였다.

윤자영이 말했다.

"지금 우리 의열단은 자금 부족과 기밀 누설 등으로 활동이 매우 어렵소. 일본 제국주의 의회장을 급습하여 회의에 출석한 정·관계 요인들과 군벌, 조선총독을 한꺼번에 몰살시키면 학살된 6천여 동포들의 원혼을 위로할 수 있을 뿐만 아니라 세계의 이목과 여론을 한국 독립 문제로 집중시킬 수가 있을 것이오."

윤자영은 자기 혼자만의 생각을 토로한 것이 아니었다.

작년(1922년)부터 김지섭을 비롯한 고려공산당 당원들이 개별적으로 의열단에 가입하기 시작했는데, 그들끼리 모여서 논의한 끝에 얻은 결론이 바로 윤자영이 방금 발언한 내용이었다.

이는 고려공산당 당원인 단원들만이 아니라 이종암, 김상윤, 한봉근도 평소에 품어온 생각이었다. 김원봉 또한 마찬가지였다. 동경 거사는 일본 황태자 히로히토裕仁의 결혼식이 예정되어 있는 1924년 1월 이전에 폭탄 300개를 가지고 실행하기로 하였는데, 일본 본국의 고관요인들을 암살하고 주요 시설물을 차례차례 폭파함으로써 일본인들 스스로 식민지 경영을 포기하도록 하자는 의도였다. 다만 어느 누구도 일본까지 가서 투탄 거사를 감행하자면서 강력히 선창할 만한 입장과 처지가 못 되었던 탓에 차일피일 실행이 미루어지고 있었던 것이다. 여전히 자금 부족이 문제였다.

동경 공격 논의는 관동대지진 직후부터 계속되어 왔다. 그 무렵에는 고려공산당이 1923년 길림성 영안현 영고탑에서 발족시킨 무장 비밀 결사 적기단赤旗團과 동경 공격 사업을 함께 진행할 것인가가 핵심 논점이었다. 적기단은 민족혁명과 사회혁명의 동시 수행이라는 기치를 내건 채 시설 파괴, 고관 암살, 친일 분자 응징 등의 게릴라전 혹은 모험 사업을 행동목표로 삼는 점에서 의열단과 비슷한 노선을 걷고 있는 독립운동 단체였다.

　동경 공격 사업 공동 추진 제안은 적기단이 먼저 해왔다. 의열단에서는 이를 두고 논란이 빚어졌는데, 류자명이 반대했다.

　"적기단은 고려공산당에서 분기된 단체로 알고 있소. 고려공산당은 코민테른의 지령에 좌우되는 종속적 형태를 보여왔으니 우리가 합작을 하게 되면 주체성을 잃게 될 우려가 높소."

　이종암도 반대했다.

　"적기단이 공산주의가 아니라 하더라도 두 단체가 한 사업을 합작해서 한다는 것은 도리어 위험해지기만 할 뿐 실효는 기대하기가 어렵소. 의열단만으로도 충분히 할 수 있는 일인데 무엇 때문에 합작을 할 것이오? 지난 제1차나 제2차 사업을 보더라도 사람이 부족해서 성공을 못한 것이 아니오. 더군다나 2차 때는 (일제 경찰 간부도 있고, 고려공산당원도 여러 명 가담했으니) 사실상 합작으로 추진을 한 셈인데 그 때문에 결과가 나빠졌다고 평가할 수도 있을 것이오."

　김원봉은 다른 생각을 내비쳤다.

　"무슨 일이든지 규모가 크게, 또 신속히 추진하는 것이 바람직하다고 생각하오. 결과를 위해서는 합작도 무방하지 않겠는가, 이 말씀입니다."

김원봉의 말은 의열단이 그 동안 실행해온 고려공산당과의 제휴나 소련 정부와의 접촉 시도 등이 모두 전술적 차원의 선택이었다는 사실과, 의열단이 급진 폭력 노선의 혁명적 민족주의라는 제3세력을 대표하는 단체로 위상을 차지하고 있음을 암시하는 발언이었다. 김원봉은 식민지 조선의 특수한 현실에서 민족 운동과 사회 운동을 굳이 구분해서 보거나, 민족혁명의 의의를 계급혁명의 전단계로만 격하시켜 파악하는 것은 외래사상 즉 공산주의 사상을 관념적으로 이해하고 교조적으로 추종하는 행태일 뿐이라고 지적하고 있었다.

　그렇지만 김원봉은 고려공산당 계열과 제휴하고 소련 정부와도 접촉하는 등 매우 전술적으로 움직였다. 1921년 후반기 무렵 의열단에 가장 많은 활동 자금을 조달해준 쪽은 고려공산당 상해파였다. 모스크바의 레닌이 상해 고려공산당(당시는 한인사회당으로, 당수는 이동휘 임시정부 국무총리였음)에 보내온 40만 루불 중 가장 많은 액수가 김원봉에게 지출되었다. 이 자금의 관리자였던 김철수는 그 무렵 상해에서 이 돈을 안 받은 사람은 이시영뿐이라고 회고하면서, 당초 소련 정부로부터 자금을 수령하는 것을 반대했던 안창호와 신익희까지도 결국에는 이 자금을 나눠받아 썼다고 전했다. 하지만 김원봉은 임시정부를 해체하고 새로 세울 것인가, 존속시키되 어느 정도 정비할 것인가를 두고 창조파와 개조파가 대립하였을 때 창조파인 고려공산당 측의 협조 요청을 거부하고 중립을 지켰다. 이 일로 최용덕이 의열단을 탈퇴하기도 했다. 결국 김원봉, 이종암, 구여순, 김정현, 장두환, 문시환이 모여 마지막 논의를 벌인 끝에 결론을 내렸다.

(1) 내년 봄(1924년) 왜왕의 아들 동궁(현 소화왕)의 혼례식까지 반드시 동경으로 가서 일대 거사를 한다.

(2) 아직 대여섯 달이 있으니 그 동안 자금을 조달하자. 자금 조달을 위해서는 다음 11명이 적임자이다. 구여순, 김정현, 양건호(이종암), 권재만, 장두환, 서국재, 박두일, 김창한, 김수한, 김한조, 강기만. 조달 방법은 각자 임의로, 국내 어디든지, 짝지어 가거나 혼자 가거나 들어가서 조달하되, 조달이 되면 그 시기를 봐서 동경으로 직행을 하든지. 그렇지 않으면 일단 북경으로 돌아와 다시 상의하기로 한다.

(3) 우리의 목표는 동경이다. 거사하는 방법은 합의해서 해도 좋고, 각자 의사대로 단독 행동으로도 좋다. 제1. 제2차의 총공격의 실패로 인해서 차라리 단독행동이 더 효과적일 수도 있다.

(4) 조달해야 할 총액은 3만 원(약 9억5천만 원)은 넘어야 하지 않겠느냐. 단독 공격의 때라면 임의대로.

회의를 마치고 헤어질 때 아직 21세밖에 아니 된 김정현이,

"저는 서울로 가겠소. 내 형(김시현)이 작년에 일가 아무개 씨한테 운동 자금으로 5만 원(약 15억 원)을 청구했다가 1만 원(약 3억 원)밖에 못 주겠다고 해서 아예 안 받은 일이 있었소. 이번에 가서 그 1만 원이라도 받아오겠소."
라고 말하면서, 이종암에게 부탁을 하였다.

"그 돈을 받으려면 권재만 동지를 꼭 데리고 가야 합니다. 부단장께서 책임지고 권재만 동지에게 연락을 좀 해주십시오."

김정현이 그렇게 말한 것은 당시 권재만이 길림에 있었는데, 이종암의 거소도 길림성 영안현이기 때문이었다. 그러나 12월 22일 김정현이 종로 경찰서에 구금된 것을 시작으로, 23일에 구여순과 오세덕이 잡혔고, 28일에는 강홍렬이 고향 합천에서 체포되었으며, 29일에는 문시환이 부산 경찰서에 구속당했다. 결국 구여순은 징역 4년, 문시환과 강홍렬은 징역 2년, 오세덕은 징역 1년, 김정현은 징역 8개월을 언도받았다.

이들은 법정에서 나와 형무소로 가는 자동차에 오르면서 "대한독립만세!"를 부르며 끌려갔다. 건강이 좋지 못해 길림성 영안현 동경성東京城 간민 소학교墾民小學校 안에 있는 자신의 거처에서 요양을 하느라 아직 출발을 하지 못

한 이종암은 구속을 면했다.

300개의 폭탄을 동경에 터뜨리려던 장대한 계획, 일명 '제3차 폭동 계획'은 그렇게 물거품이 되었고, 결국 김지섭 혼자서 3년 전에 제조한 폭탄 3개를 가지고 상해를 출발했다. 1923년 12월 20일이었다.

12월 31일, 후쿠오카福岡의 야와다八幡제철소 옆 해안에 도착한 김지섭은 동경행 열차표를 끊었다. 그런데 이게 무슨 일인가! 신문을 보니 지금은 제국의회가 문을 닫은 상태이고, 언제 개회를 할지 예정도 잡혀 있지 않다는 기사가 실려 있었다. 청천벽력과 같은 사태 앞에서 김지섭은 망연자실하고 말았다.

'제국의회와 일본 궁성에 폭탄을 투척하려고 먼 길을 왔는데, 이를 어쩌면 좋단 말인가…?'

곰곰 생각해 보았지만 달리 선택의 여지도 없었다. 남은 것은 왕궁뿐이다.

'일본 왕궁은 일본인들이 성역시하는 곳이자, 일제의 심장부에 해당하는 곳이다. 그곳에 폭탄을 던지는 것은 큰 의미가 있는 일이지!'

1월 5일 저녁 7시경, 김지섭은 궁성 앞의 니주바시 사쿠라다몬二重橋櫻田門으로 갔다. 그는 폭탄 셋을 차례로 궁성을 향해 던졌다. 그러나 모두 불발되고 말았다.

김지섭은 무기징역을 선고받고 감옥에 갇혔다. 그는 혹독한 고문을 당해 허리와 옆구리며 가슴이 몹시 아파서 잘 거동을 못할뿐더러 20~30분 동안 바로 앉거나 서지를 못하는 지경이 되었다. 상해에서 발간된 《독립신문》 1924년 1월 19일자는 〈적 궁성에 의열 폭탄, 신년 새해 첫 소리, 딸각이들(일본인들) 가슴 놀래〉라는 제목으로 김지섭의 의거를 대서특필했다. 의열단도 니주바시 투탄 의거 직후 거사의 이유와 김지섭을 소개하는 선전문을 제작하여 각지에 배포했다.

투탄 장소가 왕궁인 만큼 일본 정부도 아연실색했다. 일본인들이 신성시하던 일본 왕궁은 더 이상 신성한 곳이 되지 못했고, 이 거사 이후 일왕은 신성한 존재로 남지 못했다. 이제 일왕은 일제의 한국 침략과 식민지 지배의 원흉이자 주범으로서 처단 대상이라는 점이 분명히 부각되었다. '성상 폐하聖上陛下'로 불리고, '현인신現人神'으로까지 존중되던 일왕의 권위는 완전히 땅바닥에 내팽개쳐졌다.

"무죄로 석방하든지, 아니면 사형을 시켜라."

재판 내내 그렇게 외친 김지섭은 복역 중 20년으로 감형되지만, 끝내 옥중에서 의문의 죽음을 맞았다. 1928년 2월 20일이었다. 세상을 떠나기 얼마 전에 김지섭은,

"김시현의 소식을 못 들어 매우 궁금하다."

라고 말했다. 그는 제2차 암살 파괴 거사 때

(신문) 동아일보 1923년 4월 12일 동아일보의 김시현에 관한 보도

일제에 체포된 김시현을 그 이후 한 번도 만나지 못했다.

한 살 차이인 두 사람은 출생지가 각각 경북 안동 풍산읍 현애리와 풍북면 오미리였다. 두 마을은 서로 지척간이어서 김지섭과 김시현은 어릴 때부터 아는 사이였다. 뿐만 아니라 김시현의 여동생과 김지섭의 남동생이 부부로 맺어져 두 사람은 사돈지간이기도 했다. 게다가 두 사람은 구한말 교남교육회에서도 함께 활동했고, 고려공산당에서도 같은 당원이었으며, 의열단 투쟁에도 손을 잡고 일해 온 평생의 동지였다.

끝내 김지섭은 김시현을 다시 보지 못한 채 저 세상으로 갔다. 김시현은 김지섭이 순국한 지 11개월 뒤인 1929년 1월 29일 대구 형무소에서 풀려났다. 그는 제3차 암살파괴 거사로 10년형을 선고받았었다.

출옥 후 김시현은 만주로 갔다. 의열단이 중국국민당의 지원을 받아 1932년 남경에 조선혁명군사정치간부학교(공식 명칭은 '중국국민정부 군사위원회 간부훈련반 제6대')를 세웠을 때 그는 북경 지부장을 맡았다. 변절자 처단 임무도 맡아 간부학교 1기생 한삭평을 죽였다. 그 일로 일본 나가사키 형무소에 4년 7개월 수감되었다.

김시현은 1939년 9월 나가사키 형무소에서 출감했다. 그는 북경과 서울을 오가며 군자금 조달과 동지 규합 등에 전념하던 중 1944년 4월 일제에 붙잡혀 경성 헌병대에 감금되어 있다가 1945년 8월 15일 풀려났다.

 의열단의 의열 투쟁은 김지섭의 도쿄 거사로 사실상 막을 내렸다. 그 이후에도 국내·외에서 의열단원에 의한 암살·파괴 활동이 일어났지만 의열단 지휘부의 체계적인 투쟁이 아니라 개별적·부차적 투쟁이었다. 당시 김원봉은 계속되는 의열 투쟁으로 단원들의 희생은 큰 반면 성과는 혁혁하지 못하다는 생각에 사로잡혔고, 의열단의 노선을 재정립하고 방향을 전환해야 옳다고 판단하고 있었다. 1925년 들면서 의열단 지도부는 암살과 거사가 대중 일반을 각성시켜 일제 봉기의 격발제로 작용할 가능성이 거의 없다는 결론에 이르렀다. 비록 시간이 걸릴지라도 농민·노동자·청년 대중을 조직하고 체계적으로 의식화해야 실질적 효과를 거둘 수 있다고 보았고, 그 결과 의열단은 '군대를 거느린 정당'으로 정체성이 바뀌었다.
 북경의 군벌을 타도하기 위한 북벌을 준비 중이던 국민당 정부가 의열단에 황포군관학교(공식 이름은 중국中國국민당國民黨육군陸軍군관학교軍官學校) 입학을 제안해오자 김원봉은 학생으로 그곳에 입교하기로 결심했다. 김원봉은 의열단 단원들이 두루 모인 자리에서 자신의 생각을 밝혔다.
 "우리는 7년 동안 폭력, 암살, 파괴, 폭동으로 독립을 이루려 하였소. 하지만 역시 그러한 수단과 방법으로는 결코 독립을 이룰 수가 없다는 것을 알게 되었소. 그렇게 해서는 도저히 혁명이 이루어지지 않는다는 말이지요.

물론 당초에도 암살과 파괴 정도로 쉽사리 저 역강한 일본을 구축하고 조국의 광복을 달성할 수 있을 것이라 믿지는 않았소. 우리가 왕성한 비타협적 투지를 발현하면 일반민중이 크게 계발되고 각오를 얻게 되어 이윽고 혁명이 이루어지리라 여겼소.

그러나 7년 동안 쉬지 않고 폭력을 행사했지만 민중을 각오시키지 못했소. 민중을 각오시키는 것은 오직 탁월한 지도이론이오. 교육과 선전뿐이오. 다른 길은 없소.

혁명은 제도를 변혁하는 일이오. 몇몇 요인을 암살하고 몇 개 기관을 파괴한다고 해서 결코 제도를 변혁할 수 없소. 제도를 수호하는 것은 군대와 경찰이지요. 우리가 일제 군대와 경찰의 무장을 해제할 수 있어야 비로소 혁명은 달성되는 것이오.

전 민중이 각오를 하고 단결을 하고 조직되어야 하오. 전 민중의 일대 무장투쟁이 아니고는 강도 일본을 구축할 도리가 없소. 그렇다면 급선무가 무엇인가? 나 자신부터, 민중을 무장시키기 이전에 나 자신부터 무장을 해야 한다는 것이오."[24]

---

24) 김원봉 구술·박태원 기록, 《약산과 의열단》(깊은샘, 2015년 개정판), 271~272쪽.

김상윤이 강력히 반대하고 나섰다. 그는 처음에는 약산이 본정신에서 하는 말이 아니라고 생각했다. 그런데 뜻밖에도 김원봉의 생각은 완고했다. 김상윤은 김원봉의 뜻을 굽힐 수 없다는 사실을 절감했다. 그는 김원봉에게 군관학교에 들어가더라도 업을 필하는(학교를 마치는) 대로 다시 의열단 사업을 계속하자고 빌었다. 하지만 군관학교를 나온 김원봉은 중국 국민당 군대와 보조를 맞추어 북벌에 참전해버렸다. 김상윤은 의열단도 이제는 더 볼 것이 없다고 비관한 나머지 복건성 천주의 설봉사로 들어가 머리를 깎아버렸다. 그는 이듬해 참선 중에 입적하였다. 불과 서른밖에 안 된 나이였으니 화병火病이었다.

류자명도 생각이 달랐다. 그는 중앙집권적인 정치 군사 조직이 필요하다고 본 다른 간부들과 달리 의열 투쟁 노선을 고집했다. 류자명은 의열단 본부 차원의 논의를 거치지 않고 이회영·김창숙 등과 협의한 후 1925년 3월 30일 다물단과 협조하여 밀정 김달하를 처단하였다. 이때 북경 안정문 안 차련호동 서구내로 북문패 23호의 김달하 집을 찾아가 그 자를 교살한 의열단원은 이종희李鍾熙와 이기환李箕煥이었다.

이종암도 의열단의 노선 전환에 반대했다. 그는 사회주의 운동자들이 의열단의 암살·파괴 노선을 실효성이 없다며 비난하자, 1925년 동경에서 폭탄 거사를 결행하여 의열 투쟁의 일대 전기를 만듦으로써 그런 비판을 종식시키겠다고 결심하였다. 김원봉과 많은 단원들이 황포군관학교가 있는 광동으로 이사 갈 준비를 하는 동안, 이종암은 동경 폭탄 거사를 실행하는 데 필요한 군자금을 국내에서 모금할 계획을 수립했다. 그는 1만 원의 자금만 마련되면 혼자 동경으로 가서 폭탄 거사를 감행할 생각이었다. 동경 거사에 필요한 자금을 모으려다 1923년 12월에 체포된 동지들에 대한 미안한 심정도 작용을 했다.

1918년 2월 압록강을 건너 망명한 이래 여섯 번째로 국내에 들어온 이종암은 폭탄 2개, 권총 1정, 탄환 50발, 〈조선 혁명 선언〉 100장을 가지고 밀양 내일동으로 갔다. 그는 미곡상점 맞은편 골목에 몸을 숨긴 채 줄곧 주위를 살폈다. 점포 안에 손님이 없고, 길에도 행인이 없을 때를 기다리는 것이다. 1925년 7월 11일이었다.

한참 기다리니 이윽고 호기가 왔다. 이종암은 날렵하게 몸을 날려 가게 문을 드르륵 열었다. 손님이 왔나 싶어 고개를 들던 김병환이 달려와 그를 껴안는다

"이게 누구신가! 부단장 동지 아니오?"

웃음꽃이 활짝 피어나니 김병환의 얼굴은 문득 화사한 봄날 진달래가 만발한 마을 뒷산처럼 따스한 기운으로 가득해진다. 그러나 이종암은 낯빛에 회색이 감돌아 오랜만에 동지를 만난 사람의 얼굴 같지가 않다. 김병환이 걱정

이 되어 묻는다.

"신병이 깊다는 소문이 사실인 모양일세."

이종암이 쓸쓸하게 웃으면서 대답한다.

"괜찮습니다. 몸은 성하신가요? 다친 데는 없고요?"

제1차 암살 파괴 거사를 추진하다가 붙잡혀 3년 동안 옥살이를 하고 나왔으니 독한 고문도 당했다. 김병환이 너털웃음을 지으면서 말한다.

"이젠 다 괜찮다네. 나는 그래도 고향에 거주하고 있으니 고생이랄 것도 없지 않나? 만주 벌판에서 국내까지 오가며 하루도 편히 못 쉬고 온갖 고초를 겪고 있는 국외 동지들한테야 견줄 일도 아니지."

김병환이 은밀히 사람을 시켜 밀양에 있는 고인덕과 한봉인, 마산의 배중세, 고령의 신철휴, 진주의 이동현 등 여러 의열단원들을 모았다. 한봉인을 제외한 다른 사람들은 모두가 제1차 암살 파괴 사업 때 일제에 붙잡혀 옥고를 치른 인물들이었다. 황상규와 윤세주는 여전히 감옥에 갇혀 있어 만날 수가 없다. 동지들과 반갑게 인사를 나누고 나서 이종암이,

"다들 아시다시피 김지섭 동지가 일본 왕궁에 투탄을 하는 엄청난 거사를 실행하였소. 비록 폭탄은 터지지 않았지만 추강이 살신성인의 자세로 보여주고자 했던 민족독립과 반침략 평화주의의 메시지는 일제와 세계 인류에게

뜨겁게 던져졌소. 다만 폭탄이 확실하게 터졌더라면 얼마나 좋았을까 하는 아쉬움이 남는 것은 사실이오. 일이 그렇게 된 것은 자금이 없어서 무기를 제대로 갖추지 못했기 때문이오. 그래서 몇 달 전에 여러 단원들이 동경 공격 자금을 모으기 위해 활동하다가 안타깝게도 일제에 대거 구속되고 말았소. 내가 아픈 몸을 이끌고 이렇게 단신으로 국내에 들어온 것은 나 혼자라도 동경을 부수고자 함이라오. 1만 원만 모이면 나는 단독으로 동경에 가겠소."

하며, 사정 설명 겸 의지를 표명하였다. 모두들 심각한 표정으로 귀를 기울이고 있는 중에 배중세가 놀라운 발언을 하였다.

"1만 원만 있으면 혼자서라도 동경을 공격하겠다고 자임하시니… 감히 적의 심장부로 찾아가 목숨을 버리시라고 재촉하는 것만 같아 차마 입에 담기가 난감하오만, 내가 그 경비를 부담할까 하오. 새로운 방식으로 말이오."

아무도 예상하지 못한 뜻밖의 제안이었다. 다들 놀란 기색을 감추지 못하는 채 그를 쳐다보기만 하는데, 다만 이종암이 차분한 음성으로 배중세에게 물었다.

"배 동지가 혼자서 1만 원을 의연하시겠다니 어떤 특별한 방도가 있다는 건가요?"

"나한테 그 정도의 군자금을 마련할 만한 수리 사업권이 있소. 우리 의열단원 중 재산이 좀 있는 동지에게 그것을 양도하겠다고 하면 애써 일반 부호를 찾아갈 위험은 감수하지 않아도 될 것이오."

배중세는 부산의 의열단원 김재수에게 대구 달성군 달서면에 공사 중이던 수리 사업권을 넘기고 5,000원의 군자금을 조달했다. 김재수는 1차 암살 파괴 거사 때 구속되어 1년 징역에 집행유예 2년을 선고받은 동지였다.

또 배중세는 경남 하동군 하동면 박종원으로부터 포항에서 어장을 경영하는 데 투자하는 형식으로 5,000원을 받기로 하고 그 날짜를 10월 15일로 정했다. 그 후, 이종암은 각기병 요양을 겸해서 이리 저리로 은신해 다니면서 그 날을 기다렸다.

이종암은 달성군 달성면 노곡동의 동지 이기양의 산장에서 요양하면서 약속된 자금이 오기를 기다리던 중, 11월 5일 경북 경찰부 고등과장 나리토미成富文五가 이끄는 순사들의 습격을 받아 체포되었다. 이때 무기와 혁명 선언서를 모두 압수당했다. 약속한 날 그 돈만 입수되었더라면 무사히 동경으로 갔을 터인데, 박종원에게서 5,000원이 늦어지면서 대사를 그르치게 된 것이었다. 국내로 잠입한 4개월 만의 일이었다.

이때 일제에 피체된 단원은 모두 12명이었다. 이종암, 배중세, 고인덕, 한봉인, 김재수, 김병환, 이병태, 이병호, 이기양, 신철휴, 이주현, 한일근은 모두 경북 경찰부로 끌려갔다. 조사 과정에서 증거불충분으로 판명된 신철휴, 이주현, 한일근은 석방되었지만, 나머지 9명은 1년 동안 옥에 갇힌 채 온갖 악랄한 고문을 당했다.

1926년 12월 28일, 대구지방법원은 이종암에게 징역 13년, 배중세에게 징역 1년, 한봉인에게 징역 8개월에 집행유예 2년을 선고했다. 이른바 '경북 의열단 사건', 일명 '이종암 사건'에 대한 일제 법원의 판결이었다. 1926년 12월 28일은 나석주 지사가 순국한 바로 그 날이었다.[25]

---

25) '의열단'에 대해 더 많이 알고 싶은 독자께서는 저자의 장편 《소설 의열단》을 읽어보시기 바랍니다.

1930년대, 한인애국단

나석주가 거사용 폭탄을 확보한 때는 1926년 5월 초순이었다. 그 무렵은 김창숙이 자신의 고향인 경상도로 잠입해 독립운동 자금을 모으다가 돌아온 직후였다.

"내가 작년 말(1925년 12월) 국내로 들어가 독립운동 자금을 모아 보았지만, 기대와는 전혀 동떨어진 성과를 거양했을 뿐이오. 목표가 20만 원(현 시세 65억 원가량)이었는데 겨우 3,350원(1억 원가량)밖에 아니 모였으니 이를 어떻게 평가해야 마땅할지 그조차 모를 지경이오."

한탄을 하는 김창숙을 바라보며 류자명이 묻는다.

"선생께서는 우리의 독립운동이 앞으로 어떤 방향으로 가야 옳다고 보시는지요?"

김창숙이 말한다.

"무엇보다도 시급한 것이 독립운동의 결의를 북돋우고 친일 잔당들의 기세를 억누르는 일이오. 국내에 결사대를 파견하여 적의 주요 기관을 파괴하고, 비협조적인 친일 부호들을 응징해야 하오. 지금 3,350원밖에 없는 형편이지만 이 돈을 활용해서라도 거사를 도모해야겠소."

김창숙과 류자명은 천진 프랑스 조계의 한 여관에서 나석주를 만나 폭탄 세 개를 건넸다. 그 폭탄은 신채호가 언젠가 거사에 쓰려고 애지중지 보관해온 것들이었다. 폭탄을 건네받으면서 나석주가 류자명에게 물었다.

"단재 선생께서는 잘 지내십니까? 뵌 지가 언젠지 그것조차 까마득할 지경입니다만……."

"그렇군요. 세월이 너무도 빨리 흐릅니다. 이룬 것도 없이 시간만 소비하고 있다는 생각이 들어 참으로 안타깝습니다."

나석주가 북경에서 신채호와 류자명을 만나 의열단에 가입한 때는 1924년 초였다.26) 따라서 김창숙이 지금 류자명이 보는 앞에서 신채호가 보관해 온 폭탄을 나석주에게 주고 있는 것은 네 사람의 인연이 얽히고설킨 결과인 셈이다.

김창숙과 류자명이 신채호가 자식처럼 아껴온 폭탄들을 나석주에게 준 데에는 김구의 추천도 한몫을 했다. 김구는

---

26) 김원봉 구술·박태원 기록, 《약산과 의열단》, 268쪽에는 나석주가 의열단에 1926년 5월 가입했다고 적혀 있다. 그러나 이 소설은 김성민, 《나석주》(역사공간, 2017), 98쪽에 따라 나석주의 의열단 가입 시기를 1924년 초로 본다.

김창숙에게서 '국내에 열혈 지사를 파견해 일제의 주요 기관에 투탄을 하려 계획 중'이라는 말을 듣고는 바로 나석주를 천거했다. 김구는 망국 이전 황해도에서 교육 운동을 할 때부터 나석주의 인간 됨됨이와 의열 투쟁에 대한 열망을 잘 알고 있었다.

1876년생인 김구는 우리 나이로 29세 되던 1904년 무렵부터 교육 구국 운동에 투신했다. 그 후 3년이 지나 1907년이 되었을 때 안악의 양산학교가 그를 교사로 초빙했다. 안악은 황해도에서 신교육 운동의 중심지였다. 김구는 양산학교의 소학교와 야학과를 담당했는데, 이미 나석주는 향촌의 보명학교 고등과를 졸업했으므로 양산학교에 와서는 중학부에 적을 올렸다.

김구는 학교 안에서도 물론이었지만 나석주의 고향마을인 황해도 재령군 북률면 나무리에 내왕할 일이 있을 때에도 거기서 나석주와 즐겨 만났다. 그만큼 나석주는 김구의 애제자였다. 그러나 김구가 나석주를 한참 동안 만나지 못한 시기도 있었다. 1910년 8월 29일 경술국치를 전후한 몇 달 동안이었다. 1909년 10월 26일 안중근 의사가 이토 히로부미를 사살하자 일제는 관련자로 지목한 조선인들을 대거 체포했다. 이때 김구도 해주 감옥에 투옥되었다. 몇 달 후 김구가 출옥을 해서 보니 나석주가 눈에 띄지 않았다. 수소문을 해보니 이번에는 도리어 나석주가 옥

(사진) 김창숙, 신채호, 류자명

살이 중이었다.

"무슨 일로 석주가 잡혀갔다는 것인가?"

장덕준 교사가 대답했다.

"나라가 망한 판에 더 이상 국내에서 무슨 일을 하겠느냐면서 압록강을 건너려다가 체포되었습니다."

그 무렵 김구는 재령군 북률면 무상동 소재 보강학교의 교장도 겸임하고 있었다. 보강학교는 노동자들의 기부금을 모아 1909년 1월에 설립된 노동학교였다. 김구는 매주 하루씩 보강학교에서 근무했다. 김구가 장덕준과 마주앉아 나석주의 행방에 대해 말을 주고받은 곳도 보강학교 교무실이었다.27)

1910년에는 실패했지만, 1914년에 이르러 나석주는 마침내 북간도로 망명했다. 북간도로 온 나석주는 이동휘가 설립한 동림 무관학교에서 8개월 동안 군사 교육을 받았다. 1916년 어머니가 위독하다는 전갈을 받고 귀국해 국내에 머물던 1919년에는 3·1운동에 뛰어들었고, 1920년에는 서간도 유하현 삼원보에서 결성된 대한독립단에 가입하여 친일파 은률 군수 최병혁을 처단하는 거사에 직접

---

27) 1920년 동아일보 조사부장으로 재직하던 장덕준은 일제 군대의 만주 한인 참살을 취재하다가 피살된다. 봉오동 전투 패전을 보복하고, 3·1만세운동 이후 늘어나고 있는 독립군 세력을 억누르기 위해 일제는 간도 일대의 민간 한인들을 무차별 학살했는데, 그 참상을 조사하다가 변을 당한 것이었다.

참여했다. 그 후 일제의 체포를 피해 1921년 10월 목선을 타고 중국 천진으로 망명했다.

1924년 10월 나석주는 임시정부 내무총장인 스승 김구의 명에 따라 직접 행동에 나서기도 했다. 나석주는 당시 임시정부 경호국장이었다.

"장덕진·윤자영·윤기섭 등 임시정부 의정원 의원 20명이 독립운동 단체의 통일과 독립운동 방책의 쇄신을 도모하자면서 '독립당 대표회의 소집'을 요청한 것이 7월 12일이었지 않나? 벌써 석 달이 지났군 그래."

"예, 선생님! 차일피일 미루고만 있을 상황이 아닌 것 같습니다."

김구와 나석주가 모종의 거사를 앞두고 대화 중이었다.

"자네 생각도 그런가? 장덕진 군 등의 주장이야 건실하고 미래지향적이라는 점에서 백 번 맞는 말이지. 다만 대표회의를 개최하려면 비용이 있어야 하는데, 그게 임정에 없다는 것이 현재적 문제 아닌가?"

"그렇습니다. 100인 이상으로 조직된 독립운동 단체나 현저한 활동을 펼친 단체의 대표 1인씩과 임시정부가 지정한 대표들로 회의를 꾸려 '독립운동의 민족적 기초 조직을 공고히 하고 독립운동의 방침을 쇄신 여행勵行하여 독립대업을 촉성'하자는 의원들의 취지는 좋지만, 모든 일이 추진을 하려면 자금이 뒷받침

(사진) 백범기념관의 김구 흉상

이 되어야 하는데, 그게 안 되니 현실적으로 실현가능성 문제에 봉착하는 것 아니겠습니까?"

김구가 나석주를 그윽하게 바라보면서 물었다.

"민정식 알지?"

"예. 명성황후의 친척 되는 그 민정식 말씀이시지요?"

"그렇네. 민정식이 상해의 은행에 거금을 예금해 두었다는 소문이야. 민정식에게 대표회의 개최 자금을 기부하라고 하면 좋을 듯한데……."

나석주가 대뜸 대답했다.

"잘 알겠습니다."

임시정부 경호국장 나석주는 손두환, 최천호 등과 함께 활동에 들어갔다. 그들은 민정식을 구금한 후 대표회의 개최 경비를 부담하라고 요구했다. 그런데 일이 꼬이느라고 민정식을 구금한 일이 소문이 나는 바람에 큰 사건으로 비화했다. 결국 사건에 대한 책임을 지고 이동녕이 대통령 대리직을 사임하는 사태까지 빚어졌다. 이때 나석주도 경호국장에서 물러났고, 10월 25일 손두환이 후임으로 발령 났다. 이 사건은 나석주가 김구에게 얼마나 깊은 신임을 받고 있었는지를 잘 말해주는 사례였다.

나석주·김창숙·류자명이 바다 건너 서울을 폭파하려고 준비 중이던 1926년 4월 28일, 창덕궁 금호문 앞에서 큰 사건이 일어났다. 그 일은 곳곳에서 사람들의 화제가 되었다. 나석주·김창숙·류자명도 4월 28일의 거사를 두고 말을 나누었다.

"송학선宋學善이라는 34세 청년이 총독 사이토를 처단했다는 소문이 서울에 파다하게 퍼져 있다고 하오. 그래서 우리나라 사람들이 크게 기뻐하고 있다는 소식이오."

김창숙이 그렇게 서두를 꺼내자 류자명이 말을 이었다.

"송 지사의 거사 날짜는 4월 28일이라 하고, 죽은 자는 총독이 아니라 경성부 의원 고산高山으로 확인되었습니다. 총독이 비명횡사했다는 소문이 확산되자 일제도 어쩔 수 없이 사건 경위를 신문에 보도시켰다고 합니다."

"그것 참 아쉬운 일이오! 총독놈을 죽였더라면 참으로 좋았을 텐데!"

김창숙이 한탄을 하자 이번에는 나석주가 말을 이었다.

"고산이라는 자가 총독 사이토와 그렇게 닮았다고 합니다. 총독이 창덕궁 금호문 앞에 출현한다는 풍문을 듣고 송 지사는 칼을 품은 채 기다리다가 자동차가 천천히 움직일 때 벽력같이 달려들어 가슴과 허리를 찔러 상대를 그 자리에서 즉사케 하였는데, 그 자가 사이토가 아니라고 하니 참으로 아쉽습니다."

"아, 너무나 안타까운 일이오! 그 청년도 의열단 단원인가요?"

(사진) 송학선

김창숙이 묻자 류자명이 대답을 했다.

"그건 잘 알지 못하겠습니다. 다만 금호문 거사는 안중근 의사에 이어 광복회 선배 동지들, 다시 그 뒤를 이어 우리 의열단의 투쟁에 감화를 받은 청년들이 부단히 태어나고 있다는 증좌이니, 송 지사가 의열단 단원이 아닌들 무엇이 대수이겠습니까? 그저 기쁜 일이지요."

"아무렴! 옳은 말씀이오!"

그로부터 두 달 뒤에는 이수흥李壽興 지사가 연거푸 의거를 일으켜 사람들의 답답한 가슴에 시원한 바람을 불어 넣었다.

"이수흥이라는 22세 청년이 7월 10일 서울 혜화동 동소문 파출소를 습격해서 일본인 순사에게 권총으로 중상을 입혔다 하오."

"혼자서 거사를 하였습니까?"

"그렇다 하오."

"제가 듣기로도 이 지사는 그 뒤 경기도 이천의 백사면 경찰 주재소를 습격했는데, 일본인 주재소장과 조선인 순경이 황급히 도주해버리자 길 건너 면사무소로 가서 권총으로 면서기를 즉사시켰다 합니다."

이번에도 김창숙은 그가 의열단 단원인지 물었다.

"그 청년은 의열단 단원인가요?"

"그것은 알 수가 없고, 임시정부의 만주 참의부28) 소속이라고 들었습니다."

"의열단의 기상을 이어받아 일제에 맞서는 지사들이 부단히 탄생하고 있으니 참으로 가상한 일이오. 모든 조선인들이 마음으로는 한결같이 의열단 단원이 되었소."

"그렇습니다. 이수흥 지사로부터 군자금 조달을 당부받은 류택수柳澤秀라는 이도 종로3가 수은동(현재의 묘동) 대로변의 대성호라는 전당포에 들어가 주인에게 독립운동자금을 요구했으나 주인이 거절하자 권총을 발사하여 그 자리에서 절명시켰다 합니다."

"왜놈들과 반역자를 처단하고 기관들을 부수어야 독립을 쟁취할 수 있으니 주재소와 면사무소는 응당 습격 대상이지요. 다만 전당포 주인이 단순한 조선인이라면 죽이기까지 한 것은 지나치다 할 것이오."

---

28) 한국학중앙연구원, 〈대한민국임시정부 육군 주만 참의부〉, 《한국민족문화대백과》, 네이버판 : 1923년 남만주 무장 독립운동단체의 통합기관인 대한통의부大韓統義府가 간부들 사이의 이념 분쟁과 권력 분배로 인해 분열되었다. 이에 독립운동단체 지도자들은 대한민국임시정부 직할 부대를 편성해 재만 독립군을 재통합할 필요성을 절감하였다. 그리하여 1923년 8월 백광운白狂雲·조능식趙能植·박응백朴應伯·김원상金元常·조태빈趙泰賓 등을 상해에 파견해 임시정부와 교섭하게 하였다. 임시정부는 이들의 제안을 받아들여 전에 설립했던 광복군사령부의 전통을 계승한 임시정부 직속 남만군정부南滿軍政府를 인정하고 정식 명칭을 대한민국임시정부 육군 주만 참의부로 하였다.

(사진) 이수흥

"그렇습니다. 그저 들은 말일 뿐이니 사실 여부는 확인할 수가 없지만, 그 많은 전당포 중에 왜 하필 대성호인가를 고려해 볼 때 친일 부호가 아닐까 짐작됩니다."

이윽고 1926년 12월 24일, 나석주는 인천으로 가는 배에 몸을 실었다. 이렇게 가면 다시는 돌아올 수 없다는 생각이 들자 나석주는 공연히 여러 사람들이 그리워졌다. 의열단에 가입할 때 자신을 신채호 선생에게 안내하기도 했고, 자신보다 두 살 나이가 어려 자연스레 동년배 또는 형제 같은 친근감이 드는 류자명도 그 중 한 사람이었다.

나석주는 출발에 앞서 류자명에게 거사 추진을 알리는 마지막 편지를 보냈었다. 그러나 아직은 교제 기간도 짧은 탓에 막역한 벗이라고 말할 수준은 아닌 류자명이기에 문장은 정중한 경어체로 썼다.

(전략) 저는 꼭 음래陰來 16일(1926년 양력 12월 19일)에 왜선倭船 21호 공동환共同丸을 타고서 출발하기로 결정하였습니다. 휴대금이라고는 금화 20원뿐입니다. 작탄炸彈 3개, 단총 1개입니다. 외형은 천중안穿中眼이라 잠간 중국인 행세를 하려 합니다. 불연不然하면 발로發露 동시에 필야必也 최후가 되겠지요. 음력 11월 14일(양력 12월 17일) 나석주

편지 발송 때는 예정일을 12월 19일로 잡았었는데, 사정이 생겨 닷새가량 늦게 출발했다. 12월 24일 나석주를 싣고 서해로 들어간 중국 배 이통호利通號는 26일 인천항에 닿았다. 배에서 내린 사람은 모두 179명이었다. 그 중에는 중국인이 172명, 일본인이 4명, 한국인이 3명 있었다. 형사들은 한국인만 끄집어내어 미주알고주알 캐물었는데 저희가 만족하기 전에는 절대 보내주지 않았다.

35세의 산동성 사람 마중덕馬中德은 인천부 지나정 38번지의 중국여관 원화잔元和棧에 들렀다가 진남포와 평양을 거쳐 27일 서울로 들어갔다. 그는 28일 오전 조선식산은행과 동양척식주식회사 경성지점을 사전 답사하여 투탄 계획을 세운 다음, 오후 2시 5분경 은행에 폭탄을 던지고 2시 15분경 동척으로 달려갔다.

동척 현관에서 일본인 한 명高木吉江과 동척 직원 한 명 武智光을 사살한 나석주는 2층으로 가서 토지개량부 기술과장실 차석大森太四郎을 거꾸러뜨린 뒤 달아나는 과장綾田豊도 추격하여 쓰러뜨렸다. 이어 폭탄을 개량부 기술과실에 투탄했다. 그러나 불발이었다.

나석주는 동척 사옥으로 들어올 때 밟았던 길을 되돌아 나가면서 일본인 두 명을 더 저격했다. 건물을 벗어난 나석주는 권총을 든 채 황금정 거리로 나섰다. 총소리를 듣고 달려온 경기도 경찰부 경부보田畑唯次도 가슴을 쏘아 쓰

(사진) 나석주

러뜨렸다. 신고를 받고 달려온 순사들이 몰려왔다. 나석주는 황금동 2정 삼성당 건재약국 앞에 이르러 권총으로 자신의 가슴을 세 번 쏜 뒤, 순사들을 향해 남은 탄환을 발사하면서 그 자리에 혼절했다.

정신을 잃은 나석주는 경기도 경찰부 차량에 실려 총독부 병원 외과 수술실로 옮겨졌다. 나석주는 한참 지난 후 겨우 의식을 되찾았지만, 굳게 입을 다문 채 아무 말도 하지 않았다. 나석주를 보고 일제 경찰이,

"너는 어차피 죽는다. 이름이라도 밝혀두는 것이 좋지 않으냐?"

하였다. 그제야 나석주는 대답을 했다.

"나는 황해도 재령군 북률면 남도리 나석주다."

일경이 다시 물었다.

"의열단원인가?"

"그렇다."

그 후 나석주는 더 이상 말이 없었다. 그리고 이내 숨을 거두었다. 1926년 12월 28일 오후 네 시경이었다.

1927년 10월 18일, 장진홍張鎭弘이 조선은행 대구지점에 폭탄을 터뜨렸다. 장진홍은 1907년 인명학교(현 구미 인동초등)에 다닐 때 장지필 선생에게 항일의식을 배웠다. 스물한 살이던 1916년 고향 출신 이내성李乃成의 권유로 광

복단에 가입한 장진홍은 1918년 만주 봉천(심양)으로 가서 독립운동을 펼치다가 1919년 만세운동 이후 귀국했다.

1927년 4월, 황진박黃鎭璞, 김기용金基用, 장용희張龍熙 등과 함께 의열 투쟁의 기회를 엿보고 있던 장진홍은 이내 성의 소개로 일본인 굴절무삼랑掘切茂三郞을 만났다. 폭탄 전문가인 굴절무삼랑은 일본인이면서도 한국의 독립을 염원하는 사람이었다.29) 그에게서 폭탄 제조법을 익힌 장진홍은 1927년 10월 1일 오후 자신이 직접 만든 폭탄의 위력을 칠곡과 선산의 경계 휘안고개에서 시험했다. 폭탄을 터뜨리자 양쪽 절벽이 완전히 붕괴되었다.

10월 16일 칠곡군 인동면 자택에서 폭탄을 제조한 장진홍은 다음날인 17일 오전 2시경 자살용 작은 폭탄 1개와 거사용 큰 폭탄 4개를 자전거에 싣고 대구로 와서 덕흥여관에 머물렀다.

조선은행 대구지점은 경북도청(현 경상감영공원 자리)에서 불과 100여m 거리에 있었다. 도청 맞은편(현 중앙우체국 자리)에 대구우편국과 대구전신전화국이 있었고, 도청 서쪽(현 대구근대역사관 자리)에 식산은행 대구지점과 대구 경찰서(현 중부경찰서 자리)가 있었다. 조선은행 대구지점 주변은 정치, 경제, 정보통신이 밀집된 대구 최대의 중심가였

---

29) 국가보훈처 누리집 '독립운동가 공훈록' 중 〈장진홍〉 부분의 표현.

(사진) 장진홍

던 것이다.

10월 18일, 장진홍은 여관 사환 박노선에게 부탁했다.

"내가 어제 다쳐서 잘 걸을 수가 없으니 이 벌꿀상자들을 조선은행, 도청, 식산은행, 경찰서에 순서대로 급히 배달을 좀 해 주시오."

벌꿀 선물로 위장된 상자들 안에는 장진홍이 직접 제조한 시한폭탄들이 들어 있었다. 그런 줄 알 리 없는 박노선은 상자들을 들고 조선은행 대구지점으로 갔다. 박노선은 국고계 주임 복지흥삼福地興三을 찾았다.

"선물 배달 왔습니다."

박노선은 복지흥삼에게 벌꿀 상자 하나를 건넸다. 그때 복지흥삼 곁에 있던 일본인 은행원 길촌결吉村潔이 화약 냄새를 맡았다. 그는 군인 출신이었다. 길촌결이 재빨리 포장 끈을 풀었다. 상자 안에는 도화선에 불이 붙은 폭탄이 이글거리고 있었다. 폭발 직전이었다.

복지흥삼이 비명을 질러댔다. 길촌결이 재빠르게 도화선을 잘랐다. 아직 불이 옮겨 붙지 않은 나머지 세 상자는 황급히 은행 앞뜰 자전거 주차장로 옮겨졌다. 바로 경찰에 신고되었고, 박노선은 그 자리에서 체포되었다.

경찰은 주차장에 있는 폭탄 셋을 다시 한길로 내놓았다. 옮긴 지 1~2분 만에 폭탄 셋은 요란한 굉음을 내며 잇따라 폭발했다. 은행원, 경찰 등 5명이 파편에 맞아 중상을 입었고, 은행 창문 70여 개가 박살이 나면서 파편이 대구역까지 날아갔다.

폭파 의거는 '절반의 성공'에 멈추었지만 세상을 흔들었다. 장진홍이 '범인'인 줄 파악하지 못한 일제 경찰은 1928년 1월, 독립운동 경력이 있는 이정기 등 8명을 검거하여 대구 형무소에 투옥했다. 이때 이원록(이육사)도 자신의 형·동생과 더불어 옥고를 겪었다. 일경은 악독한 고문 끝에 이들을 진범으로 꾸며 재판에 회부했다.

대구 거사가 완전한 성공을 거두지 못한 것을 한탄한 장진홍은 1927년 11월과 1928년 1월 안동 경찰서와 영천 경찰서 폭파를 계획했다. 그러나 끝내 실행에 옮기지 못한 채, 검거의 포위망이 좁혀오자 몸을 피해 일본으로 건너갔다.

일본에서도 장진홍은 2차 거사 준비에 골몰했다. 하지만 동생의 오사카 소재 안경점에서 결국 일제 경찰로 복무해 온 조선인 형사 최덕술에게 붙잡혔다. 장진홍은 1929년 2월 19일 대구로 압송되었다.

혹독한 고문에도 장진홍은 모든 일을 혼자서 도모했다고 주장했다. 재판 결과는 볼 것도 없었다. 1930년 2월 17일 대구지방법원 1심 재판에서 장진홍은 사형을 언도받았다. 그 후 열린 대구복심법원 재판도, 고등법원 상고 결과도 마찬가지로 '사형'이었다. 장진홍은 사형 선고가 내려

(사진) 이육사

질 때마다 재판정에서 "대한독립만세!!!"를 외쳤다.

1928년 5월 14일, 조명하趙明河 지사가 대만臺灣 거사를 일으켰다. 장진홍의 조선은행 대구지점 거사 소식을 듣고 크게 기뻐했던 옥중의 이종암은 조명하의 대만 의열 투쟁 기별을 들은 뒤 주위 사람들을 둘러보며 이렇게 말했다.

"안중근 선생의 이토 처단 이후 최고의 쾌거를 조명하 지사가 이루었군! 우리가 황포탄에서 다나카를 죽이지 못한 한을 스물셋밖에 안 된 조 지사가 풀어주었어! 찌른 칼에 맹독을 발랐다고 하니 틀림없이 구니노미야는 죽을 게야! 조 지사가 비록 몸으로는 의열단에 가입한 바 없지만 그 정신만은 한 치도 모자람이 없는 의열단 열혈 단원일세!"

조명하는 황해도 송화군에서 태어나 그곳에서 보통학교를 졸업했다. 21세 때(1926년) 서기 임용시험에 합격해 신천 군청에서 근무하던 중 6·10만세운동, 송학선의 금호문金虎門 의거, 나석주의 식산은행 및 동양척식주식회사 투탄 의거 등을 맞이했다. 그는 어느 날 벗들이 모인 자리에서 뜻을 밝혔다.

"일제의 앞잡이처럼 살 수는 없다. 나는 반드시 나라를 위해 목숨을 던질 터이니 너희들은 나의 주검을 찾으려고 애쓰지 마라."

독립운동에 헌신할 결심을 밝힌 조명하는 여중구呂仲九 등 벗들이 모아 준 여비로 일본에 갔다. 그는 아키가와 도미오明河豊雄라는 가명으로 일본인 행세를 하며 낮에는 전기제작소 직공, 메리야스공장 노동자, 상점원 등으로 일하고 밤에는 상공전문학교商工專門學校에 다녔다. 그러나 일본에서는 마땅히 독립운동을 펼칠 계기가 마련되지 않았다.

'아무래도 임시정부가 있는 상해로 가는 것이 옳겠어.'

생각을 바꾼 조명하는 상해로 가기 위해 1927년 11월 경유지 대만에 도착했다. 그는 일단 대중시臺中市 소재 일본인 이케다池田正秀의 농장에 고용원으로 취직하여 노잣돈을 벌면서 때를 기다렸다. 그는 일하는 틈틈이 무술 연습을 했다. 칼은 대만 사람 장톈디張天弟에게서 구입한 보검도寶劍刀였고, 대상은 대만 총독 야마가미山上였다.

야마가미를 처단할 순간은 포착되지 않았지만, 전혀 예상한 바 없는 천우의 기회가 왔다. 대만에 온 지 여섯 달 된 1928년 5월이었다. 그 무렵 대만에는 중국 본토를 공격하기 위해 일본군이 많이 주둔하고 있었는데, 일본왕 히로히토裕仁의 장인인 구니노미야久邇宮 육군대장이 검열차 온다는 신문보도가 떴다.

'상해로 가도 이보다 더 거물을 처단할 기회는 오지 않을 거야. 의열단이 황포탄에서 죽이려 했던 다나카도 일본군 육군대장이었어. 어디 그뿐인가! 구니노미야는 일본왕

(사진) 조명하

의 장인이니 그 자를 죽일 수 있다면 독립운동의 대단한 성과를 거두는 것이지!'

조명하는 구니노미야의 동정을 세밀하게 수소문했다. 구니노미야가 5월 13일 대중시에서 하룻밤을 묵고, 다음날인 14일 오전 10시에 대중역을 출발하여 대북으로 간다는 것이 확인되었다.

조명하는 구니노미야가 지나가기로 예정되어 있는 길을 걸어서 샅샅이 답사했다. 그는 대중시 대정정大正町의 도서관 앞길을 거사 실행지로 지목했다.

'길이 굽어 있으니 차가 속도를 늦출 거야.'

조명하는 5월 14일 아침 보검도에 맹독을 발랐다. 그는 칼을 고이 품에 숨긴 채 도서관 앞으로 가서 인파 속에 섞였다. 드디어 9시 55분이 되었을 때, 구니노미야가 탄 무개차無蓋車가 굽잇길 입구에 당도했다. 조명하의 예상대로 차는 달리는 속도를 떨어뜨렸다.

사람들이 소리를 지르면서 일본왕의 사위이자 육군 대장인 구니노미야를 환대했다. 구니노미야가 만면에 웃음을 머금은 채 인파를 향해 손을 내저었다. 조명하는 극렬한 환영객인 양 앞으로 밀고 나갔다. 구니노미야가 거의 앞까지 다가왔다. 조명하는 찰나를 놓치지 않고 차로 뛰어오르면서 구니노미야의 심장을 향해 보검도를 찔러 넣었다.

구니노미야가 비명을 지르면서 옆으로 쓰러졌다. 보검도

는 구니노미야의 심장을 가르지는 못했다. 칼은 구니노미야의 왼쪽 목덜미와 어깨를 찌른 다음 운전병의 오른쪽 손등에 꽂혔다. 조명하가 다시 칼을 휘두르려 했지만 호위 군인들에게 저지되어 차 아래로 굴러 떨어지고 말았다.

구니노미야는 현장 즉사는 모면했지만 온몸에 퍼진 맹독 때문에 6개월 후 결국 목숨을 잃었다. 구니노미야가 죽기 한 달가량 전인 10월 10일 조명하 지사는 사형 집행으로 순국했다.

조명하의 일본군 육군대장 구니노미야 처단 거사를 듣고 그토록 기뻐했지만, 이종암의 병세는 점점 위중해졌다. 이종암은 대구형무소에서 대전형무소로 이감되었다가 위장병·인후병·폐병 악화로 사망 직전에 이르러 1930년 5월 19일 형 집행정지 처분을 받았다. 대구 남산동에 있는 형 이종윤의 집으로 돌아온 그는 불과 10일 뒤인 5월 29일30) 서른다섯의 나이에 죽음을 맞이했다. 이종암이 죽고 엿새 지난 1930년 6월 5일 밤, 서른여섯 장진홍이 대구형무소에서 스스로 목숨을 끊었다.

---

30) 이동언 논문 〈이종암의 생애와 의열투쟁〉(한국독립운동사연구 제42집)과 권대웅 저서 《달성의 독립운동가 열전》의 기록이다. 국가보훈처 누리집 〈이종암〉에는 5월 28일, 안동대 《경북 독립운동사 7》에는 6월 10일로 되어 있다.

이종암이 서른다섯 젊은 나이로 순국한 이듬해(1931년) 9월 2일, 황상규가 마흔둘의 생애를 마감하고 이 세상을 떠나갔다. 1차 암살 파괴 거사 때 피체되어 7년 동안 일제의 감옥에 갇혀 살았던 그는 출소 후 신간회 중앙집행위원회 서기장을 맡는 등 사회운동에 매진했다. 하지만 이종암이 그러했듯이 그 또한 일제의 잔혹한 고문 후유증을 끝내 이겨낼 수 없었다. 황상규의 밀양 영결식에는 1만여 명이나 되는 조문객이 몰려와 깊은 애도를 표시했다.

이종암이 죽고, 이어서 황상규가 세상을 떠날 무렵 김구는 대한민국임시정부 국무령을 맡고 있었다. 1926년 12월 14일 국무령에 취임했는데 흔히 '주석'이라 불렀다. 하지만 그 당시 김구는 '하루 두 끼 밥도 못 먹는 어려운 형편이었다. 그러나 그는 기어코 독립을 이루고야 말겠다는 생각으로 1931년 (11월)31) 한인애국단을 조직했다. 한인애국단은 그 동안 일본의 요인 암살과 군사 시설을 부수는 일 등에 몸바쳐 활약한 의열단과 뜻을 같이하는 단체였다.'32)

"임시정부가 국무회의 의결을 거쳐 한인애국단을 조직하기로 했단 말인가? 그것 참 놀라운 일이군!"

---

31) 김상기, 앞의 책, 89쪽.
32) 이야기 한국역사 편집위원회, 《이야기 한국역사 12》(풀빛, 1997), 82쪽.

임시정부가 의열 무장 투쟁 단체인 한인애국단을 조직하여 산하 직속기관으로 두기로 했고, 단장에 김구를 벌써 임명했으며, 김구에게는 단의 활동이나 인물 선정 등 모든 권한을 주되 그 결과는 반드시 국무회의에 보고하도록 했다는 소식은 바람처럼 독립운동가들 사이에 퍼져갔다. 모두들 놀랐다. 밀정들도 놀랐고, 일본을 비롯한 다른 외국들도 놀랐다. 아무리 '임시'정부라지만 한 국가가 암살과 파괴를 목적으로 하는 기구를 공식 설치하는 일은 충분히 그런 반응을 일으킬 만한 조치였던 것이다.

"임시정부가 9년 전에는 어쨌는가? 지금도 기억이 생생하네! 1922년 3월 28일이야. 의열단이 상해 황포탄에서 일본 육군대장 다나카를 저격했을 때 말일세. 서양인 신혼 여성이 사망하는 불상사가 있었는데, 임시정부는 그때 '과격 단체와 우리 임시정부는 절대 무관하다'는 요지의 성명을 발표했어. 그때 그 다나카 기이치가 누군가? 몇 년 뒤 일본 총리가 된 자 아닌가? 그런데도 임정은 의열단을 폭력 단체에 불과하다는 식으로 비하했지."

그러자 대화를 주고받던 청년들 한 사람이 문서함에서 옛날 문서철을 꺼내와 사람들에게 보여준다.

"여기 그 증거물이 있소. 《동아일보》 1922년 4월 7일자 내용을 적어놓은 것인데, 제목이 〈폭탄 사건과 가정부假政府, 절대 무관계임을 성명〉이지요. 임시정부는 황포탄

(사진) '김구 서명문 태극기'(등록문화재 388호)

거사와 아무 관계가 없다고 온 세계에 천명한 것이지요."

"비록 가정부이지만 한 나라를 대표하는 국가기관인데 타국 국민을 살상하면 국제 문제로 비화할 여지가 높지 않겠습니까? 가정부로서는 그러고 싶다 하더라도 내놓고 의열 활동을 할 수는 없는 일이지요."

"그건 그래요. 지금까지도 의열 투쟁은 가정부가 직접 주도하는 것이 아니라 어떤 개인이나 단체가 진행하는 형식으로 이루어져 오지 않았습니까? 근래에는 병인의용대가 대표적이고요."

병인의용대는 1926년 1월에 결성되었다. 암살과 파괴를 운동 노선으로 채택한 단체였는데, 대장은 임시정부 국무위원 이유필, 부대장은 임시정부 내무차장 나창헌이었다.

그 동안 병인의용대는 세 차례에 걸쳐 상해 일본총영사관에 폭탄을 투척했다. 처음은 1926년 4월 8일에 김광선·김창근·이수봉이 투탄했고, 두 번째는 같은 해 9월 15일 나창헌이 직접 제작한 시한폭탄을 중국인 서윤쌍에게 주어 일본총영사관에 반입시킨 후 폭파하려 했다. 이 사건으로 최병선과 장영환이 체포되었다. 병인의용대는 배후에 강력한 단체가 있다는 것을 알리기 위해 한 차례 더 투탄했다. 그 외 최동윤, 박제건 등 상당수의 밀정들도 처단하였다. 나석주도 병인의용대 결성 초기부터 활동을 한 대원의 한 사람이었다.

"의열단을 폭력 단체로 비하하던 임시정부가 이제는 공식적으로 의열단과 같은 활동을 하겠다고 선포하다니, 시대상황이 많이 바뀌기는 바뀌었군 그래."

"그렇고말고! 1930년대 들어 임시정부가 어쨌는가? 계속 침체와 위기의 길을 걸어오지 않았나? 아무리 임시정부라지만 더 이상 지금 같은 모습을 보이면 국민적 지지를 유지하기 어려워! 면모를 일신해야 해! 새로운 활로를 모색해야 한다, 이 말이지!"

"그렇게 보면 가정부 안에 한인애국단 같은 조직이 설치될 필요성은 매우 높다고 할 수 있지. 지금은 의열단도 본래의 정체성을 잃어버렸고, 의열 투쟁을 제대로 하는 독립운동단체도 없는 상황 아닌가? 가정부가 국민들에게 희망을 주는 거사만 성사시킬 수 있다면 나라를 이끌어가는 지도력을 단숨에 회복할 수 있을 걸세! 안 그런가?"

"그렇지! 나는 한인애국단에 큰 기대를 거네."

사실 의열 투쟁에 대한 기대는 한인애국단이 만들어지기 이전부터 있어 왔다. 아니, 그런 기대가 상존한다는 사실을 알고 있었기에 김구는 한인애국단 창단에 박차를 가할 수 있었다. 가장 두드러진 지지를 보내온 사람들은 멀리 하와이의 사탕수수밭까지 이민을 가서 힘들게 살아가고 있는 7천여 한인들이었다. 이들은 1925년 4월 1일 현순玄楯을 중심으로 '임시정부 후원회'를 결성한 이래 꾸준

(사진) 나창헌

히 임정에 자금을 보내왔는데, 몇 달 전에도 김구에게 "우리 민족에 큰 빛이 날 사업을 하고 싶은데 거기 쓸 자금이 문제가 된다면 우리가 주선하겠다."는 연락을 보내왔다. 김구는 "아직은 무슨 사업을 하겠다고 밝힐 계제는 아니지만 간절히 하고 싶은 일이 있으니 조용히 자금을 모았다가 통지가 있을 때에 보내 달라."고 답신을 보냈다. 그 후 김구는 한인애국단을 창단했고, 이봉창과 '동경 의거'를 계획했다. 그리고 11월 15일 하와이의 임성우 등이 김구의 특무 공작에 찬동하여 거사 자금 1천 달러를 보내왔다.

  김구 본인도 임정 산하에 의열 투쟁 기구를 설치하겠노라 작심할 때 큰 희망을 품고 있었다. 그야 자신이 설계한 특무 공작에 대한 애정의 발로이니 어느 누구도 탓할 수 없겠지만, 김구가 한인애국단에 거는 기대는 다른 사람이 상상할 수 없을 만큼 컸다. 김구는 그 사실을 누구나 짐작할 수 있게 하려고 의도적으로 그러는지 조금 기이한 행동까지 했다. 자발적으로 찾아와 한인애국단 단원이 되겠노라 자원하는 사람이 있어도 김구는 길고 긴 시간에 걸쳐 면밀히 인간됨됨이를 따져본 후 가부를 결정했다. 심지어 한인애국단 창단 이후 제 1호 단원의 입단식을 가지는 데까지는 3개월이나 시간을 썼다. 3개월 동안 단원을 한 사람도 뽑지 않으면 결국 한인애국단이 아무 사업도 못하게 되는 법인데, 그럼에도 불구하고 김구는 그렇게 했다. 아무튼 단장 김구와 독대한 이래 1년, 한인애국단이 창단된 후 3개월이 지나서야 입단식을 가진 제 1호 한인애국단 단원, 그는 서울 용산 사람 이봉창이었다.

"저는 일본에서 노동을 하다가 독립운동을 해야겠다는 결심이 들어 상해로 왔습니다. 북경이나 길림으로 가지 않은 것은 임시정부가 상해에 있다고 들었기 때문입니다. 작년 12월 상해에 도착해서 취직자리를 알아보며 돌아다니다가 전차표 검사원에게 임시정부 위치를 물어본즉 마랑로馬浪路 보경리普慶里 4호라기에 이렇게 왔습니다."

이봉창은 1931년 1월 프랑스 조계(치외법권 성격의 외국인 거주 지역) 안의 임시정부 1층에 처음 얼굴을 나타내었다. 1층은 임시정부의 공간이면서 동시에 민단 사무실이기도 했다. 당시 김구는 임시정부 재무부장이면서 민단장을 겸하고 있었다. 그런데 민단 일을 보느라 사무실에 있던 청년들은 일제히 이봉창을 내쫓으려 하였다.

"이 놈은 틀림없이 일본 밀정이야!"
"아주 초죽음을 만들어서 내쫓아야 해!"

청년들은 앞다투어 이봉창을 의심하고 힐난했다. 그 탓에 매우 시끄러워져서 2층에 있던 김구가 그 소음을 듣게 되었다. 김구가 살며시 내려와 돌아가는 모양을 살펴보니 '밀정 놈이니 내쫓을 수밖에 없다!'는 쪽과,

(사진) 이봉창 동상의 뒷모습

'독립운동을 하려고 먼 길을 왔는데 이게 무슨 무례냐?'며 항의하는 쪽 사이의 대립이었다. 그래도 김구의 기침소리가 나자 문득 조용해졌다.

"청년은 어째서 일본말을 그리 잘 하는가?"

1876년생 김구가 묻고 1900년생 이봉창이 대답했다.

"저는 서울 용산구 원정2가(현재 원효로) 3통 3반에서 태어났는데, 아버지가 건축 청부업과 우차 운반업을 경영하면서 이왕가의 건축을 맡을 정도로 사업이 번창하였던 관계로 아주 어릴 적에는 제법 유복하게 살았습니다. 7~8세 때 집에 소도 대여섯 마리 있었습니다. 그리고 아버지에게는 첩도 둘이나 있었습니다."

한 직원이 고함을 질렀다.

"시끄럽다! 쓸데없는 말이 왜 그렇게 많으냐?"

김구가 말렸다.

"어허, 조용하게!"

"아, 예."

이봉창이 말을 이어갔다.

"아버지의 땅이 철도 부속지로 강제 수용되고, 일본인에게 사기도 당해 하루아침에 거지 신세로 전락하고 말았습니다. 그 까닭에 저는 열 살에 들어간 사립 문창학교를 4년 만에 마친 후 취직을 하게 되었습니다. 와다和田의 과자점 와다에이세이도和田衛生堂와 무라타 시게가스村田卯一의

약방에서 일했고, 그 후에도 이노우에 사카이치井上界一의 소개로 일본인들과 어울려 일하는 용산역에서 근무했는데, 열넷부터 스물넷까지 약 10년 세월이었습니다. 일본말은 그때 다 배웠지요. 그 후 일본으로 건너가 다시 지금까지 6년을 더 생활했습니다. 당연히 일본말 반 조선말 반 섞어서 할 정도가 되었던 게지요."

김구가 물었다.

"청년은 기미년 독립문세운동을 겪었다. 그때는 무엇을 하였는가?"

"저는 줄곧 일본인 아래서 직원으로 일했는데, 항상 극심한 민족 차별을 겪었습니다. 처음에는 내가 일본인처럼 되면 차별이 없어질 것 아닌가 생각했습니다. 일본에 가서 일본말을 하고, 그들 옷을 입고, 그들처럼 움직이고, 우리나라 사람들과 완전히 왕래를 끊고 살아보았지만,33) 그것도 아니었습니다. 왜 우리나라 사람들이 일본에 저항하여 집단으로 맞서는지, 1919년에는 잘 몰랐는데 나이가 들고 직접경험을 해봄으로써 비로소 생생하게 느껴졌습니다. 일본인처럼 살아도 차별이 여전하니 온전한 한국인이 되지

---

33) 김도형, 《이봉창》(역사공간, 2017), 57쪽 : 이봉창은 한국인들이 밀집하여 살고 있는 곳에서 점원 생활을 하면서도 한국인들과는 완전히 교제를 끊고 지냈다. 심지어는 조카딸의 집조차 출입을 하지 않고 지냈다. 이봉창은 철저하게 일본인으로 행세하며 살기로 굳게 마음먹었다.

않고서는 결코 사람답게 살 수 없다는 것을 알게 되었습니다. 독립운동을 할 수밖에 없다는 사실을 깨달은 것입니다. 그래서 상해로 왔습니다."

민단 청년들이 다시 소리를 지르기 시작했다.

"내쫓아야 합니다. 저 놈은 밀정이 틀림없습니다."

김구는 임시정부 수립 초창기에 경무국장 직책을 맡은 바 있었다. 그때 밀정들과 관련되는 일을 많이 처리해 보았다. 지금도 상해 교민단장으로서 여러 종류의 사람들과 접촉하고 있다. 김구는 이봉창이 밀정은 아니라고 직감했다.

'그렇다면? 괜찮은 인재인지 차근차근 살펴볼 필요가 있다. 한인애국단도 결성을 앞두고 있는 이 시점에, 혹 단원으로 쓸 만한 청년을 만나게 되는지도 모르지……. 아무튼 첫눈에 봐도 평범한 사람은 아니지 않는가?'

김구는 민단 사무원 김동우에게 이봉창이 묵을 여관을 잡아주라고 했다. 그렇게 해두어야 자주 만날 수 있는 것이다.

이날 이봉창은 김동우에게 영국인이 경영하는 전차회사에 취직을 시켜줄 수 있느냐고 묻기도 했다. 김동우가 '왜 하필 거기냐?'고 되묻자 이봉창은 '한국인을 차별하지 않는 곳으로 들었다.'고 대답했다. 그러나 김동우가 '그 전차회사는 영어와 중국어 둘 다 능통해야 한다.'고 지적하자,

'전차회사는 안 될 일이군……' 하고 내심 판단한 이봉창은 다시 일본인을 상대로 하는 자리를 알아보게 되었다. 결국 이봉창은 기독교청년회관이 소개해준 나카니시中西信太郎의 철공소에 취직했고, 하루 2원씩 받아 주머니 사정이 좋아지자 종종 임시정부에 나타났다.

이봉창이 상해에 온 지 약 열 달쯤 지난 9월 중순 어느 날이었다.34) 김구가 출타 중이었던 관계로 이 날 이봉창은 민단 직원들만 만났다. 이봉창은 그 전에도 늘 그랬지만 이 날도 술과 고기를 사 들고 왔다. 그는 처음 들렀을 때 이미 임시정부의 형편이 너무나 어렵다는 것을 꿰뚫어 보았다. 임시정부는 그 무렵 집세도 밀렸을 뿐더러 직원들 월급도 주지 못하고 있었다. 김구는 당시 형편을 '걸식 생활을 했다'35)라고 압축해서 표현했다.

"자, 비록 보잘 것 없지만 나의 성의이니 함께 먹고 마십시다!"

직원들은 이봉창이 너무나 못마땅했지만 한참 배가 고팠으므로 그와 더불어 술도 마시고 고기도 뜯었다. 이봉창이 워낙 사교성이 뛰어난 인물이라 자리는 금세 정겹게 어우러졌다. 이윽고 취기가 반쯤 올라 얼큰한 지경에 이르자 이봉창이 직원들에게 뜬금없는 소리를 했다.

---

34) 김도형, 앞의 책, 67쪽.
35) 김도형, 앞의 책, 68쪽.

"당신들은 독립운동을 하면서 왜 일본 천황을 죽이지 못합니까? 작년에 내가 도쿄에 있을 때였소. 하루는 천황의 능행陵幸(임금이 능으로 이동함) 행렬을 만나 땅에 한참 엎드려 있었소. 그때 얼굴을 바닥에 박은 채 생각하기를 '나한테 지금 폭탄이 있으면 일본왕을 죽일 수 있겠구나!' 하고 궁리를 했소."

직원들은 다음날 곧장 김구에게 이봉창의 말을 전했다. 고자질이 아니라 김구의 지시를 이행한 것이었다. 사전에 김구는 임정과 민단의 직원들 모두에게 '이봉창과 관련하여 알게 되는 것이 있으면 무엇 하나 빠뜨리지 말고 미주알고주알 보고하라'고 당부해 두었었다. 이봉창이 과연 어떤 인물인지 정확하게 알아야 동경 거사의 실행자로 결정할지 여부를 결정할 수 있는 까닭이다.

"아주 미친 놈입니다. 우리를 떠보려고 온갖 희한한 소리까지 일삼고 있습니다."

직원들은 이봉창을 폄훼했지만 김구는 생각이 달랐다. 지금까지 열 달 동안 네 차례 만났지만36) 이봉창이 어제처럼 직설적인 언사를 내놓은 적은 없었다. 김구는 당장 김동우를 시켜 이봉창에게 만나자는 연락을 넣었다. 그날 밤 이봉창이 아무도 몰래 하비로霞飛路에 나타났고, 김구가

---

36) 김도형, 앞의 책, 67쪽.

그를 309호로 끌어들였다.37) 자리에 좌정을 한 후 김구가 이봉창에게 말했다.

"그 동안 네 번 만난 덕분에 그대의 살아온 내력은 이제 어느 정도 알고 있소. 다만 오늘은 사람이 없는 자리에서 더욱 자세한 이야기가 듣고 싶어 이렇게 청했소. 일본에서 상해로 온 이유와, 그리고 앞으로 무슨 일을 하고자 하는지 그 부분에 관해 특별히 듣고 싶소."

이봉창이 김구를 바라보며 정중하게 대답했다.

"알겠습니다. 어찌 자세한 것을 말씀드리지 않겠습니까? 우선, 지난 몇 달에 걸쳐 바쁘신 중에도 저를 만나주시면서 많은 가르침을 베풀어주신 데 대해 고개 숙여 인사를 드립니다. 그리고 저도 오늘은 이제는 저를 믿고 거사를 본격적으로 추진해 주셨으면 하는 제 마음을 진정으로 토로할까 합니다.

먼저 상해로 온 까닭을 새삼 돌이켜 보자면, '민족차별이 없는 독립국가를 건설하자' 정도로 요약할 수 있습니다. 스물다섯 살에 용산역을 떠나 일본으로 간 것도 민족차별 때문이었는데, 궁극적인 목표는 지금과 달랐지요. 용산역에서는 아무리 성실하게 일하고 능력이 뛰어나도 한국인은 승진이 안 되었습니다. 저는 그때 일본에 가서 일

---

37) 김태빈, 《그들을 생각하면 눈물이 난다》(레드우드, 2017), 40쪽에 따르면 이곳은 '초기 임정 청사' 중 한 곳이다.

본인으로 살면 문제가 해결될 것으로 판단했습니다. 거의 대부분이 일본인인 그곳에서는 몇 안 되는 한국인을 굳이 차별할 필요가 없다고 보았던 것입니다. 만약 그곳도 그렇지 않다면 한국인이라는 사실을 숨기고 처음부터 일본인 행세를 하면 될 것 아니냐고 생각하기도 했습니다.

하지만 현실은 생각과 달랐습니다. 한국인이라고 밝히면 취직 자체가 안 되었습니다. 일본인 행세로 취직하면 당분간은 문제가 없는데 결국 언젠가는 탄로가 났고, 그렇게 되면 그 동안 노력해온 모든 것이 물거품이 되었습니다.

예를 들면, 부두 노동자로 일할 때 겪은 차별입니다. 처음 며칠 동안은 하루에 3원50전 정도의 일당을 받았습니다. 태어나서 받아보는 최고의 임금이었습니다. 그런데 이상한 일이 생겼습니다. 숙련도가 높아져 일을 잘하게 될수록 임금이 오히려 내려갔습니다.

선배들을 붙들고 물었습니다. 돌아온 대답에 저는 기가 막혔습니다. '처음엔 너를 일본인으로 알고 일본인에게 주는 보수를 지급했는데, 그 뒤에는 한국인이라는 것을 알았기 때문에 보수가 내려간 거야.'라는 것이었습니다.

하급 노동시장이 이런 지경이니 상류사회가 어떨는지는 불문가지가 아닐까 싶었습니다. 수단방법 가리지 않고 일본놈들에게 빌붙어 위로 올라간들 기껏 민원식처럼 비명횡사를 하게 된다면 무슨 보람이 있겠는가, 싶었던 것입니다. 이완용이 이재명 지사에게 칼 맞은 후유증 때문에 평생 폐렴 증세를 앓다가 죽었다는 말을 들은 기억도 났습니다. 언제 누구에게 총격을 당하고 칼부림을 입을까, 전전긍긍하며 하루하루를 연명하는 족속들이 바로 상류층 친일파가 아니겠습니까?

3년 전(1928년) 교토에 간 적이 있습니다. 날짜도 정확히 기억을 하는데, 11월 10일이었습니다. 그날 교토에서 일왕 히로히토裕仁의 즉위식이 열렸습니다. 그런데 참관석에 앉아 있던 저는 아무 이유도 없이 일본 경찰들에게 강제로 끌려나와 고조五條경찰서 유치장에 갇혔습니다. 일본 경찰은 제 주머니를 뒤져 한자와 한글이 혼용된 편지를 찾아내고는 그것을 문제삼았습니다. 그 편지는 고향 동무가 보내온 것으로, '착실하게 일해서 빨리 출세해라'는 내용이었으니 전혀 문제될 여지가 없었는데 말입니다.

저는 열하루나 갇혀 있었습니다. 일본 경찰은 나중에 풀어주면서 '편지를 읽을 수가 없어서 그 동안 가둬 두었다.'고 했습니다. 한국인이라는 이유만으로 아무 죄도 없는 사람을 열하루나 유치장에 무단으로 감금했던 것입니다.

얼마나 억울하고 분통이 터졌던지, 저는 유치장에 갇혀 있으면서 '무산당이나 공산당에 들어가 무산계급 운동에 가담할까' 하고 궁리했습니다. 그러다가 '아니지, 독립운동을 해야 한다!'라고 다짐했습니다. 어린 시절부터 일본인

밑에서 일하는 동안 차곡차곡 쌓여온 민족차별에 대한 저항감이 히로히토 즉위식을 계기로 제 자리를 찾기 위해 분출했던 모양입니다. 그날 이후, 이유도 없이 유치장에 열하루나 감금 되고, 차별로 말미암아 제대로 직장 생활을 할 수 없었던 것이 계급의 문제가 아니라 민족의 문제라는 판단을 분명히 가지게 되었습니다. 민족차별이 우리나라 사람들의 삶을 결정짓는 조건이 된 것은 우리를 식민지로 삼은 일제가 권리는 주지 않고 의무만 강요하기 때문이라고 확신하게 되었습니다.38)"

이봉창이 호흡을 고르는 동안 김구가 고개를 끄덕이면서 들은 소감을 토로했다.

"그랬어! 그랬었군!"

다시 이봉창이 말을 이었다.

"그러나 제대로 결심이 굳지 못해서 대뜸 독립운동에 뛰어들지는 못했습니다. 여전히 마음속에는 일본인으로 살면서 적당히 일신의 편안을 추구하려는 잔재가 남아 있었

---

38) 역사문제연구소, 《미래를 여는 한국의 역사 5》(웅진지식하우스, 2011), 24쪽 : 일본의 조선 강제 병합 이후, 정치 주권을 상실한 조선은 일본의 한 지방으로 편입되었다. 다만, 식민지 조선은 일본 헌법이 적용되지 않는 특수 지역이었다. 일본이 미개한 조선인에게 아직은 권리를 부여할 수 없다고 생각했기 때문이다. 조선인은 일제가 요구하는 것을 무조건 따르는 의무만 강요된 식민지민이 되었다. 이로써 민족차별은 조선인이 어쩔 수 없이 감당해야 하는 삶의 조건이 되고 말았다.

습니다.

　방황이 시작되었습니다. 오사카를 떠나 도쿄에서 생활하기도 했습니다. '거주지가 바뀌면 뭔가 달라지는 것이 있지 않을까?' 하는 일말의 기대를 아직도 가지고 있었던 것입니다.

　그때 오락가락하는 제 마음을 붙들어준 권고가 나타났습니다. 오사카에서 알고 지내던 박태산이 던져준 말이었습니다. '상해에 임시정부가 있다. 그리고 영국인이 경영하는 전차회사가 있는데 그곳은 한국인을 우대한다더라.'

　박태산의 권면은 참으로 저를 꽉 붙들어준 복음이었습니다. '직장 문제도 해결하고 독립운동도 할 수 있는 상해!'라고 하니 얼마나 매력적으로 저에게 다가왔겠습니까?

　그래서 작년(1930년) 12월 11일 오사카 지코築港에서 카사기환笠置丸을 탔습니다. 서해바다를 건너오면서 줄곧 생각했습니다. '상해에 가면 앞으로 무엇을 할 것인가?' 물론 답은 뻔했습니다. '임시정부가 있는 상해로 가니 독립운동에 투신을 하게 되겠지.' 하지만 그런 추상적 문답으로는 성이 차지를 않았습니다. 구체적이고 현실적인 거사를 실천해야 한다는 데 생각이 닿았던 까닭입니다. '이왕 목숨을 던져 일본과 싸웠으면 생명을 바친 데 부응하는 성과를 거양해야 한다!'

　그 순간 뇌리를 스치면서 어떤 장면이 떠올랐습니다. 고

조 경찰서 유치장에서 풀려난 이후 대략 한 해 정도 방황하던 시절의 일이었습니다. 당시는 도쿄에 머무르고 있었는데, 하루는 길을 가는 중 경찰들이 갑자기 나타나 모두 땅에 엎드리라고 했습니다. 천황이 곧 이 길을 지나 능행을 간다는 것이었습니다. 그래서 한참 동안 땅에 엎드려 있었습니다. 그때 얼굴을 바닥에 박은 채 제가 무슨 생각을 했는지는 아무도 짐작하지 못할 것입니다. '나한테 지금 폭탄이 있으면 일본왕을 쉽게 죽일 수 있겠구나!' 하지만 폭탄이 없었습니다. 그때 저에게는 폭탄이 없었습니다.

선생님! 저에게 폭탄을 주실 수 있습니까?"

듣고 있던 김구가 자리에서 벌떡 일어섰다. 김구의 얼굴에서는 뜨거운 눈물이 줄줄 흘러내리고 있었다.

"아! 이봉창 동지의 인생관이 참으로 위대하오! 내 가슴이 벅차올라 눈물을 쏟지 않을 도리가 없구려."39)

이 순간 김구는 이봉창에 대한 털끝만한 의구심마저 모두 거두어 들였다. 그 동안 이봉창은 일본어와 한국어를

---

39) 김구는 이봉창이 사형선고를 받기 전날인 1932년 9월 29일 〈동경東京작안作案의 진상〉이라는 글을 썼다. 이 글은 중국어로 번역된 뒤 10월 9일 중국전신사電信社를 거쳐 각 신문사에 보도자료로 배부되었다. 〈동경작안의 진상〉에서 김구는 "취담이 진담인 것을 의심치 아니하게 되매 피차에 심지가 상조相照하여 늦게 만난 것을 탄식한 후에 일황을 작살할 대계를 암정暗定하였다."면서 "(이봉창의) 위대한 인생관을 보고 감동의 눈물이 벅차오름을 금할 길이 없었다."라고 표현했다.

마구 섞어서 쓰는 바람에 일본인인지 한국인인지 분간이 되지 않는 측면도 있었다. '게다'를 신은 일본인 행색으로 임시정부 문을 들어서다가 중국인 하인에게 쫓겨나기도 했다. 그런 일들 때문에 김구는 이동녕 등 다른 국무위원들로부터 한국인인지 일본인인지 분간하기도 어려운 혐의 인물을 정부기관에 출입하게 한다며 꾸지람을 듣기도 했다. 그래도 김구는 줄곧 이봉창을 통해 조사하고 연구할 사건이 있다면서 변명만 하고 그를 내치지 않아 여러 동지들을 불쾌하게 만들었다.40)

  김구가 이봉창의 두 손을 붙잡고 말했다.

  "폭탄을 주고말고! 동경 시내에 투탄을 하는 것도 아니고 일본왕을 죽이겠다는데, 폭탄을 안 주면 누구에게 주겠는가!"

  민단 직원에게서 전해들을 때와는 또 다른 감동이었다. 그때는 반신반의했었다. 일본왕을 죽이겠다고? 취담에 불과한 발언이 아닌가 싶었다. 그런데 지금은 술자리도 아니고, 두 사람만의 진중한 대화 자리이다. 본인 스스로도 '이제는 저를 믿고 거사를 본격적으로 추진해 주셨으면 하는 제 마음을 오늘은 진정으로 토로할까 합니다.'라고 말하고 있다.

---

40) 김도형, 앞의 책, 75쪽.

김구는 감격한 상태였다.

일본왕을 죽이겠다!

김구 자신도, 막상 한인애국단을 창단하기는 했지만 그런 생각은 미처 하지 못했다. 그런데 이봉창이라는 청년이 나타나 일본왕을 죽이겠다고 한다. 일찍이(1923년) 박열을 중심으로 하는 불령사不逞社 단원들이 일본 황태자의 혼례식이 열리면 고관들이 운집할 것이고, 그러면 한꺼번에 죽일 수 있을 것이라는 기대를 품고 의열단으로부터 폭탄을 지원받으려다가 중국 군벌 장쭤린張作霖의 부하들에게 무기를 빼앗긴 적이 있고, 그 이듬해에 김지섭 의사가 일본 왕궁을 폭파하기 위해 궁성 가까이 폭탄을 던진 적이 있지만, 일본왕을 처단하겠다는 담대한 거사 계획은 이봉창이 처음이다.41) 김구가 탁자 건너편으로 다가가 이봉창을 포옹했다.

"모든 침략은 일본왕의 명령에서 비롯되었소. 우리나라에 대한 일제의 비인간적 만행과 침략 전쟁 등 모든 불의를 저지른 책임자가 바로 일본왕이요. 식민지 지배와 수탈의 최정점에 앉아 있는 일본왕을 인류 양심의 이름으로

---

41) 김도형, 앞의 책, 66쪽에 따르면 "예심판사의 교묘한 유도심문 때문인지 (중략) 이봉창은 김구의 사주를 받아 일왕에게 폭탄을 던진 것처럼 되어 있다. '동경 의거'를 처음 발설한 것은 분명히 김구가 아니라 이봉창이 먼저였다."

척살하면 일본 제국주의의 근간이 무너질 게요.42) 그대의 어깨에 우리나라의 미래 운명과 동양 평화가 달렸소."

감격의 눈물을 흘리고 섰는 김구를 바라보며 이봉창이 말했다.

"제 나이 서른하나입니다. 앞으로 31년을 더 산다고 해서 늙은 나이에 무슨 즐거움이 대단하겠습니까? 저는 영원한 쾌락을 얻기 위해 독립운동에 헌신하고자 상해에 왔습니다. 저는 5년이나 10년 더 사는 데에 아무런 흥미도 없습니다. 오히려 더 빨리 죽고 싶다는 생각을 하고 있습니다. 폭탄이 손에 들어오면 반드시 책임지고 일본왕을 죽이겠습니다."

죽음을 '영원한 쾌락'이라고 말하는 이봉창!

이 시각 이후 김구는 동경 거사를 진행하기 위해 최고의 박차를 가하였다. 즉시 하와이의 임시정부후원회로 연통을 넣었음은 물론이다. 상세하게, 즉 일본왕을 폭사시키기 위해 한인애국단 1호 단원 이봉창이 머잖아 동경으로 갈 계획이라고 밝힐 수는 없었지만, '우리 민족에 큰 빛이 날 사업'을 추진 중이니 경비를 지원해 달라고 연락했다. 이내 하와이에서는 자금을 보내왔고(1931년 11월 15일), 김구는 그 돈을 거지 복색의 전대 속에 몰래 감추어 둔 채

---

42) 김도형, 앞의 책, 65쪽.

여전히 걸식 생활을 이어갔다. 그런 까닭에, 환용로環龍路 160호의 러시아 식당 다크후아에서 김구로부터 돈을 전해 받으며, 이번에는 이봉창이 줄줄 눈물을 흘렸다.

"이 돈으로 동경까지 가고, 도착해서 전보를 치면 다시 송금을 해주리다."

누더기 옷을 입은 채 걸핏하면 끼니를 거르는 김구가 찢어진 호주머니 안쪽에서 중국 지폐로 거금 300원을 꺼내어주자 이봉창은 차마 말을 잇지 못했다. 그 탓에 이봉창은 이틀이나 지나서야 비로소 여비 받은 소감을 김구에게 토로했다.

"나는 재작일(1931년 12월 13일) 돈을 받아 가지고 왼 밤을 자지 못하였습니다. 대관절 나를 어떻게 믿으시고 거액을 주셨습니까? 그 날에 부르심을 받아 먼저 정부기관 집(임정 청사)으로 간즉 직원들이 밥 못 먹는 것을 보고 내가 돈을 내놓았는데, 그 밤에 선생님이 남루한 의상 중에서 거액을 나에게 주심을 보고 놀랐습니다. 만일 내가 그 돈을 낭비하고 다시 아니 오면 어찌하시렵니까? 선생님은 불란서 조계를 한 발짝도 벗어날 수 없는 처지에 있는 까닭에 내가 자금을 가지고 도망을 가버려도 어쩔 도리가 없지 않습니까? 과연 관대한 도량과 엄정한 공심을 뵙고 탄복하며 감격하여 긴 밤을 그대로 새웠습니다."43)

그러는 이봉창을 바라보며 김구가 껄껄 웃었다.

"허허허. 나는 그대를 처음 만났을 때부터 여느 보통사람과는 다르다는 사실을 알아보았소. 그런데 어찌 많은 대화를 주고받은 지금에 와서 그대를 믿지 못하겠는가? 나에게 탄복을 했다니 그 말이야말로 대단한 농일세."

그제야 이봉창도 얼굴에 웃음기를 띠고 입을 열었다.

"실은 재작일에 더 재미난 농담도 했었지요."

김구는 이봉창의 말이 무슨 뜻인지 곧장 알아들었다. 러시아 식당에서 이봉창에게 동경까지 갈 여비를 준 김구는 그를 사진관 'La Maison Paije'로 데려갔다. 그 집은 밖에서 볼 때 사진관처럼 외양이 꾸며져 있었지만 실은 안중근의 동생 안공근의 집이었다.

"어서 오시오, 이 동지!"

이봉창이 문을 열고 들어서는데 안공근이 반가이 인사를 보내왔다. 이봉창이 언뜻 보니 안공근의 뒤쪽 벽에 태극기가 걸려 있고, 탁자에 폭탄 두 개가 얹혀 있다. 그 옆에 놓인 '선서문'도 보였다.

> 나는 赤誠(적성)으로써 祖國(조국)의 獨立(독립)과 自由(자유)를 回復(회복)하기 爲(위)하여 韓人愛國團(한인애국단)의 一員(일원)이 되어 敵國(적국)의 首魁(수괴,

---

43) 〈동경작안의 진상〉에 기록되어 있는 김구의 표현을 거의 그대로 인용했음.

(사진) 안공근

일본왕)를 屠戮(도륙)하기로 盟誓(맹서)하나이다.

  大韓民國(대한민국) 十三年(13년) 十二月(12월) 十三日(13일)
  韓人愛國團(한인애국단) 앞

      宣誓人(선서인) 李奉昌(이봉창)

"임시정부에 온 지 1년 만에 한인애국단 단원으로 가입을 하게 되어 감개가 무량합니다. 그것도 제1호 단원이라니 분에 넘치는 영광입니다."

이봉창이 아무렇지도 않은 양 그렇게 말했지만 김구는 아무 말도 할 수 없었다.

'죽으러 가는 길이다. 이번 동경 의거는 개인 차원의 거사가 아니라 국가기관의 명령에 의한 것으로, 일제의 입장에서 보면 대역죄에 해당된다. 어찌 일제가 우리의 이봉창을 살려둘 것인가. 아, 우리는 이제 다시는 만날 수 없는 사람들이 되었구나!'

따라서 김구는 이봉창이 가슴에 선서문을 붙이고, 두 손에 각각 폭탄을 하나씩 들고 입단 사진을 찍을 때 웃을 수가 없었다. 죽으러 가는 이봉창은 만면 가득 함박웃음을 터뜨리고 있는데도 김구는 굳고 어두운 표정뿐이었다. 그때 이봉창이 웃기는 발언을 했다.

"우리가 큰일을 성취할 테니 기쁜 마음으로 박읍시다."

이 소리에는 김구도 낯빛을 풀지 않을 도리가 없었다.

김구가 억지로 미소를 머금는데, 이봉창이 한 마디 더 보태었다.

"이 세상에서는 함께 있지 못하지만 저 세상에서는 함께 있자는 뜻으로 찍는 기념 사진인즉, 환하게 나와야 옳지 않겠습니까?"44)

12월 15일과 16일 이틀 동안 김구와 이봉창 두 사람은 같은 숙소에서 밤을 보냈다. 다음날 아침, 두 사람은 중국 음식점 상원루狀元樓에서 아침식사를 했다. 두 사람이 한 집에서 나란히 잠을 자는 것도, 아침식사를 함께 하는 것도 모두가 마지막이었다.

이윽고 두 사람은 악수를 하고 헤어졌다. 그 역시 마지막 악수였다. 김구의 비서 이화림李華林이 만들어준 훈도시褌(일본 전통 속옷) 안에 폭탄을 숨긴 이봉창은 17일 오후 3시 일본 우편선 고오리가와환氷川丸에 올라 19일 밤 8시경 고베神戶에 도착했다.

보름쯤 지난 (1932년) 1월 8일 오전 11시 40분 무렵, 이봉창은 동경 경시청 정문 앞에 서 있었다. 일대는 이미 왕의 행렬을 보려는 인파로 인산인해였다. 이봉창은 간신히 사람들 사이를 헤집으면서 계속 전진해 마침내 인도 끝까지 갔다. 거기서부터는 순사들이 경호선을 치고 막고

---

44) 이봉창의 한인애국단 입단 사진(12월 13일)과 기념 사진(12월 17일)은 찍은 날이 다르지만 이 소설에서는 같은 날로 처리했다.

(사진) 김구와 이봉창

있어서 더 이상 앞으로 나아갈 수 없었다.

그가 선 위치는 도로 건너편, 일본왕의 마차가 지나갈 길에서 18m가량 떨어진 지점이었다. 이봉창은 양복 바짓가랑이 속의 폭탄을 매만지면서 그 거리를 눈가늠해 보았다. 그러자 마음속에는 저절로 '이 정도면 충분히 가능해!'라는 다짐이 들어섰다.

이윽고 일본왕의 마차 행렬이 나타났다. 의장대가 앞에서 요란하게 행진을 이끌고 있는 가운데, 선두에 선 첫 마차가 위용을 뽐내고 있었다. 그런데 그 마차에는 탑승자가 한 사람뿐이었다. 이봉창은 '왕이 혼자 마차를 타지는 않을 거야.' 하고 생각했다.

이어서 두 번째 마차가 나타났다.

'이 마차다!'

이봉창은 오른쪽 주머니에서 폭탄을 꺼내 힘껏 마차를 향해 던졌다. 11시 44분쯤이었다. 폭탄은 마차의 뒤쪽 마부 옆에 떨어졌다.

콰- 콰광!

폭탄은 엄청난 소리를 내며 터졌다. 사람들이 모두 흩어졌다. 상해에서 김구는 "폭탄의 성능을 확인해 보고 싶다."는 이봉창에게 "여섯 일곱 칸(10.8m~12.6m) 내에 있는 것들은 모두 파괴할 수 있다."45)면서 "시험 투탄은 할 필요가 없다."46)고 했었다.

그런데 이게 무슨 일인가! 2호 마차가 쓰러지지도 않고 그냥 달리고 있었다. 이봉창은 눈을 의심하며 5~6보 더 앞으로 나아가 정황을 살펴보았지만, 마부도 순사도 의장병도 그 누구 하나 큰 부상을 입지 않았다. 마차의 피해도 왼쪽 뒷바퀴의 일부가 조금 부서지는 등 미미한 상처뿐이었다.

실패야……!

이봉창은 넋을 잃은 채 제자리에 가만히 서 있었다. 마차들도 사라지고 없었지만, 일본왕을 처단하지 못했다는 실망감에 빠진 나머지 왼쪽 주머니에 폭탄이 하나 남아 있다는 사실조차 잊어버렸다. 그때 일본 순사들이 무명옷을 입은 사내를 체포해서 이봉창의 옆을 지나가려 했다. 사건과 전혀 무관한 사람이 애꿎게 끌려가서 무지막지한 고문을 당할 찰나였다.

'내가 무슨 해서는 안 될 일을 하였나? 왜 다른 사람에게 죄를 덮어씌운단 말인가?'

이봉창이 일본 경찰들을 가로막고 말했다.

"그 사람이 아니야. 폭탄을 던진 사람은 바로 나다."

일제는 경시청과 외부 사이의 연락을 일절 차단한 다음

---

45) 김도형, 앞의 책, 90쪽.
46) 김도형, 앞의 책, 69~70쪽.

검사를 형사부장 자리로 보내 첫 취조를 실시했다. 취조 보고서는 몇 시간 뒤 상부로 올라갔다. 일제는 보고서에 등장하는 백정선이 김구임에 틀림없다고 판단했다.

범인은 언어가 명석하여 일본인과 다름이 없고, 태도는 태연하여 처음부터 끝까지 미소를 띠우고, 이런 중대한 범행을 저질렀음에도 불구하고 반성하는 관념은 털끝만큼도 없다.
1928년 11월에 거행된 즉위식을 참관하기 위해 교토에 갔을 때 조선인이라는 이유로 무고하게 10일 간이나 유치된 것에 분개하여 사상의 변화를 일으키고, 1930년 11월에 상해로 가서 중국인 경영의 레코드 회사 영창공사에서 근무하고, 백정선(김구)으로부터 300원을 받아 1931년 12월 23일에 도쿄로 왔고, 1932년 1월 4일에 백정선으로부터 은행을 통해 다시 100원을 송금 받고, 7일 아사히 여관을 떠나 가나가와현 기와사키의 유곽에서 묵고, 8일 오전 8시에 전차로 하라주쿠에 도착하고, 검색이 심해 거사에 불리함을 알고 전차로 요쓰야 역으로 가고, 다시 경시청 앞으로 가서 천황에게 폭탄을 던졌다.[47]

---

47) 김도형, 앞의 책, 96쪽에서 재인용. 이하 한국독립당의 성명과 선언문도 같은 책 129~130쪽에서 재인용했음.

이봉창 의거 바로 다음날인 1월 9일, 임시정부의 우익 진영인 한국독립당은 짧은 성명을 발표하였다.

> 본당은 삼가 한국 혁명용사 이봉창이 일본 황제를 저격하는 벽력일성으로써 전세계 피압박 민족의 새해 행운을 축복하고, 이와 함께 환호하며, 즉각 제국주의자의 아성을 향해 돌격하여 모든 폭군과 악한 정치의 수법을 쓰러뜨리고 제거하여 민족적 자유와 독립의 실현을 도모할 것을 바란다.
>
> 대한민국 14년 1월 9일 한국독립당

한국독립당은 1월 10일에도 '이봉창이 일황을 저격한 데 대한 한국독립당 선언'이라는 선언문을 발표하였다.

> 한국독립당은 이번 이봉창의 일황 저격 사건을 한국 민족과 독립운동자의 입장에서 그 전후 인과관계를 밝히며, 다음과 같은 선언을 공포하는 바이다. (중략)
> 일황을 제거함으로써 얻어지는 것은 무엇인가.
> 하나, 포악한 일구日寇가 저지른 죄악의 모든 책임이 바로 이 자에게 귀속되기 때문이다. 둘, 도둑을 소탕하려거든 먼저 그 수령을 잡으라는 말이 있다. 일황을 제거함으로써 왜적 전체의 사기를 크게 떨어뜨릴 수 있다.

셋, 우방인 중국을 대신해 복수함으로써 중·한 두 나라의 우의를 더욱 증진시킬 수 있다. 넷, 하늘을 대신해 정의를 떨치고 왜적의 압박에 신음하는 피침략 민족의 인권을 신장하는 데 도움을 줄 수 있다.

다섯, 우방국들이 왜적으로 인해 받은 치욕을 갚을 수 있다. 여섯, 왜인을 대신해 독재자를 제거하는 의미를 가지고 있다.

일곱, 일본의 국체를 요동시키고 우리의 주권을 되찾는 데 도움이 된다. 여덟, 평화와 정의를 애호하는 전세계 인류의 행복을 증진시킬 것이다.

아홉, 하늘의 뜻을 따르도록 천하의 인심을 선도하는 효과를 거둘 수 있다. 이번 이봉창 의사가 일황을 저격하고자 하였던 동기는 바로 여기에 있는 것이다. (중략)

이번 사건은 이봉창 개인의 의사나 행동이 아니고 2,300만 한인 모두의 가슴 속에서 우러나온 의거이다. 앞으로도 제2, 제3의 이봉창이 출현할 것이고, 2,000만 한인이 모두 이봉창의 뒤를 따를 것이다.

대한민국 14년 1월 10일 한국독립당

중국 국민당 기관지 성격의 〈민국일보〉는 1월 9일자 신문에 '한인이 일황을 저격하였으나 적중하지 않았다. 일황이 열병을 마치고 도쿄로 돌아가다가 갑자기 저격을 받았으나 불행히 부차副車(수행 마차)가 조금 터졌다. 범인은 곧 체포되었다.'라고 보도했다. 폭탄 습격을 당한 일황이 죽지 않고 살아남았으니 '불행'한 일이라는 논조였다.

〈신보〉도 비슷한 보도를 했다. 〈신보〉 역시 같은 날짜 신문에 '한국 지사가 일황을 저격하였으나 성공하지 못했고, 수류탄이 뒤따르는 마차를 잘못 맞추었다.'라고 알렸다. 이봉창을 '지사'로 표현했다.

〈시사신보〉도 1월 12일자에 이봉창을 '한국 지사'라고 썼다. 〈중앙일보〉는 1월 11일자에 일황을 저격한 '한국 지사' 이봉창은 '천하제일의 지사'라고 격찬했다. 〈성조일보〉는 '왕성한 한인, 폭탄 던져 일본 천황을 공격. 안중근을 배워 드디어 장자방48) 되었음을 축배를 들자. 애석하게 공격은 실패되었다.'라고 했다. 천황이 죽지 않은 것이 '애석하다'는 뜻이다.

이봉창 의거 소식은 로이터 통신을 타고 세계로 타전되었고, 의거는 국제적인 사건으로 발전해갔다.49) 하지만 일본인들로서는 불만이 컸다. 일본인들은 중국의 신문사에 난입해 권총을 쏘아대고, 국민당 청도 당사 건물과 〈민국

---

48) 장자방은 유방을 도와 한을 세운 중국의 책사 장량을 가리킨다. 이 기사에 장자방이 거명된 것은 그가 진시황을 암살하기 위해 황제의 수레에 철퇴를 던졌다가 실패한 후 한 동안 도피 생활을 한 이력을 원용한 것으로 보인다.
49) 김도형, 앞의 책, 115쪽.

일보〉 사옥을 불태웠다.
 이 와중에 남몰래 움직이는 일본인들이 있었다. 작년(1931년) 9월 18일 일본이 자신들의 관할인 봉천 외곽 류탸오후柳條湖 일대 철도를 스스로 폭파하고는 중국 소행이라면서 전격적으로 군대를 동원해 만주 전역을 점령했을 때, 관동군 정보참모로서 그 음모를 주도했던 이타가키 세이시로板垣征四郎 일행이 바로 그들이었다.
 "중국인들의 반일 감정을 역이용해 대사를 도모할 기회가 왔다. 상해에서 큰 사건이 터지면 우리에게는 일거양득의 효과가 돌아온다! 우리의 만주 점령 계획에 대한 서양 열강들의 관심도 분산시키고, 일본에 대항하는 세력들도 제압할 수 있다, 바로 그거야! 이봐, 다나카! 만반의 준비가 다 되었겠지?"
 이타가키가 묻자, 다나카라 불린 육군 소좌가 부동자세를 취하면서 대답했다.
 "하이! 언제든지 작전을 개시할 수 있습니다. 명령만 하달하십시오."
 흐뭇한 미소를 머금으며 이타가키가 다시 물었다.
 "그래? 썩 좋아! 자, 작전 개요를 지금 설명해보겠나?"
 이타가키의 주문을 오랫동안 기다려 오기라도 했다는 듯이 일본 공사관 무관 다나카 류키치田中隆一는,
 "넷!"

하고 우렁차게 대답한 뒤, 전체 계획을 설명하기 시작했다.

"오는 18일 밤, 돈을 주고 산 중국인 무뢰배들을 시켜서 일본인을 습격합니다. 사상자가 발생하면 거류민단에서 이 사건을 크게 문제삼게 됩니다. 상해시 당국에서는 응당 범죄자 엄중 처단과 재발 방지 등을 표방하겠지만, 우리는 그것을 무시하고 작전을 강행할 것입니다."

"사상될 일본인들은 누구인가?"

"니치렌종日蓮宗의 승려 아마자키天崎啓升와 미나카미水上秀雄, 그리고 신도 셋, 모두 다섯 명입니다. 이들에게 마옥산로馬玉山路의 삼우실업 건물 앞으로 오라고 일러두었습니다. 삼우실업 건물은 중국 의용군들이 군사훈련을 하는 곳입니다. 그것을 알지 못하는 다섯 명은 삼우실업 건물 주변에서 배회를 하게 될 것이고, 이때 중국인 무뢰배들이 나타나 그들을 무차별로 폭행하는 것이지요. 중국인 무뢰배들은 자신들이 제 나라 의용군을 염탐하는 일본 첩자들을 응징하는 것으로 알고 있으니, 돈도 벌고 나라사랑도 하고 아주 신이 날 것입니다."

"헐헐헐……. 그것 참 재미있는 꼴이 벌어지겠군. 볼 만한 구경거리겠어. 그래, 그 이후 계획은 어떤가?"

"넷! 무엇보다도 먼저 일본인 사상자 발생 장소가 삼우실업 앞이라는 사실을 강조합니다. '범인들이 삼우실업과 관련되는 자들이 분명하다.'라고 압박한 뒤 그곳부터 공격합니다. 건물에 방화를 하고 공장 시설을 부수어버립니다. 또 우리측 낭인들을 시켜 일본공사 공관에 불을 지르고 중국인들의 범행으로 몰아 부칩니다. 마지막으로, '더 이상 참고만 있을 수 없다!'면서 '우리는 상해에 거류하는 자국민들을 보호할 의무가 있다!'라고 선포합니다. 군대를 동원하는 것입니다. 28일쯤 중국 제19로군에 대한 선제 기습 공격을 감행하는 것이지요."

그렇게 하여 34일 간의 '상해 사변'이 일어났다. 전쟁이 진행되는 동안 중국군 4천여 명이 죽고 7천여 명이 다쳤다. 일본군은 591명 사망에 1천7~8백 명 부상했다. 중국군이 대략 다섯 배나 더 많이 죽고 다친 결과였다.

죽고 다친 것은 군인들만이 아니었다. 민간인도 1만1천여 명이 사망했고, 5,400여 명이 행방불명되었으며, 4,300여 명이 부상을 입었다. 당연히, 상해 사변 중 김구는 거리에 나오지 않고 줄곧 숨어 지냈다.

김구가 모습을 숨긴 데에는 전쟁 아닌 다른 이유도 있었다. 아니, 상해 사변이 터지기 이전부터 김구는 철저한 도피 생활을 해왔다. 이봉창 의거 이래 일제가 눈에 불을 켜고 김구를 추적했기 때문이다. 그래서 김구는 아예 한 곳에 머물러 두문불출하였다. 프랑스 조계 내 환용로 118의 19호가 은신처였다. 집주인은 러시아인 아스타호프

Astahoff 여사였는데, 김구는 그 집 안쪽 2층에서 엄항섭과 함께 기거했다. 이 사실을 아는 사람은 당사자 두 사람 외에는 안공근과 김철뿐이었다.

한 번은 임시정부의 국무위원 한 사람이 '김구 주석이 왕웅王雄(김홍일)의 집에서 점심식사를 함께 했다던데?'라고 안공근에게 물었다. 서문로 226호 김홍일金弘壹의 집이라면 안공근도 종종 드나든 곳이다. 그러나 그는 '김홍일은 중국군 제19로군 정보국장에다 상해 병공창兵工廠 병기주임까지 겸직하고 있는데, 이 전쟁 와중에 어찌 점심을 집에서 먹을 수 있겠습니까?' 하고 딱 잡아뗐다. 그 국무위원도 '듣고 보니 그렇군.' 하고 말을 거두어들였다.

그런데 사실이었다. 김구는 늘 환용로 118의 19호에 틀어박혀 있었는데, 그 날만은 김홍일의 집으로 가서 점심을 먹었다.

"우리가 왕웅의 도움을 참 많이 받고 있소. 참으로 고마운 사람이라고 임정에서는 칭찬이 자자하오."

식사 중에 김구가 말하다 말고 '아차!' 하며 손을 내젓는다. 왕웅은 김홍일의 중국 이름인데 그것을 함부로 불렀기 때문이다. 김홍일이 비록 김구보다 21세나 연하이지만 당사자와 대화 중에 이름을 마구 부를 수는 없는 일이다. '왕웅의 도움'이 아니라 '김 국장의 도움' 또는 '김 주임의 도움'이 적당한 표현일 터이다.

(사진) 김홍일

"우리끼리 임정에 모여 앉았을 때 그냥 '왕웅', '왕웅' 하고 부르던 것이 그만 입버릇이 된 모양이오. 허허, 낯부끄럽게 되었소."

김구가 그렇게 말하자 김홍일이 웃으며 대답한다.

"그런 일이야 다반사로 생기는 것인데 주석께서는 어찌 부끄럽다는 말까지 쓰십니까? 게다가 제가 무슨 칭찬을 받을 했다고 모두들 그러시는지요? 저 또한 독립운동을 하려고 이렇게 중국군에 들어와 있는데 말씀입니다. 제가 공연히 얼굴이 붉어집니다."

중국 구이저우貴州 육군강무학교講武學校를 졸업한 김홍일은 1920년 이래 만주에서 독립운동을 했다. 그 후 1926년부터는 중국 국민혁명군에 가담하여 정식 중국군으로 활약하였다. 그는 1945년 중장이 될 때까지 20여 년 동안 줄기차게 임시정부와 독립군을 지원했다. 달포쯤 전 이봉창이 일본왕을 향해 던진 폭탄도 그가 만든 것이었다.

"교민단 의경대義警隊의 최흥식崔興植 청년과 유상근柳相根 청년이 애국단에 정식으로 가입을 하였소. 가입 날짜가 최흥식은 2월 10일, 유상근은 2월 24일이라오.50)"

50) 국가보훈처 누리집 독립운동가 공훈록 중 〈유상근〉의 '2018년 12월 이 달의 독립운동가'에는 최흥식과 유상근이 2월 24일 같은 날에 한인애국단에 입단한 것으로 기록되어 있다. 그와 달리 김도형은 최흥식 2월 10일, 유상근 2월 24~25일로 보고 있다. 상식적으로, 단원이 몇 명 되지도 않는 한인애국단이 두 사람을 같은

김구가 그렇게 말하자 김홍일이 뒤를 이었다.

"선서도 하고, 기념 사진도 찍었겠군요?"

"그래요. 최흥식은 조선총독 처단을 서약했어요."

"의경대 대원으로 활동하다가 애국단 단원이 된 이덕주李德柱, 유진만兪鎭萬 두 지사가 지난 3월에 조선총독을 처단했더라면 이번에 최흥식 단원의 임무지는 다른 곳으로 바뀌었을 텐데⋯⋯. 헤아려보면 참으로 아쉬운 일입니다. 두 사람이 황해도 신천에서 체포되고 만 것이⋯⋯."

"물론이오. 의열 투쟁은 독립운동 중에서도 특히 어려운 분야이지요. 오죽하면 의열단도 중도에 의열 투쟁을 포기했겠소? 동지들의 희생은 너무 크고, 성공하는 비율은 아주 낮으니⋯⋯. 약산(김원봉)이 몇 해 전에 했다는 연설도 그런 마음을 담은 내용 아니겠소? '암살과 파괴쯤으로 쉽사리 강도 일본을 쫓아내고 조국의 독립을 달성할 수 있다는 믿은 적은 없소. 다만 우리의 왕성한 비타협적 투지가 발현될 때 민중은 그로부터 크게 계발되고, 또 각오하는 바가 클 것이오. 민중이 각오를 하면 우리의 혁명은 이루어지는 것이니 말이오. 하지만 지난 7년 동안 우리는 맹렬히 일제에 맞서 싸웠지만 민중을 각오시키지는 못했소. 민중을 각오시키는 것은 오직 탁월한 지도이론이오.

날에 입단시켰을 가능성은 희박하다는 점에서 이 소설은 김도형의 견해를 따른다.

(사진) 최흥식, 유상근, 유진만

교육과 선전이오. 다른 길은 없소. 제도를 변혁해야 혁명이 이루어진다, 그 말입니다. 몇몇 요인의 암살과 몇 개 기관의 파괴로는 결코 제도를 변혁할 수 없소. 제도를 수호하는 것은 군대와 경찰이오. 일제 군대와 경찰의 무장을 해제할 수 있어야 비로소 우리의 혁명은 달성되는 것이오. 전 민중이 각오해야 하고, 단결하고, 조직되어야 하오. 전 민중의 일대 무장투쟁이 아니고서는 강도 일본을 축출할 도리가 없소.'51) 그 탓에 의열단 대신 임정이 의열 활동을 떠맡아서 추진하고 있는 것 아니겠소?"

"하하하……. 누군가는 반드시 의열 투쟁을 해야 마땅하지요. 모두가 독립전쟁, 외교, 실력배양 등 이론만 주장하고 있으면 일제는 물론 세계만방이 우리를 얼마나 우습게 여기겠습니까?"

"옳은 말씀이오. 그래서 우리가 이 전쟁 와중에도 만나서 대책을 논의하는 것 아니겠소."

"예, 그렇습니다. ……유상근 동지는 일본으로 들어가 군부 수뇌를 암살하겠다고 서약하였다지요?"

"그렇지요. 아무튼…… 두 사람 모두, 참으로 장한 애국

---

51) 이 부분은 김원봉 구술·박태원 기록, 《약산과 의열단》(깊은샘, 2015.10.), 271~272쪽의 내용을 토대로 작성한 문장임. 《약산과 의열단》 272쪽에 따르면 김원봉의 이러한 연설은 1926년 1월의 황포군관학교 입학 직전에 이루어진 것으로 여겨진다.

청년들이오. 목숨을 버리는 일이니 말이오."

"순국이 결코 쉽게 실행할 수 있는 일은 아닙니다."

"옳은 말이오. 이봉창 동지가 죽으러 가면서 '영원한 쾌락'을 얻으러 간다고 말했지만, 참으로 그런 마음을 먹고 그런 사상을 가진다는 건 지난한 일이지요."

그 후 최흥식과 유상근의 의거 계획은 합해져 단일 사업이 되었다. 일제의 만주 침략 상황을 살피러 온 국제연맹의 릿튼Lytton 조사단 일행이 대련을 방문한다는 소식 탓이었다.

'조사단을 환영하기 위해 일제의 관동군 사령관 혼조 시게루本庄繁, 남만주 철도 총재 우치다 고사이內田康哉, 관동청 장관 야마오카山岡萬之助 등 거물들이 한 자리에 모일 것이다. 한꺼번에 폭사를 시킬 좋은 기회야!'

김구는 최흥식과 유상근에게 대련 거사를 지시했다. 그 후 대련에 거주하는 이성원李盛元·이성발李盛發 형제도 힘을 보탰다. 하지만 대련 거사는 성공하지 못했다. 유상근이 김구에게서 폭탄까지 받아갔지만 던질 기회가 없었다. 그들은 김정순金正順의 집을 본부로 삼아 일제의 국제연맹 조사단 경비 상황을 탐지하던 등 거사 준비에 박차를 가하고 있었지만, 뜻밖의 일로 체포되고 말았다. 거사 추진과 관련해 논의할 점이 있어서 상해로 전보를 보냈는데, 그것이 김구 등에게 전달되지 않는 바람에 피체의 단초가

되었다. 상하이 주재 일본 총영사관은 전신국이 '배달 불능'으로 분류한 전보가 며칠째 떠돌아다니는 것을 보고 그 주소에서 한국 독립운동의 냄새를 맡았다. 결국 대련 거사를 추진하던 단원들은 모두 체포되고 말았다.52)

"선생님! 이 신문 보십시오."
김철이 1932년 4월 20일자 〈상해 일일日日신문〉을 김구 앞에 펼쳤다. 〈상해 일일신문〉은 상해에서 발간되는 일본어판 일간지로, 일본인들이 주된 독자였다.
"무슨 대단한 소식이라도 실려 있는가?"
"4월 29일에 어마어마한 행사가 열린다고 합니다."
"4월 29일? 일본왕 생일이지 않나? 저들 말로 천장절天長節이라고 하는 것인데, 해마다 열어온 연례 행사를 올해라고 해서 유난히 큰 규모로 열 까닭도 없지 않은가? 혹시 오보 아닌가?"
"그렇지 않은 같습니다. 기사 내용을 보면, 자기들 왕의 생일을 경축하는 데 그치지 않고, 이번 상해 전쟁에서 대승을 거둔 것까지 대대적으로 기념한다는 발표입니다."
"그래? ……그렇다면!"
김구의 뇌리에, 대뜸 윤봉길의 얼굴이 떠올랐다. 윤봉길

---

52) 이때 피체된 유상근은 1945년 8월 14일, 해방을 하루 앞두고 뤼순 감옥에서 옥사했다.

은 두 해 전(1930년 3월 6일) 나이 스물셋에 '丈夫出家生不還장부출가생불환', 즉 '장부가 집을 나가면 살아서는 돌아오지 않는다'는 말을 남기고 고향을 떠나온 청년이다.

그는 김구에게 이력서를 제출할 때에도 부모, 아내, 아들을 '가족'이 아니라 '유족'으로 표현했다.53) 또, 고향 예산에서 출발해 청도를 거쳐 14개월 만에 가까스로 상해에 닿았을 때에도 바로 당일(1931년 5월 8일)54) 임시정부로 가서 김구, 김동우, 그리고 직전 교민단 단장 이유필을 만났다. 대면하자마자 윤봉길은 대뜸,

"독립운동을 하러 왔습니다."

하고 말했다. 김구 등은 윤봉길이 열두 살에 1919년 만세운동을 목격한 후 '일본인 교장이 다스리는 학교에 다닐 수는 없다'는 생각에서 덕산공립보통학교를 자퇴한 일55), 그 후 독학으로 한학과 일본어를 공부하는 한편 덕산향교 유학자 성주록 선생과 홍주 의병장 김복한 문하 전용욱 선생에게 배운 이력, 열아홉 살에 3칸짜리 야학을 열고

---

53) 김상기, 《윤봉길》(역사공간, 2017), 103쪽.
54) 이태복, 《윤봉길 평전》(동녘, 2019), 128쪽. 이태복은 '예심조서에 윤 의사가 직접 바로잡았기 때문에 도착 당일에 교민단을 방문한 것이 맞다.'는 견해를 보여준다.
55) 김영범, 《윤세주》(역사공간, 2013), 20~21쪽에 따르면 의열단의 김원봉과 윤세주도 일제가 지배하는 학교는 다닐 수 없다면서 보통학교를 자퇴한다.

(사진) 윤봉길

《농민 독본》을 직접 저술하여 농민들을 가르친 사실, 목계 농민회와 월진회를 조직하여 나라 안에서 처음으로 협동조합 형태의 마을 단위 영농을 실시한 일 등을 청산유수로 술회하자 그만 그에게 흠뻑 넘어가고 말았다. 게다가 이때 윤봉길은,

지금은 남의 땅 — 빼앗긴 들에도 봄은 오는가?

나는 온 몸에 햇살을 받고
푸른 하늘 푸른 들이 맞붙은 곳으로
가르마 같은 논길을 따라 꿈속을 가듯 걸어만 간다.

입술을 다문 하늘아 들아
내 맘에는 내 혼자 온 것 같지를 않구나!
네가 끌었느냐 누가 부르더냐 답답워라 말을 해다오.

바람은 내 귀에 속삭이며
한 자욱도 섰지 마라 옷자락을 흔들고
종다리는 울타리 너머 아가씨같이 구름 뒤에서 반갑다 웃네.

고맙게 잘 자란 보리밭아,
간밤 자정이 넘어 내리던 고운 비로

너는 삼단 같은 머리털을 감았구나. 내 머리조차 가뿐하다.
혼자라도 가쁘게 나가자.
마른 논을 안고 도는 착한 도랑이
젖먹이 달래는 노래를 하고, 제 혼자 어깨춤만 추고 가네.

나비, 제비야, 깝치지 마라.
맨드라미 들마꽃에도 인사를 해야지.
아주까리 기름 바른 이가 지심 매던 그 들이라도 보고 싶다.

내 손에 호미를 쥐어다오.
살진 젖가슴과 같은 부드러운 이 흙을
발목이 시리도록 밟아도 보고, 좋은 땀조차 흘리고 싶다.

강가에 나온 아이와 같이,
셈도 모르고 끝도 없이 닫는 내 혼아,
무엇을 찾느냐 어디로 가느냐, 웃어웁다, 답을 하려무나.

나는 온 몸에 풋내를 띠고,
푸른 웃음 푸른 설움이 어우러진 사이로,
다리를 절며 하루를 걷는다. 아마도 봄 신명이 지폈나 보다.

그러나 지금은 — 들을 빼앗겨

(사진) 이상화

봄조차 빼앗기겠네.

하고, 이상화의 〈빼앗긴 들에도 봄은 오는가〉를 구성지게 암송한 후,

"제가 《개벽(1926년 6월호)》에서 이상화의 이 시를 보고 얼마나 울었던지, 마침 그 광경과 마주친 동생 남의(윤봉길의 본명이 윤우의)가 '왜 우느냐?'면서 방으로 들어왔다가 그 아이도 시를 읽고는 울었습니다."56)
하고는,

"저도 그 후 상해로 출발하면서 고향을 떠나는 감회를 〈슬프다 내 고향아〉라는 제목의 시 한 수로 적었었지요."
하며 자신의 창작시를 읊었는데,

    자유의 백성 몰아 지옥 보내고
    푸른 풀 붉은 흙엔 백골만 남네

    고향아 내 운명이
    내가 어렸을 때는
    쾌락한 봄 동산이었고
    자유의 노래 터였네

---

56) 김상기, 앞의 책, 21쪽.

지금의 고향은
귀 막힌 벙어리만 남아
답답하기 짝이 없구나

동포야 내 목엔 칼이 씌우고
입가엔 튼튼한 쇠가 잠겼네
고향아 옛날의 자유 쾌락이
이제는 어데 있는가?

악마야 간다 나는 간다
인생의 길로 정의의 길로
어디를 가느냐고 물으면

유랑의 가는 길은
저 지평선 가리켜
오로지 사람다운 인류세계의
분주한 일꾼 되려네

갈 곳이 생기거든 나를 부르오
도로가 울퉁불퉁 험하거든
자유의 불꽃이 피랴거든
생명의 근원이 흐르려거든

이곳이 나의 갈 곳이라네

떠나는 길 기구한 길
산 넘고 바다 건너
구렁을 뛰어 넘고
가시밭 밟아 가네

잘 있거라
정 들인 고국강산아

하면서 윤봉길 본인이 앞서 눈물을 흘리자, 듣고 있던 김구, 이유필, 김동우 등이 울음바다를 이루고 말았다.

잠시 후 격한 마음이 조금 가라앉아 진정이 되자 윤봉길은,

"일제 식민지 치하에서는 농민운동으로 조선인의 삶을 향상시킬 수 없다고 생각하던 차에 광주 의거가 일어났고, 학생들의 치열한 싸움을 보고 큰 충격을 받았습니다.[57]

---

[57] 김상기, 앞의 책, 53쪽. 광주학생독립운동동지회가 펴낸 《광주학생독립운동사》는 '발간사'에 "광주 학생 독립운동은 3·1운동, 6·10만세운동과 더불어 일제시대 3대 민족운동 가운데 하나였다. 3·1운동이 일어난 지 꼭 10년이 되던 해인 1929년 11월 3일 광주에서 일어난 이 운동은 광주 지역에만 그치지 않고 전국적으로 확산되었으며, 만주·일본 등 멀리 해외에까지 파급되었다. 또한 320개

그날 이후 저는 야학 학생들에게 '여러분! 만약 당신들에게 아직도 흐르는 피가 뛰고 있고, 아직도 순환하는 기운이 흐르고 있다면, 일본제국주의의 참혹한 압제 하에 있는 2천만 동포의 통곡을 귀 기울여 들어보시오!' 하고 촉구했습니다.

'우리는 대중과 조국을 위한 정신과 책임을 가지고 그들처럼 투쟁해야 합니다. 그러자면 여러분도 그들과 똑 같은 열렬한 정신을 품고, 오늘부터 웅장한 뜻을 견고하게 갖고, 각자 자신의 임무를 맡아 그들과 더불어 같은 전선에서 온 강산을 탈환할 책임과 2천만 민족정신을 회복하기 위하여 우리의 큰 적인 일본제국주의를 파멸시켜 새로이 위대한 나라와 민족을 건설합시다!'

결국 야학은 강제 폐쇄되었고, 저는 끌려가 3주 동안 고문을 당하고 두들겨 맞았습니다. 마침내 저는 야학 학생들에게 '뜨거운 피로 적과 싸우고, 횡포한 왜적들을 모두 죽이고, 승리의 깃발을 손에 들고 우리나라 만세를 크게 외칩시다!'라는 마지막 이별사를 한 뒤 '丈夫出家生不還'을 써서 집에 남기고 상해로 출발했습니다."

하고 말했다.

윤봉길의 웅변에 온통 마음이 움직인 김구는 '이 청년은

교 5만4천여 명 학생들이 참여하여 그 규모나 영향력에서 3·1운동에 결코 뒤지지 않았던 사건이었다."라고 기술하고 있다.

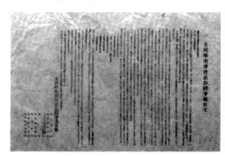

(사진) 광주학생사건 기념 투쟁 취지문

큰 인물임이 분명해! 표정도 언사도 그렇지 않은가!'라고 판단했고, 생활비를 절감하기 위해 상해 도착 후 일 주일 동안 안명기의 집에서 3인1실로 합숙해온 윤봉길을 위해 숙소까지 안공근의 집 3층에 마련해 주었다. 그 후 윤봉길은 생계를 위해 한국인 박진이 경영하는 말총모자 공장에서 일했는데, 김구는 매달 2~3차례 윤봉길을 만나58) 시국 문제에 관한 담론을 나누었다. 그만큼 김구는 윤봉길을 좋아하고 또 신뢰했다. 이봉창을 동경으로 보낼 때도 김구는 윤봉길에게 그 일을 사전에 말해주었는데, 윤봉길은,

"좋은 계획이 있으면 저에게도 기회를 주십시오."59)
하고 화답했다.

그런 과정 속에서 윤봉길은 금세 한인애국단의 의열 사업에 가담하게 되었다. 김홍일이 김구에게 일본군 비행장 격납고와 무기창고 폭파를 제안한 것도 그 무렵이었다. 윤봉길은 일본에서 유학 중인 몇 명 청년 학생들과 함께 이 거사를 담당하기로 의논을 마쳤다. 이들은 모두 유창한 일본어를 구사하면서 일본인인 양 행세하여 비행장 노동자로 취업했다.

그런데 출근했다가 귀가한 첫날, 윤봉길이 아침에 들고

---

58) 이태복, 앞의 책, 96쪽.
59) 김도형, 앞의 책, 137쪽.

나갔던 도시락과 물통을 김홍일 앞에 내놓았다.

"이걸 왜?"

김홍일의 부인이 며칠 전에 갖춰준 도시락과 물통들이었다. 어렵사리 그것들을 구해온 부인은 '일본인인 양 처신을 했는데 도시락과 물통은 조선인이나 중국인들 쓰는 것을 가져가면 신분이 탄로날까 염려됩니다.' 하고 지적했었다. 아무튼 윤봉길이,

"일제는 위병소만이 아니라 탄약 창고에 드나들 때에도 철저하게 몸수색을 했습니다. 다만 노동자들의 도시락과 물통만은 조사를 하지 않았습니다. 우리는 폭탄을 도시락과 물통 형태로 제작해야 합니다."

하고 의견을 제시하자, 김홍일은 윤봉길의 어깨를 치면서 칭찬했다.

"좋은 착안일세! 훌륭해!"

김구도 윤봉길의 두 손을 잡고 격려했.

"윤 동지의 치밀한 준비 덕분에 지금부터는 거사가 성공할 것만 기다리면 될 듯하네."

그러나 거사는 없었다. 도시락과 물통 16개를 김홍일이 폭탄으로 개조해 주었지만, 비행기 격납고와 무기창고에서 터뜨릴 기회는 잡지 못했다. 적당한 때를 포착하느라 고심하는 중에 정전 협정과 함께 비행장이 폐쇄되었던 것이다.

"이런 사단이 있나? 일이 이렇게 되어 버리다니……."

김홍일이 혀를 쯧쯧 차는 것으로 안타까운 마음을 나타내었지만, 이미 거사는 흘러간 물이 되어버린 뒤였다. 김구도 한탄했다.

"일본 군함 폭파 거사도 안타깝게 끝나버렸는데, 또 다시 일이 이렇게 꼬이다니…… 운이 닿지를 않는군!"

김구가 지금 돌이켜보는 군함 폭파 거사는 (1932년) 2월 12일에 추진되었던 일이다. 그때는 일본군이 (1월 18일) 상해 사변을 일으키고 3주가량 지났을 무렵이었다. 중국군 제19로군 정보국장으로 있던 김홍일이 김구에게 대단한 정보를 전달했다. 그는 일본군 사령부가 황포강에 정박 중인 군함에 설치되어 있다면서, 새로운 거사를 추진하자고 제안했다.

"군함 이름이 출운호出雲號요. 홍구 부둣가에 있소. 수귀水鬼만 구할 수 있으면 충분히 폭파할 수 있으니 한번 감행하십시다."

"그래요? 그 군함만 폭파한다면 이봉창 동지의 원수를 갚을 수 있을 텐데60)…… 수귀를 어디서 구한단 말인가?"

수귀는 숨을 쉬지 않는 채로 물 깊이 들어가 오랫동안 잠수할 수 있는 사람이다.

"지금 상해에 남아 있는 40명 남짓한 독립지사들 중에

---

60) 이봉창 의사는 1932년 10월 10일 사형되었다. 동경 거사를 일으킨 지 불과 아홉 달 만이었다.

는 수귀라 할 만한 사람이 없을 게 자명한데……"61)

두 사람은 중국인 수귀 두 명을 1,000원에 고용하기로 결론을 내렸다. 당시 중국 노동자의 한 달 임금이 40원 안팎이었으므로62) 1,000원은 대략 그 25배, 즉 2년분 이상의 월급을 적립해야 모을 수 있는 거액이었다.

이 일에는 윤봉길이나 최흥식 등도 할 수 있는 역할이 없었다. 충청도 예산 출신인 윤봉길도, 서울 태생인 최흥식도, 내륙 지방에서 태어나고 자란 인물이라 수귀는커녕 겨우 개헤엄이나 치는 수준이었다. 바닷물 속 배 하단까지 내려가 폭탄을 장치하고 돌아올 정도의 잠수 실력과는 까마득히 거리가 멀었다. 한 푼이 아쉬운 임시정부의 경제를 생각하면 당장 자청해서 거사를 맡고 싶지만, 물속에서 그냥 숨이 막혀 죽을 게 자명하니 그럴 수도 없었다.

---

61) 이태복, 앞의 책, 129~130쪽 : 당시 상하이에는 조선인 1,000여 명이 거주하고 있었고, 독립운동가들은 겨우 40여 명 남아 있었다. 3·1운동 직후 상하이에 임시정부가 들어서고, 안창호 선생이 각지의 임시정부를 통합하여 통합 임시정부를 발족하고 연통제와 선전부, 교통국의 활동이 활발했고, 독립신문을 발간할 때만 해도 1,000여 명 가까운 독립운동가들이 있었다.

62) 이태복, 앞의 책, 203쪽 : (상해에 도착 이후 윤봉길 의사는 모자 공장에 취직하여 생계를 유지했는데) 일반 동료들이 하루에 보통 두 개를 만드는데 윤 의사는 서너 개를 만들 정도로 속도가 정말 빨랐다. 모자 두 개를 만들면 하루에 1원20전을 버는데 윤 의사는 1원50전을 벌었다.

그러나 중국인 수귀 두 사람을 고용해서 일본군 사령부가 설치되어 있는 군함을 폭파하려던 계획은 수포로 돌아갔다. 윤봉길도 최흥식도 아닌 수귀들이 물속에서 죽어버리고 말았기 때문이다. 두 수귀는 배 밑바닥까지 접근하는 데는 성공했다. 하지만 자신들이 지니고 있는 것이 시한폭탄이라는 데 너무나 집착했다. 두 사람은 덜덜 떨면서 작업을 하다가 지체하여 그만 폭사하고 말았다. 군함에는 아무런 상처도 주지 못했다.

"출운호 폭파 거사는 그렇게 끝나버렸고……. 대련에 간 동지들은 거사를 잘 추진하고 있는지 모르겠군."

김구는 지나간 일본 군함 일을 생각하며 아쉬워하다가, 다시 대련 거사 걱정에 들어갔다. 아직 최흥식 등이 보낸 전보가 김구에게 닿기 전이었다. 그때 문이 열리면서 윤봉길이 뛰어 들어왔다.

"선생님! 신문 보셨습니까?"

엿새 뒤인 4월 26일 윤봉길은 한인애국단 정식 단원이 되었다.

나는 赤誠(적성)으로써 祖國(조국)의 獨立(독립)과 自由(자유)를 回復(회복)하기 爲(위)하여 韓人愛國團(한인애국단)의 一員(일원)이 되어 中國(중국)을 침략(침략)하는 敵(적)의 將校(장교)를 屠戮(도륙)하기로 盟誓(맹서)하나이다.

大韓民國(대한민국) 十四年(14년) 四月(4월) 二十六日(26일)

宣誓人(선서인) 尹奉吉(윤봉길)

韓人愛國團(한인애국단) 앞

윤봉길은 날짜와 성명을 제외하면 이봉창의 것과 대동소이한 선언문에 서명을 했다. 가장 큰 차이는 이봉창 선언문의 '적의 수괴'가 윤봉길 선언문에서는 '중국을 침략하는 적의 장교'로 바뀐 것이었다.

윤봉길은 이튿날인 27일과 28일 연속해서 홍구 공원을 사전 답사했다. 이때 혹시 누군가에게 의심받을 것을 염려해서 27일에는 이화림과 부부인 척 팔짱을 끼고 공원을 거닐었다.[63] 평양 출신 여성 독립운동가 이화림은 윤봉길보다 세 살 많았지만 워낙 동안이기도 했을 뿐더러, 아내가 남편보다 연상인 경우가 비일비재하던 시절이었으므로 그들이 부부가 아니라고 굳이 의심할 사람은 없었다.

덕분에 윤봉길도 마음놓고 이화림과 대화를 나눌 수 있었다. 한창 행사 준비가 진행되는 중에 인부들이 사열대를 만드는 광경을 보면서 윤봉길은,

---

63) 김상기, 앞의 책, 99쪽.

"여기가 적당할 것 같습니다. 어떻습니까?"
하며 이화림에게 의견을 구하기도 했다. 경축식장 식단은 높이 1.9m, 가로 3.5m, 세로 3.6m 규모였다. 윤봉길은 지금 자신이 폭탄을 던지기 위해 서 있을 적당한 지점으로 여기가 어떠냐고 이화림에게 묻고 있었다.

이화림도 눈대중으로 볼 때 거리로나 각도로나 그 지점이 적합하게 여겨졌으므로 '좋아요!' 하는 뜻에서 엄지를 척 들어보였다. 그때 이화림이 워낙 화사하게 웃었기에, 맞은편에서 오는 일본인 사내가 덩달아 그녀를 보고 미소를 머금기까지 했다. 그런데 그 일본인이 바로 4월 29일 거사 때 윤봉길이 처단 대상으로 지목하고 있는 시라카와 요시노리白川義則였다.64) 일본군 상해 파견 사령관인 시라카와는 행사장 설비 상태를 점검하러 나온 길이었다. 그래서 김구를 만난 저녁에 윤봉길은,

"오늘 홍구에 갔을 때 시라카와 놈과 조우했습니다. 한창 설비가 진행 중인 행사장을 곁눈으로 재고 있는데, 그놈이 앞에 턱 나타난 것이었습니다. '무기만 있으면 이 놈을 당장 죽이고 말 텐데, 어휴, 내일까지 어떻게 기다리나!' 하는 생각에 온몸이 떨렸습니다."
하고 그때의 소감을 술회했다.

---

64) 김상기, 앞의 책, 109쪽.

그날 밤에 윤봉길은 기념 사진을 찍었다. 이봉창, 최흥식, 유상근이 이미 찍은 바 있는 바로 그 사진이었다. 가슴에 선언문을 붙인 윤봉길은 왼손에 폭탄, 오른손에 권총을 들고 사진을 찍었다. 독사진도 찍고, 김구와 나란히 선 채로도 한 장 찍었다. 이윽고 김구는 윤봉길의 어깨에 두 손을 얹은 채,

"폭탄은 거사날(29일) 아침에 주겠소."

하였다. 그리고 자신의 스승인 고능선高能善의 가르침도 덧붙였다.

"가지를 잡고 나무에 오르는 것은 기이한 일이 아니나得樹攀枝無足奇, 벼랑에 매달려 잡은 손을 놓는 것은 가히 장부라 했소懸崖撒手丈夫兒."

김구가 고능선의 격언을 인용해서 말한 것은, 아무래도 불안과 초조함이 없을 리 없는 윤봉길의 마음을 달래고 또 격려하려는 취지에서였다. 과연 김구가 가고 난 뒤 윤봉길은 혼자 남아 생각하니 새삼 가슴이 울렁거리고 열도 나는 것 같았다.

'이제 이틀 후면 죽는다……. 그런데 왜 이렇게 속이 답답하단 말인가……? 장부출가생불환이라 장담했는데, 아직도 생에 미련이 남았단 말인가!'

윤봉길은 필묵을 꺼내어 유서를 쓰기 시작했다. 마음을 더욱 다잡기 위한 마지막 행동이었다. 먼저, 각각 여섯 살

과 세 살에 지나지 않는 두 어린 아들에게 썼다.

강보에 싸인 두 병정에게 – 두 아들 모순과 담에게

너이도 만일 피가 있고 뼈가 있다면 반드시
조선을 위하여 용감한 투사가 되어라
태극에 깃발을 높이 드날리고
나의 빈 무덤 앞에 찾아와 한 잔
술을 부으라
그리고 너의들은 아비 업슴을 슬퍼하지 마라
사랑하는 어머니 잇으니 어머니의 교양으로 성공자를
동서양 역사를 보건대
동양으로 문학가 맹가가 있고
서양으로 불란서 혁명가 나푸레옹이 잇고
미국에 발명가 에디슨이 있다
바라건대 너의 어머니는 그의 어머니가 되고
너의들은 그 사람이 되어라

쓰고 보니 표기법이며 맥락이 엉망이다. 윤봉길은 '어허, 내가 이토록 마음이 약했단 말인가!' 하고 자책을 하면서 혼자 쓴웃음을 지었다. 그렇게 한참 동안 멍하니 허공을 쳐다보고 있던 윤봉길은 이윽고 조국의 청년들에게 보내는 유서도 썼다.

> 피끓는 청년 제군들은 아는가
> 무궁화 삼천리 우리 강산에
> 왜놈들이 왜 와서 왜 걸대나
> 피끓는 청년 제군들은 모르는가
> 돼놈 되 와서 되가는데
> 왜놈은 와서 왜 아니 가나
> 피끓는 청년 제군들은 잠 자는가
> 東天동천에 曙色서색은 점점 밝아오는데
> 종용한 아침이나 광풍이 일어날 듯
> 피끓는 청년 제군들아 준비하세
> 군복 입고 총 메이고 칼 들며
> 군악 나팔에 발맞추어 행진하세

 두 아들에게 유서를 쓸 때보다는 마음이 조금 안정되었다. 마지막으로 김구 선생에게도 유서를 썼다. 한시였다.

> 魏魏靑山兮 載有萬物
> 높고 웅장한 청산이여 만물을 품어 기르는구나
> 鬱鬱蒼松兮 不變四時
> 울울창창 푸른 소나무여 사시사철 변함이 없도다

濯濯鳳翔兮 高飛千仞
빛나는 봉황의 나래여 천길 창공을 날아 오르는구나
擧世皆濁兮 先生獨淸
온 세상이 모두 흐리지만 선생만은 홀로 맑도다
老當益壯兮 先生義氣
늙었어도 더욱 강건하시니 선생의 올바른 기운이로다
臥薪嘗膽兮 先生赤誠
독립운동의 정신이여 선생의 붉은 마음이로다

  이튿날 글을 받은 김구가,
  "나를 이토록 상찬하다니, 이것 참…… 공연히 얼굴이 다 붉어지오."
라면서,
  "내 일찍이 매헌(윤봉길) 그대가 나이 열아홉에 《농민독본》을 직접 저술하고 야학을 열어 사람들을 가르쳤다는 말을 듣고 대단한 인물이라 여겼고, 스물한 살에 지은 한시 〈영죽詠竹〉도 읽어 보았지만, 오늘 보니 더욱 그대가 참으로 소양이 대단한 사람이라는 것을 깨닫겠소."
하였다. 이제 거사를 치르고 나면 다시 만날 수 없는 청년이라 생각하니 김구도 내심 애잔하기가 이루 말할 수 없었던 것이다. 그런 까닭에, 한참 윤봉길을 바라보고 섰던 김구가 문득,

"내가 〈영죽〉을 한번 읊어보리."

하였다. 놀란 윤봉길이 김구를 쳐다보며 물었다.

"그 시를 선생님께서 어찌 외고 계신단 말입니까?"

김구가,

"어허! 매헌 그대만이 아니라 나도 상당히 머리가 좋은 사람이라네."

하고는, 윤봉길의 시를 암송하기 시작했다.

詠竹 대나무를 노래함

此君挺立不許回 그대는 곧게만 서 있고 굽힐 줄 모르는데
心契疏通誰爲開 마음의 문은 그 누가 열어주었는가
節貫四時春色准 언제나 굳은 절개 사철 내내 봄빛이라
風高千尺雨聲來 천 길 높이 바람 불고 빗소리도 들리는데
敢承厥匪登朝闕 어쩌다가 광주리로 짜여 임금께 바쳐졌나
謾作長竿向釣臺 한갓 장대가 되어 낚시터에 드리워졌나
試把一枝堪有問 가지 하나 문득 꺾어 피리로 불어보니
江南古調使人哀 강남 옛 가락 사람을 슬프게 하네

칠언 한시의 마지막 자락이 '사람을 슬프게 하네'여서인지, 김구의 눈가에 돌연 서러운 물기가 맺혔다. 윤봉길도 울컥해지는 마음을 달랠 셈으로 큰 소리를 내었다.

"에이, 선생님도 참! 시도 시 같지도 않은데 그걸 암송까지 하셨습니까?"

김구가 '허허.' 하며 살짝 외면을 하는데, 그의 등 뒤에 대고 윤봉길이 '잠시 후 왕웅 선생과 홍구 공원에서 만나기로 했습니다.65) 저는 이만 가보겠습니다.' 하였다. 어제 이화림과 함께 답사를 했는데도 오늘 한 번 더 현장을 살피려는 것이다. 며칠 전에는 김홍일이 근무하는 병공창의 토굴 안에 들어가 폭탄을 실제로 터뜨려보기도 하였다. 그만큼 윤봉길의 거사 준비는 주도면밀했다.

잠시 후 윤봉길은 행사장 식단 옆에서 만난 중국인으로부터도, 어제 이화림에게 들었듯이, '이곳이 가장 적당하겠소.'라는 동의를 얻었다. 그 중국인은 김홍일이었다.

4월 29일 아침, 윤봉길은 자신의 시계를 풀어서 김구에게 내밀었다. 김구가,

"시계는 왜?"

하자, 윤봉길은,

"이 시계는 6원을 주고 산 새 것입니다. 그런데 선생님 시계는 2원짜리 헌 것이지 않습니까? 저는 이제 한 시간 후면 시계가 필요 없는 사람이 됩니다."

---

65) 김상기, 앞의 책, 111쪽.

하였다. 김구가,

"이 사람도, 참……."

하면서 윤봉길의 시계를 받았는데, 그도 윤봉길에게 무엇인가를 주었다. 도시락과 물통으로 위장된 폭탄, 그리고 일장기 하나였다. 어제 〈상해 일일신문〉에 '홍구 공원 천장절 축하식에 참석하는 자는 물병 하나와 도시락, 일본 국기 하나씩을 가지고 입장하라'는 광고가 났었다.

이윽고 차가 공원 앞에 도착했다. 잠시 머뭇거리던 김구가 윤봉길에게 손을 내밀어 악수를 청했다. 윤봉길도 두 손으로 김구가 내민 손을 꼬옥 부여잡았다. 김구가 말했다.

"우리, 지하에서 다시 만나세."

그 순간, 두 사람 모두 설움에 북받쳐 눈물을 터뜨리고 말았다. 이화림도 양손으로 얼굴을 감싸고 울었다.

본래 이화림은 이번 거사를 윤봉길과 함께 맡으려 했다. 그녀는 김구에게 '혹여 윤 동지의 거사가 성공하지 못하면 제가 이어서 투탄을 하겠습니다. 의열단이 황포탄 거사를 할 때(1922년 3월 28일)에도 의사들이 세 명이나 나섰지 않습니까? 그래도 성공하지 못했습니다. 만약을 대비해서 저도 나서겠습니다.'라며 간청을 했지만, 김구가 '한꺼번에 두 사람을 모두 잃을 수는 없다. 허락할 수 없어.' 하고 완강히 가로막는 바람에 공원 입구까지만 따라 왔었다.

이윽고 윤봉길 혼자 행사장을 향해 걸어가기 시작했다. 그리고 얼마 지나지 않아 공원 정문에 도착했다. 중국인 수위가 입장권을 보자고 했다. 윤봉길이,

"감히 일본인에게 입장권을 요구해? 당신 제 정신이야?"

하고 고함을 지르니, 수위는 흠칫 물러났다.

경축식장은 한가운데에 식단이 배치되어 있고, 식단 앞면의 좌우 양측에 일본군 장교들이 도열해 있었다. 식단의 뒷면에도 경비 병사들이 배치되어 있었다. 그뿐이 아니었다. 여기저기 말등에 올라탄 채 사방을 경계하는 기마 헌병대들이 2열로 경계를 서고 있었다.

윤봉길은 아주 기분이 유쾌한 일본사람인 양 휘파람을 불면서 일본 거류민 관람석 맨 앞줄에 착석했다. 앉아서 보니 식단까지는 20m 거리였다. 식단 단상에 상해 파견군 시라카와 대장, 노무라 기치사부로野村吉三郎 중장, 제9 사단장 우에다 겐키치植田謙吉 중장, 상해 총영사 무라이 구라마츠倉松村井, 주 중국 공사 시게미쓰 마모루重光葵, 상하이 거류민 단장 가와바다河端貞次 등이 정확하게 보였다.

'식이 끝나갈 무렵까지 기다려야 한다. 그 시점쯤 되면 분위기가 느슨해지면서 경계가 흐트러질 게야.'

그런 생각을 하면서 윤봉길은 계속 기다렸다. 가끔 폭탄을 만져보기도 했다. '단 한 방에 놈들을 모두 죽여야 한다. 나머지 하나는 스스로 목숨을 끊는 데 써야 하니

까…….'

두 시간이 흐르자 기갑 부대와 병사들이 펼친 관병식이 끝났다. 이어서, 30분의 휴식 시간 후 축하식이 열렸다. 그 사이 외국 사절들은 행사장을 떠났고 이제 일본인들만 남았다.66) 김구 선생으로부터 받은 시계를 보니 주최 측의 예정대로 11시 30분이었다.

'낡은 것이지만 시간은 잘 맞추네.'

개회사와 축사가 진행되고, 이어서 일본국가 합창이 시작되었다. 노래가 울려 퍼지니 분위기는 삽시간에 봄꽃처럼 흐드러졌다. 일본국가 합창이 마지막 고비를 향해 달아오르는 찰나, '지금이다!' 하고 결심한 윤봉길이 식단 바로 아래까지 달려들어 수통을 던졌다. 시라카와 대장과 우에다 중장 바로 앞에 떨어진 폭탄은 윤봉길의 기대에 정확하게 부응해주었다. 요란하게 터진 폭탄은 단상의 시라카와 요시노리 대장, 우에다 겐기치 중장, 해군 사령관 노무

---

66) 김상기, 앞의 책, 140쪽에 따르면, 이회영, 신채호, 류자명, 이을규, 이정규, 정현섭, 백정기 등이 1924년 중국 북경에서 조직한 '재 중국 조선 무정부주의자 연맹'이 1930년 상해에서 재조직한 남화연맹도 이날 홍구 공원 거사를 기획하였는데, 이들은 김구 측과 달리 당일 참석하는 외국 사절들도 일본인들과 같은 부류로 보고 모두 처단할 생각이었다. 그래서 윤봉길의 거사 시각(11~12시 예상)보다 조금 앞서는 10경에 투탄하기로 했다. 하지만 백정기는 폭탄을 지닌 채 행사장 정문에서 출입증이 도착하기를 기다리던 중 이미 윤봉길의 거사가 성공하는 폭발음 소리를 듣는 데 그쳤다.

(사진) 윤봉길과 같은 날 폭탄을 던지려 했던 백정기의 효창동 묘

라 요시사부로 중장, 주중공사 시게미쓰 마모루, 주중 총영사 무라이 구라마쓰, 거류민단 행정위원장 가와바타 사다쓰구, 일본거류민단 행정위원회 서기장 도모노 등 7명은 단숨에 쓰러뜨렸다.

중상을 입고 쓰러졌던 상해 사변 총지휘관 시라카와는 결국 그해 12월 19일 죽었다. 상하이 거류민 단장 가와바타는 현장에서 즉사했다. 중장 노무라는 중상도 입었지만 특히 오른쪽 눈을 실명했다. 중장 우에다는 오른쪽 발가락이 절단되었고, 중국 공사 시게미쓰는 오른쪽 다리가 없어졌다. 총영사 무라이와 거류민단 서기장 도모노도 중상을 입었다.

윤봉길은 남은 폭탄으로 자결하려 했지만 고모토後本武彦 등 일본 군인들에게 붙들리는 바람에 미처 실행하지 못했다. 그는 12월 19일 총살을 당해 순국했다. 일본은 시라카와가 죽는 시간에 맞춰 윤봉길의 머리에 총을 쏘았다.

그러고도 분이 풀리지 않은 일본은 윤봉길의 시신을 육군묘지 아래 일반인이 왕래하는 통로에 암매장했다. '윤봉길의 유해는 그로부터 13년 후(1946년 3월 6일) 발굴될 때까지 지나다니는 사람들에 의해 밟히고 또 짓밟혔다.'[67]

---

67) 김상기, 앞의 책, 154쪽.

해방 이후, 춘래불사춘

　해방 후, 국내 정치가 친일파들에 의해 좌우될 뿐만 아니라, 미국과 소련의 충돌로 말미암아 통일 민족 국가 수립과 거리가 멀어지자 직접 현실 정치에 투신한 독립운동가가 많았다. 그러나 뒷거래와 속임수로 돌아가는 이해타산의 정치판을 순수한 독립지사들이 헤쳐가기는 너무나 어려웠다.
　"미군 사령관 하지가 일본인 총독을 그대로 두려 했을 때 이미 볼 장 다 본 것이었어! 미군정이 총독부의 행정 기관과 관리들을 통째로 인수받았으니 친일파 준동이야 예정된 결과 아닌가?"
　"어디 그 책임이 미군정에게만 있겠는가? 한민당을 중심으로 한 친일 정객들이 부추긴 탓도 크지. 조병옥이 경무부장이 되고, 장택상이 수도경찰청장이 된 게 한민당의 추천 덕분이라지 않던가!"
　"나라 돌아가는 꼴이라니! 왜놈들에게 당할 때보다 심신이 더 고통스럽네! 독립은 찾았는데 친일파들 세상인 건 변함이 없어! 그야말로 춘래불사춘春來不似春이야! 어허!"

독립운동을 함께 했던 동지들은 만날 때마다 그런 한탄에 젖어야 했다. 미군정은 우재룡 등이 다시 세운 광복회 활동도 법으로 금지했다. '친일파 중용'이라는 비판에 대해 미군 측은 '그들은 pro-Jap, 즉 친일파가 아니라 pro-job, 즉 자기 직무에 충실했던 사람들'이라고 옹호했다.

"제국주의에 저항한 전투적 민족주의자들은 불편하고, 고분고분한 친일파들이 자기들 마음에 쏙 드는 게지."

"장택상이 수도경찰청장이 된 뒤 일제 때 독립운동가들을 체포하고 고문했던 자들을 대거 등용했는데, 그들에게 '이승만을 대통령으로 추대한다, 좌익을 때려잡는다, 내 아버지를 죽인 독립운동가들을 탄압해 가슴에 맺힌 울분을 푼다.', 하고 말했다는 소문이 있소."

"오메 큰일이어라. 장택상이 지(자기) 아비를 죽인 원수를 갚으려 들믄(들면) 광복회를 모두 때려잡아야 할 것 아니어라(아니겠소)? 개인으로 범위를 국한해 불믄(보면), 박상진 총사령, 우재룡 지휘장, 채기중 경상도 지부장, 임세규 형행부장, 강순필 형행부원이 계획 수립과 처단 지시, 그라고(그리고) 직접 총살 등의 사업을 실행한 분들인디(분들인데)……. 백산 이외의 동지들은 일제 때 이미 순국해 부렀으니(버렸으니) 장택상이가 원수를 갚아 불겄다면(보겠다면) 백산 우재룡뿐이여라(뿐이라오)."

"지난 4월 9일에는 장택상의 수족 하수인인 노덕술이가 약산 김원봉을 끌고 가서 고문을 했다고 하오. 일제 때에도 일본놈들에게 단 한 번 잡히지 않고 강력한 항일 투쟁을 해온 약산이 해방된 조국에서 친일 반민족 경찰에게 체포되어 가서 온갖 욕설에 갖은 고문까지 당하고 보니 너무도 억울해서 풀려난 뒤 사흘밤낮을 통곡했다는 겁니다."

"노덕술 같은 놈이 활개를 치는데 더 말할 게 뭐가 있겠습니까?"

사람들은 친일파 중용의 상징으로 흔히 노덕술을 들었다. 강우규·김병환 등 수많은 지사들을 체포하여 고문하고, 의친왕을 중국 단둥에서 붙들어 환국시킨 친일파 고등계 형사 김태석은 그 이후 가평 군수 등을 역임하면서 경찰을 떠났지만, 노덕술은 처음부터 끝까지 경찰에 몸을 담은 채 수백 명의 독립지사들을 고문했고, 해방 이후에도 같은 짓을 되풀이했다. 그 노덕술의 뒤에 광복회가 처단한 친일파 부호 장승원의 아들 장택상이 있었다.

1948년 1월 24일, 미군정 수도경찰청장 장택상을 죽이려는 저격 사건이 일어났다. 장택상이 출근하려고 집을 나서는 순간 청년 두 명이 수류탄을 집어던졌다. 장택상은 피해를 입지 않았으나 경호원 두 명과 지나가던 학생 한 명이 부상을 당했다. 수류탄을 던진 청년 두 명 중 한 명은 그 자리에서 붙잡혔다.

경찰은 25세 박성근이 범인이라고 발표했다. 노덕술은 자신을 수도경찰청 수사과장으로 기용해준 장택상을 암살하려 든 박성근을 진심으로 증오했다. 노덕술은 박성근을 끌고 가 구타하고 고문했다.

"감히 우리 보스에게 수류탄을 던져? 너 같은 놈은 내가 솜씨를 보여주마. 나로 말할 것 같으면 일제 때 무수한 독립운동가들을 체포하여 고문한 최고 기술자지."

노덕술은 직접 곤봉을 들고 박성근의 머리를 무자비하게 구타하면서 고문했다. 박성근이 실신하면 노덕술은 부하 김재곤, 박사일 등을 시켜 물고문을 실시했다. 사람의 머리를 강제로 물속에 집어넣어 숨을 못 쉬게 하는 잔혹한 고문이었다. 결국 박성근은 사망하고 말았다.

"이놈이 죽어버렸습니다. 어떻게 하면 좋겠습니까?"

김재곤이 노덕술에게 긴급히 보고했다.

"뭘 어떻게 해? 쥐도 새도 모르게 처리해야지. 일제 때 한두 번 해본 일이냐?"

그들은 2층 취조실 창문을 열고 밖을 내다보며 고래고래 고함쳤다.

"저 놈 잡아라! 저 놈 잡아!"

김재곤이 선창을 하면 박사일이 후창을 했다.

"박성근이가 도망쳤다아! 박성근이가 도망쳤다아!"

경찰청 내 사람들이 밖을 내다보고, 행인들도 소리나는

일대를 호기심 서린 눈으로 살폈지만 아무도 없었다.

"빨리 주변을 수색하라! 멀리 못 갔을 것이다아! 빨리 뒤져라!"

노덕술 등은 밤이 오기를 기다려 박성근의 시신을 차에 싣고 한강으로 달려갔다.

"저쪽으로 가서 처넣고 빨리 돌아가자!"

노덕술의 지시에 따라 김재곤과 박사일이 손발처럼 움직였다. 김재곤이 도끼로 한강에 얼음구멍을 내는 동안 박사일은 박성근의 시신을 질질 끌고 그리로 다가갔다. 이내 박성근을 머리 쪽과 발 쪽으로 나누어 잡은 둘은 시신을 얼음구멍 속으로 밀어넣었다.

"잘 했어! 아주 감쪽같아!"

다음날 노덕술은 사건의 전말을 장택상에게 보고했다. 장택상은 자신의 암살 기도 사건을 담당한 노덕술 이하 14명에게 '직무를 충실하게 이행한 공로를 찬양하여 2월 5일 최고 2만 원에서 5천 원까지 특별 상여금을 주었다.'68)

여섯 달 뒤 박성근 치사 사건의 진상이 드러나게 되었다. 대한민국 단독정부 수립을 앞두고 수도경찰청과 치열한 자리다툼 중이던 경무부의 수사국이 노덕술을 1948년

---

68) 동아일보 1948년 8월 27일 보도.

7월 24일 구속했다. 노덕술은 당시 수도경찰청의 안살림을 담당하는 관방장으로 있었다.

다음날 수도경찰청 부청장 김태일이 경무부에 왔다.

"사무상 필요로 노덕술에게 문의할 일이 있으니 피의자의 신병을 잠깐 인도해 주시오."

잠시 후, 수도경찰청은 노덕술이 도주했다고 발표했다. 경무부는 이틀 뒤인 7월 26일, 노덕술 사건이 고문 치사 사건 및 은폐 조작 사건이라고 발표한 뒤 전국에 지명 수배령을 내렸다.

수도경찰청 부청장 김태일은 그 다음날인 27일, 경무부 수사국이 발표한 고문치사 및 은폐조작 사건의 진상은 '사실무근이며 완전 모략'이라고 주장하는 기자회견을 열었다. 그러자 다시 경무부는 '김태일 수도경찰청 부청장이 노덕술을 빼돌린 것은 민심을 현혹시키고 경찰 질서를 문란시킨 행위'라며 그에게 정직 처분을 내리는 한편, 김태일의 기자회견 내용을 반박하는 담화를 발표했다.

"나라꼴이 이게 뭔가? 이게 나란가?"

국민들은 라디오로 중계되는 경찰 관서끼리의 난투극을 보며 혀를 찼다. 전국에 지명수배가 내려진 노덕술도 자신의 도피처(?)에서 라디오를 청취했다.

"노덕술이는 못 잡는 거야, 안 잡는 거야?"

여론이 들끓었다. 당시 노덕술은 줄곧 수도경찰청 청사

안에 머무르고 있었다.

　노덕술은 박성근 고문 치사 사건이 일어난 지 꼭 1년 만인 1949년 1월 24일에야 검거되었다. 체포 당시 노덕술은 4명의 경관으로부터 호위를 받으면서 6정의 권총과 34만여 원의 거액까지 지니고 있었다.

　노덕술이 검거되고 얼마 뒤인 1949년 2월 12일 대통령 이승만은 국무회의에서 '노덕술을 잡아들인 반민특위 조사관 2명과 그 지휘자를 체포해 의법 처리하고 계속 감시하라.'고 명령했다. 이승만은 노덕술이 수도경찰청 수사과장일 때에도 이화장으로 불러 '그대와 같은 애국자가 있어서 우리 같은 사람들이 두 발을 뻗고 편안하게 잠을 잘 수가 있다.' 하고 칭찬한 바 있었다.

　결국 노덕술은 무죄로 풀려났다.

　노덕술이 체포되기 바로 전날에도 세상에 충격을 주는 일이 일어났다. 항일 전선에서 활동했던 테러리스트 백민태가 서울지방검찰청을 찾아가 '놀라운 음모가 추진되고 있다.'면서 양심선언을 했다.

　"수도경찰청 수사과장 최란수, 사찰과 부과장 홍택희, 서울 중부서장 박경림 등이 반민특위 간부 15명을 38선까지 유인해 살해한 뒤, 그들이 월북을 기도했기 때문에 사살했다고 발표하려 했습니다. 제가 그들로부터 살해에 사용하라고 받은 권총, 수류탄, 암살 대상자 명부를 증거로

(사진) 이승만

제출합니다.”

　제헌국회에는 친일파 처벌을 위해 '반민족 행위 특별조사위원회'가 구성되어 있었다. 친일파들의 사주를 받은 왕년의 일제 경찰들은 반민특위 간부 15명을 살해한 뒤 '38선 부근에서 월북을 시도했기 때문에 어쩔 수 없이 사살을 했노라.' 덮어씌우려 했던 것이다. 백민태의 양심선언으로 이 음모는 차단되었지만 비슷한 일은 그 이전에도, 그 이후에도 계속 벌어졌다.

　백민태의 양심선언 직후인 1949년 5월에는 의열단 창립 이전 김원봉과 함께 중국에서 독립운동을 모색했던 김약수 등 이승만 정부에 비판적인 국회의원 13명이 구속되었다. 이들에게는 남조선노동당 국회프락치부의 지시에 따라 활동하고 있다는 혐의가 씌워졌다. 재판 과정에서 피고인들은 모두 혐의 사실을 부인했다. 그러나 재판부는 고문으로 인한 허위진술의 자백 내용과 신빙성이 검증이 되지 않은 암호문서를 근거로 국회의원 13명에게 모두 유죄를 선고했다.

　'저렇게 덮어씌워 사람들을 죽이고 국회의원들을 투옥하는 세상에서 나는 과연 무엇을 해야 한단 말인가?'

　그렇게 흔들리고 있는 독립지사들의 마음을 결정적으로 무너뜨린 사건도 있었다. 1947년 7월 19일 여운형이 암살되었고, 독립운동가를 잡아 고문을 일삼아 온 친일 경찰

노덕술이한테 해방 뒤에 끌려가 고문당하는 치욕을 겪은 김원봉이 북으로 가버렸고, 1949년 6월 26일 육군 소위 안두희가 종로 평동 경교장으로 들어가 45구경 권총을 발사하여 김구를 암살했다. 안두희는 범행 1주일 전 대통령 이승만을 만났다.

이런 와중에, 1950년 6월 제 2대 국회가 개원했다. 그러나 불과 며칠 뒤 전쟁이 일어나면서 국회는 개점 휴업 상태가 되고 말았다. 이때 국민방위군 사건이 일어나고 보도연맹 학살이 자행되었다.

"이승만 일당이 전쟁 중에 50만 명의 청년들을 군인 비슷한 신분으로 만들어 국민방위군을 창설해놓고는, 예산은 다 빼돌려 떼어먹고 청년들에게는 옷도 주지 않고 밥도 주지 않아 10만 명 청년들이 굶어 죽었소. 참으로 천인공노할 범죄요! 이승만 이후를 노려 자기의 정치적 지지 세력을 육성해오던 국방장관 신성모가 대한청년단 출신들이 많이 포진한 신정동지회라는 단체를 후원하려고 조직적으로 예산을 빼돌리는 과정에서 국민방위군 대규모 사망 사건이 빚어졌다는 거요. 그러다 보니, 국민방위군 예산은 먼저 보는 자가 임자가 되었는데, 고관이 먼저 보게 되는 것이 조직의 이치인즉 높은 자리에 앉은 자부터 크게 해먹고 나면 아래로 내려가면서 야금야금 챙겨먹었다고 합니다. 국가 감찰위원회(현재 감사원) 1년 예산이 3천만 원

(사진) 1949년 6월 26일, 김구 서거 모습

인데 국민방위군 부사령관 윤익헌이 혼자서 100일 만에 그 열 배인 3억 원을 탕진했어요. 그런데도 이승만은 자신이 총애해온 사령관 김윤근을 대동하여 대구를 순시하고, 신성모는 1951년 1월 국회에서 '국민방위군 사건에 대해 문제를 제기하는 자는 제5열(간첩)'이라고 몰아 붙였습니다. 이런 일이 벌어지는 우리나라, 이게 나라입니까?"

"어디 그뿐이요? 일제의 '시국대응 전선全鮮 사상보국연맹'을 고스란히 답습해서 조직한 보도연맹 사건도 있을 수 없는 참사였소. 보도연맹은 이승만 정권과 그 밑에 기생하는 관변 인사들이 공산주의나 사회주의 계열의 운동을 한 이력이 있는 사람들을 끌어 모아서 급조한 반공단체 아닙니까? 그러니까 보도연맹이 겉으로는 '좌익사상에 물든 국민들을 보호하고 인도한다'고 했지만, 실제로는 그 반대로 갈 것이라는 사실은 너무도 자명한 예측 아니었겠소? 일제도 1941년에 사상보국연맹을 만들고는 곧 이어 '조선 사상범 예방 구금령'을 가동했었지요. 일제가 항복한다고 두 손을 든 일이 몇 달만 늦춰졌더라도 아마 여기 있는 우리들은 모두 개죽음을 당했을 겁니다. 그런데 이승만 정권에는 시간이 많았습니다. 보도연맹은 1949년 말에 가입자가 30만 명이나 되었고, 서울만도 거의 2만 명이었습니다. 전쟁이 나자 이승만 정권과 그 앞잡이들은 보도연맹 회원들을 온 나라 곳곳에서 마구 학살했습니다. 그 탓에 골짜기, 강가, 빈터, 광산…… 우리나라 방방곡곡은 민간인을 죽이는 총소리로 가득 찼어요."

그때, 국회의원이던 김시현은 1952년 5월 민주국민당을 탈당했다. 그는 이승만을 제거해야 전쟁의 참상과 도탄에 빠진 민중을 구제할 수 있다고 판단하였다. 6월 25일 부산 충무동 광장에서 한국전쟁 2주년 기념식이 열렸다. 김시현은 대통령 이승만을 저격하려다 실패하고 사형을 언도받았다.

그는 그 후 무기 징역으로 감형되어 수형 생활을 하던 중 4·19혁명으로 석방되었다. 김시현은 1960년 제5대 민의원 선거에 무소속으로 출마하여 또 다시 당선되었지만, 1961년 5·16군사쿠데타로 정치 활동을 접을 수밖에 없었다.

김시현은 1966년 세상을 떠났다. 그는 자신을 그토록 보고 싶어했던 김지섭을 하늘에서 만나 이렇게 말했을 것이다.

"이보시게, 추강(김지섭)! 왜 이렇게 늦게 왔냐고 꾸짖지 마시게나. 봉분도 없이 고향 오미마을 뒷산에 누워계시던 자네를 벽초(홍명희)와 내가 장례위원장을 맡아 1945년 11월 3일 사회장으로 다시 모셨으니 동지로서의 의리는 다했다고 인정할 만하지 않소? 왜 대답이 없으신가? 내 말이 틀렸다는 게요? 허허허!"

일제는 대한민국임시정부 주석 김구와 의열단 단장 김원봉을 그토록 죽이고 싶어했다. 일제는 김구에게 60만 원(현재 약 200억 원), 김원봉에게 100만 원(약 320억 원)의 어마어마한 현상금까지 걸었다. 하지만 35년 긴 세월 동안 일제는 그 소원을 이루지 못했다. 독립 이후 남과 북은 단 몇 년 만에 일본 제국주의의 꿈을 이루어주었다. (끝)

1949년 당시 김구 주석의 빈소 모습

소설 (대한) 광복회

정만진 장편소설
320쪽, 15,000원

"광복회는 1910년대 항일 결사 중에서 가장 활발한 활동을 한 단체였다." - 제6차 교육과정 국정 《고등학교 국사》

"광복회는 1910년대 국내 독립운동의 공백을 메우고, 민족 역량이 3·1운동으로 계승될 수 있는 기반을 제공했다. 광복회의 의협 투쟁은 1920년대 의열 투쟁의 선구적 역할을 담당했다." - 한국학중앙연구원 《한국민족문화대백과》

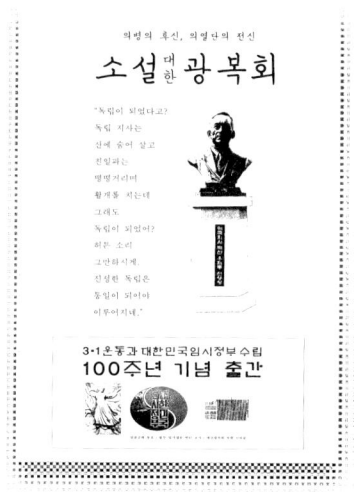

자세한 내용은 알라딘 · 교보문고 · 예스24 참조

소설 의열단

정만진 장편소설

275쪽, 15,000원

"1920년대의 의열 투쟁에서
가장 괄목할 만한 업적을 낸 단체는 의열단이었다."
- 국가보훈처 《알기 쉬운 독립운동사》

"의열단의 항일 투쟁이
"민족운동사상에 끼친 공헌은 매우 컸다."
- 한국학중앙연구원 《한국민족문화대백과》

자세한 내용은 알라딘 · 교보문고 · 예스24 참조

2019년 대구시 선정 '올해의 책'
대구 독립운동유적 100곳 답사여행
정만진 글·사진
360쪽, 전면 칼라, 24,000원

자세한 내용은 알라딘 · 교보문고 · 예스24 참조

삼국사기로 떠나는 경주 여행

정만진 답사여행 안내서

300쪽, 전면 칼라, 20,000원

보통의 여행 안내서들은 단순한 정보제공서이거나 기행문인 경우가 일반적이다. 그런 책은 역사 공부에 별로 도움이 되지 않는다. 반면, 아주 역사서인 경우에는 답사에 도움이 안 된다. 이 책은 삼국사기의 신라 편 중에서 중요 부분을 시대 순으로 실은 후, 그에 대한 역사적·인문학적 해설을 붙인 다음, 드디어 현장 답사에 나선다. 역사 공부와 답사 여행 안내서라는 '두 마리 토끼'를 잡을 수 있도록 책을 기획한 것이다. 독자는 경주 역사유적 63곳에 대한 지식과 감수성은 물론 개인 사진전을 10회 이상 개최한 작가의 생생한 사진에서 받는 실감까지 골고루 얻을 수 있다.

자세한 내용은 알라딘·교보문고·예스24 참조

국제문화예술협회 문학상 수상
딸아, 울지 마라
정만진 장편소설 / 278쪽, 12,000원

딸아, 울지 마라 ▶ 남녀평등 문제를 정치적 사회적 관점에서 다룬 장편소설로, 남녀 모두가 사람답게 살 수 있는 사회를 위한 노둣돌인 남녀평등 문제가 아직 완성되지 않은 세상을 살아가면서 각 등장인물이 일으키는 개성적 반응들을 기록한 작품이다. 이번에 새로 출간한 책은 2009년 국제문화예술협회 본상 수상작을 개작한 것이다. * 자세한 내용은 알라딘·교보문고·예스24 참조

백령도 ▶ 통일 소설이다. 제 1장 백령도 가는 길, 제 2장 당은포 가는 길, 제 3장 웅천혈 가는 길, 제 4장 일본국 가는 길, 제 5장 화산성 가는 길, 제 6장 심청각 가는 길, 제 7장 백령도 가는 길, 별첨 장편 기행문 '백령도' * 자세한 내용은 알라딘·교보문고·예스24 참조

백령도
정만진 장편소설 / 275쪽, 12,000원

전국 임진왜란 유적 답사여행 총서 (전 10권)

총면수 3,112쪽 / 사진 1,215장 / 유적 490곳

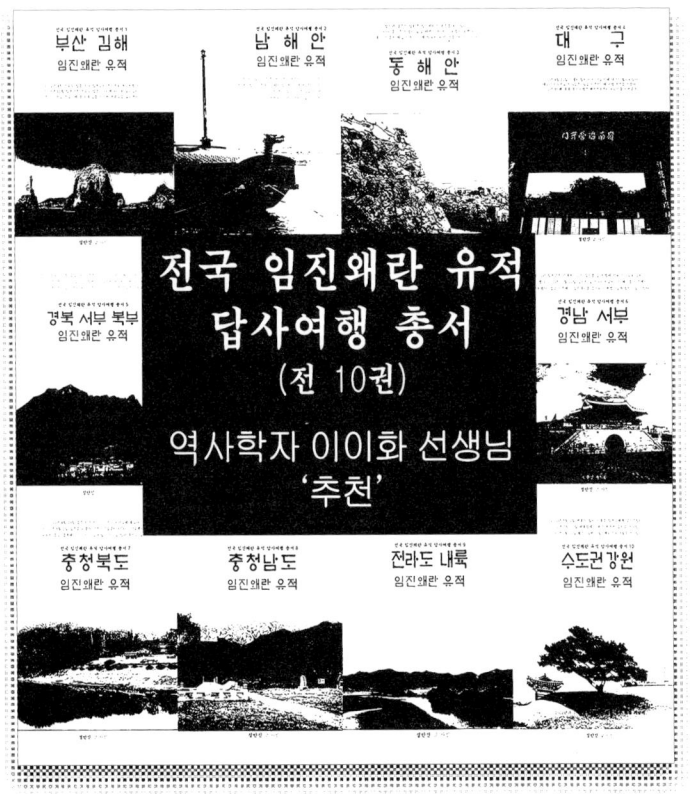

자세한 내용은 알라딘 · 교보문고 · 예스24 참조

전국 임진왜란 유적 답사여행 총서
(전 10권)

제 1권 부산 김해 임진왜란 유적
제 2권 남해안 임진왜란 유적
제 3권 동해안 임진왜란 유적
제 4권 대구 임진왜란 유적
제 5권 경북 서부・북부 임진왜란 유적
제 6권 경남 서부 임진왜란 유적
제 7권 충청북도 임진왜란 유적
제 8권 충청남도 임진왜란 유적
제 9권 전라도 내륙 임진왜란 유적
제 10권 수도권・강원 임진왜란 유적
각권 부록 임진왜란 연표・약사

저자 정만진 역사진흥원 초대 이사장, 소설가
출판사 국토
정가 175,000원 / 낱권 17,500원
공급처 알라딘・교보문고・예스24
전송 053.526.3144
전자우편 clean053@naver.com
* 낱권별 자세한 내용은 알라딘・교보문고・예스24 참조

추천사 이이화(역사학자)
의병 유적 답사의 길잡이

 (전략) 이번에 출간된 이 총서는 바로 '임진왜란 유적'이란 주제를 가지고 전국에 걸쳐 유적을 샅샅이 찾아 현장감을 살리고 관련 사진을 곁들여 독자들에게 이해와 감동을 주고 있다. (중략) 기술 방법에 있어서도 역사 대중화에 부합되었다. 무엇보다도 문장이 유려하면서 쉽고 용어도 알아듣기 어려운 용어를 알아먹기 쉽게 풀기도 하고 설명을 덧붙이기도 했으며 한 대목의 이해를 도우려 사건 전개에 따른 시일 순서로 배열했다. 역사를 공부하는 청소년들과 역사 기행 회원에게 길잡이가 될 수 있겠다.
 이 책의 이런 짜임새는 아마도 저자 정만진 선생의 다양한 이력에서 찾을 수 있겠다. 저자는 교육자로서 교육현장의 감각을 살리고, 소설가 또는 문필가로서 대중의 수준에 맞는 문장 솜씨를 보여주고 있으며 사진을 사료의 도구로 활용하는 방법이 곁들여 있다.
 필자는 역사 대중화를 추구해오면서 민족운동의 의미를 알리려 힘써 왔는데 이 총서를 읽으면서 내가 못다 한 작업을 해냈다는 찬사를 보낸다. 많은 사람들이 읽고 역사의 경험을 잊지 않는 계기가 되기를 기대해 본다.

김유신과 함께 떠나는 삼국여행
286쪽, 전면 칼라, 18,000원

삼국 통일의 주역 김유신이 태어나 대략 15세까지 살았던 충북 진천, 김유신 가문의 고향 경남 김해, 김유신 어머니의 고향이자 본인이 평생에 걸쳐 생활했던 경주, 통일 전쟁을 위해 숱하게 오갔던 부여와 공주, 당나라 군대가 백제를 공격하기 위해 머물렀던 서해 한복판 덕적도에 이르기까지 김유신의 행로를 시간 순으로 따라가며 답사했다.

이 책을 읽으면 삼국 시대의 역사를 두루 학습할 수 있을 뿐만 아니라 생생한 현장 사진 140장을 통해 경주, 부여, 공주, 김해 일원의 역사유적과 문화유산을 실감나게 체험할 수 있다.

* 자세한 내용은 알라딘 · 교보문고 · 예스24 참조

대구여행 / 정만진 글·사진 / 270쪽 / 18,000원

* 자세한 내용은 알라딘 · 교보문고 · 예스24 참조

이 도서의 국립중앙도서관 출판예정도서목록(CIP)은
서지정보유통지원시스템 홈페이지(http://seoji.nl.go.kr)와
국가자료종합목록 구축시스템(http://kolis-net.nl.go.kr)에서
이용하실 수 있습니다. (CIP제어번호 : CIP2020010659)

김구, 이봉창, 윤봉길 등의
40년 의열 투쟁사

지은이 정만진
출판사 국토
발행일 2020년 4월 11일
연락처 010.5151.9696
clean053@naver.com

ISBN 9791188701148 03810

값 15,000원

이 책은 2020년 대구문화재단의 개인예술가창작지원으로 출간되었습니다.